★ 抗战四部曲

雪峰山决战

林家品 著

SPM 南方传媒 广东人民出版社

·广州·

图书在版编目（CIP）数据

雪峰山决战 / 林家品著. —广州：广东人民出版社，
2015.5（2025.7重印）

ISBN 978-7-218-09857-9

Ⅰ.①雪… Ⅱ.①林… Ⅲ.①长篇小说—中国—当代
Ⅳ.①I247.5

中国版本图书馆CIP数据核字（2014）第300273号

XUEFENGSHAN JUEZHAN

雪 峰 山 决 战

林家品 著

版权所有 翻印必究

出 版 人：肖风华

责任编辑：梁　茵　古海阳　廖志芬
组稿编辑：向继东
封面设计：集力书装
责任技编：吴彦斌

出版发行：广东人民出版社
地　　址：广州市越秀区大沙头四马路10号（邮政编码：510199）
电　　话：（020）85716809（总编室）
传　　真：（020）83289585
网　　址：https://www.gdpph.com
印　　刷：广州市豪威彩色印务有限公司
开　　本：787mm×1092mm　1/16
印　　张：15　字　数：195千
版　　次：2015年5月第1版
印　　次：2025年7月第5次印刷
定　　价：55.00元

如发现印装质量问题，影响阅读，请与出版社（020-85716849）联系调换。
售书热线：（020）87716172

献给——

为保卫家园
与入侵日军战斗过的
日渐不存的
山民

目录

contents

001　一

008　二

016　三

030　四

039　五

067　六

078　七

088　八

103　九

126　十

136　十一

161　十二

173　十三

181　十四

198　十五

220　十六

一

一九四五年季春。扶夷江那本已暖和了的江风，忽然又刮得人脸上起苦瓜皮皱褶。

这天晚上，一条黑影如做贼似的，沿着白沙老街那条被日本人纵火烧了几天几夜、但依然存在的青石板街道，溜进了一间被烧毁、重建不久的铺房后面的杂屋。

这间重建的铺房，就是在头一年"走日本"时被烧掉的"盛兴斋"——我母亲和父亲将它重新建起来后，依然保留"盛兴斋"的名号不变。

"盛兴斋"后面的杂屋，住着我那瞎眼叔爷。

我叔爷自从在衡阳血战中被炸瞎一只眼睛，于衡阳城陷后侥幸救得一条命、逃回老家后，再没有人来找过他。

有谁还会来找他呢？一个顶替壮丁去吃粮的兵贩子，尽管他自己说他是在夺鬼子的炮时被炸瞎的眼睛，尽管他自己说衡阳血战的那个惨烈……但老街人都不相信。没人证明。他的那些兵贩子弟兄们，都死了。就连守衡阳的第十军，也没了。

我叔爷似乎对世事已经看穿，他除了一天混两餐饭吃外，便是躺在这间杂屋里，不论白天黑夜，足不出户。起始，街坊上的人爱说，那林满群、群满爷呢？怎么难得见到他的影了？但说得多了，也就不说了，把他忘了。

我叔爷躺在这间杂屋里，从来不闩门。他懒得闩。闩门干什么呢？莫非还会有土匪、强盗来打劫？莫非还有贼来偷他的东西？土匪、强盗、贼若找上他，只会自认晦气。

"吱嘎"一声，用青楠木扎就的沉重的杂屋门被推开了。黑影闪进了屋里。

躺在用土砖架起的"床"上的叔爷，听见了那声"吱嘎"。但他一动不动。他心里暗暗好笑，终于有"梁上君子"来光顾他了。他倒要瞧瞧这位"梁上君子"能从他这里捞到些什么。

杂屋里自然不会点灯。溜进来的人于黑极的空间，一时什么都看不清。

"群满爷、群满爷。"黑影竟悄悄地喊我叔爷。

我叔爷依然不作声。他只是用那只尚留有点余光的眼睛，盯着黑影头部兀现的一圈白。

黑影身穿黑衣黑裤，但头上扎了块白汗巾。只这白汗巾，便说明他非"梁上君子"，而是乡邻。哪有夜里出来干偷摸勾当的"贴"个显眼的"标签"呢？我们老街及老街附近乡里的人，春冬之时，头上总爱以长布绕额头箍几个圆圈，说是怕江风吹晕脑壳。那绕额头而箍的长布叫做包头布，包头布或灰或青，为染色的粗丝绸布，但出外干活或无钱买染色粗丝绸布的人便用汗巾代之。

来人一开口，我叔爷已经知道是谁，但他还是不吭声。

"群满爷，在屋里吗？"来人一边继续轻轻地喊，一边摸出洋火，"嚓"地划燃一根。

火光一亮，我叔爷迸出一句：

"老春，你是找错地方了吧，你找相好该到城里去。"

我叔爷从衡阳血战捡回一条命回到老家后，白沙老街已遭日本兵的洗劫，老街全被烧毁，躲进神仙岩的百姓全被日本兵用烟熏死，侥幸活下来的女人已不多……故而我叔爷说他找"相好"该到城里去。这"相好"的意思又不光指情人，也指倚门卖笑的堂板铺女子。

老春是来人的一个外号，因为他专靠帮人舂米过活，也就是打短工。打短工比做长工自由，帮一户人家舂完米，得几个零钱，又有人来找时，想干的话去干一下，不想干时，委婉地推脱，上城里玩去了……

到得无钱买米下锅时，再去找人家帮工。他人长得高大，有一身劲火，人家踩碓舂米全靠右脚，他左脚右脚"左右开弓"。那"舂碓"在乡人的话里又有暗指男女之事的意思，他这个光棍便得了个老舂的外号。

老舂突然听得从杂屋角落里传出的这一句，反而吓了一跳。

老舂忙说：

"群满爷、群满爷，别说要话子，我找你有急事。"

我叔爷说：

"找我有急事？鸟急事！我群满爷现在成了瞎子，任什么急事也轮不到我。"

老舂就说是要请他去议事，议的可是人命关天的大事。我叔爷说："什么议事、议事，那在外地方叫开会！老子吃粮时在队伍上开过会，现在不吃粮了，什么鸟会都不去，别拿人命关天来唬人，老子见过的死人的事太多了，在衡阳战场上，那人是一片一片地倒下……"

我叔爷已经很久没有和人说过话了，这一说开，就有点止不住。

老舂忙打断他的话，说："对、对，是开会，是个十万火急、非要请你去才能开的会！"

"为甚非要请我去？"

"你是打过衡阳血战的人啦！"

老舂这么一说，我叔爷长长地嘘了一口气，总算有人记得他是在衡阳血战过的人了。

我叔爷本要大发一番感慨，他妈的老子在衡阳为国卖命，他妈的老子和日本人死拼，他妈的老子的弟兄们全死光了，他妈的老子总算捡回一条命（我叔爷在衡阳血战的事见作者所著《兵贩子——抗战三部曲之二》），可老子成了瞎子，老子这瞎子回来却连个抚恤都吃不到……然而，他说出来的却是：

"行，你老舂是头一个来找我的。我就看在你这'头一个'的面子上，跟你去参加一次什么紧急鸟会。"

我叔爷原本在这白沙老街是个甚事都无所谓，只要能"搓"到一餐饱饭吃，或赚到几个零花钱，从来就不讲什么脸面不脸面的人，所以他才会当兵贩子。然而他这个兵贩子从衡阳血战回来后，完完全全变了一个人，变成了一个以参加衡阳血战为头一脸面的人。如若有人说他或他的弟兄们在衡阳打仗的半点不是，他就会和人拼命；反之，他立即视人为生死兄弟。老春虽然没夸他，但说了句"非请他这个打过衡阳血战的人去"，他当然就已经有了面子，而且得给老春面子了。

我叔爷从土砖"床"上爬起。老春又划燃一根洋火，找油灯。我叔爷要他别找，说他这房里从来就没有油灯，他也不需要那什么油灯。

"这就是瞎子的好处。"我叔爷说，"我一个半边瞎子，省了好多油钱。"

我叔爷跟着老春走出杂屋，往那个会议地点——一座废弃的乡下祠堂而去。他无论如何也没想到的是，这个由乡人组织召开的紧急会议，竟然又使他碰上了在衡阳血战时的死对头——原属日军第十一军的第六十八师团！

1945年季春，这个第六十八师团，在日军即将发动的"芷江攻略战"中，又担任左翼攻击队的主力，其进攻的第一目标，就是我的家乡——新宁县城。

日军大本营所称的"芷江攻略战"，即雪峰山会战。雪峰山会战系抗战期间中国军队和侵华日军大规模会战的最后一战，又称湘西会战。

日军自上年春实施"一号作战"后，占领了粤汉路，又以极其惨重的代价攻陷衡阳，占领湘桂路，攻势确乎凌厉，自四月到九月，连克河南许昌、郑州、洛阳、湖南岳阳、长沙、衡阳、东安、零陵、宝庆（邵阳）、新宁。继而攻陷广西全州、桂林、柳州、宜山、南宁。但就如我们家乡人所说，日本人打进广西，那就快完蛋了——"日头到了西边，焉有不落之理"？！我们家乡人的这种讲法，虽然是如同测字，似乎牵强附会，却是曾经过历史验证的，想当年，长毛金田起事、永安建制、围桂林、取全州、攻新宁，欲取道扶夷江，水路直下宝庆，尔后北上；我们家乡的江忠源训练起湖南第一支团练，蓑衣渡一战，打死南王冯云山，长毛不得不改道北上。江忠源的"团练之法"为曾国藩袭用，遂成湘军。然而，当江忠源以累累战功直做到巡抚，去守庐州时，我们老家人就说，江大人万万不可守庐州。为甚？我们老家人念"江"为"钢"，云："钢入炉中，焉得不化？！"江大人不听，硬要守庐州，结果呢，可不就在庐州死了！

我们老家人对日军进占广西的"预言"，当然可以把它看作是一种精神安慰法。然而，日军的实际战况却似乎正在验证着这个"预言"：是年，日军企图打通大陆作战的愿望并未真正实现，湘桂和粤汉两条铁路不断受到中国军队的袭击与破坏，未能通车。相反，日军的战线越拉越长，兵力已严重不足，且其所占领地之军事要点、运输线，不断遭到中美空军的轰炸：

五月二十二日，江西遂川日军兵站被炸。

七月九日，日军设在湖北监利白螺矶的三个大型机库遭到袭击，一百一十架飞机被击毁；二十四日、二十八日，白螺矶又遭两次空袭，五十四架飞机被毁。

自七月下旬到九月，日军在新市、汨罗、岳阳的兵站、基地均遭轰炸，湘江江面的一千多艘日军运输船只及大型铁甲舰被炸毁，数千名日军被炸死；衡阳的六处供应站遭轰炸；长沙南站、衡山、祁江等地的日军军车、货车二百多辆被炸毁；主要公路桥梁、铁路桥梁皆遭轰炸……

日军不仅陆路运输陷入停顿状态，就连长江和南方的航运也陷入瘫痪。

其时，日军已占领浙赣铁路沿线所有机场，又已占领衡阳机场，那么，这些来轰炸的中美空军到底是从哪里起飞的呢？

日军大本营断定中国还有一个秘密机场，但这个机场到底在哪里？

一直到民国三十四年初，即一九四五年一月五日，汉口机场被美国第十四航空队袭击，日机四十九架被炸毁后，才获悉原来在湘西芷江。

芷江机场为中美空军的秘密前进机场。民国三十三年夏初，援华美军已大批来到芷江，在芷江七里桥、竹坪铺等处分别设立"美空军司令部"和"美军后勤司令部"，驻扎芷江的中美空军有空军第一路司令部、第一轰炸大队、第四战斗大队、第五中美混合大队。各型飞机停驻达四百多架，美国的地空人员有六千余人。中美空军就是以芷江机场为根据地，不断起飞对平汉、津浦、粤汉及湘桂各铁道及长江航运进行轰炸。

芷江机场，成为日军的心腹大患。于是，日军大本营决定孤注一掷，发动"芷江攻略战"。务必要合围芷江，夷平中美空军基地。

日军从湘中起兵攻夺芷江，非跨越雪峰山不可；而中国军队要确保芷江空军基地，就非阻敌于雪峰山以东不可。

南起于湘桂边境之大南山，尾翼倾伏于洞庭湖区的雪峰山，南北绵延七百余里，东西横跨二百多里，主峰海拔近两千米；主峰以下，千米以上峰峦岭脊则若潜龙隐伏、重峦叠嶂、沟壑纵横、道路险峻、密林丛丛，为匪盗出没之地……素有"雪峰天险"之称。

中国军队就是要凭借雪峰天险，将来犯之敌歼灭于雪峰山东麓。邵阳、隆回、洞口、新宁、武冈、洪江、芷江、辰溪、沅陵、黔阳、溆浦等地区遂成主要战场。

新宁，是此次会战的南部战场最先打响之地。

日军以摧毁芷江机场为目标的"芷江攻略战"，由民国三十三年十一月刚升任中国派遣军总司令官的冈村宁次亲自部署，合围芷江总指挥则为日军第二十军团司令官坂西一郎。

日军的兵力为五个师团、三个混成旅，以及伪和平军第二师和特种部队、战车部队等，总计八万多人，兵分三路，采取分进合击——两翼策应、中央突破的战术，企图合围芷江。冈村宁次另从东北调来五个战斗机中队、一个轰炸机队，飞机一百三十五架，用以抵抗中美空军的攻击和掩护后方运输。

应该指出的是，日军用以合围芷江的这五个师团，兵员已远未足额。如果按照其足额兵员计算，则兵力何止八万。故有一说，雪峰山会战日军兵力达二十余万。这"二十余万"，当以日军师团足额兵力而言。其实日军在中国大陆的兵力早已捉襟见肘。雪峰山会战中有不少日军士兵为从日本本土新征而来的十六七岁的少年，由此便可见一斑。

日军以集结在宁乡、沅江的第六十四师团、独立第八十六旅团、伪和平军第二师为右翼攻击部队；以集结于邵阳、永丰地区的一一六师团、第四十七师团为中央突击队；其左翼攻击部队则为集结于新宁近邻东安、全州的第六十八师团之一部和第三十四师团主力。

日军的这个第六十八师团，就是曾围攻衡阳的主力师团之一。而同样作为左翼攻击队的第三十四师团，亦是攻打衡阳的总指挥、第十一军司令官横山勇的下属。左翼攻击队的第一个目标，便是攻占新宁县城。

因而，我叔爷倘若又参与支援新宁县城保卫战的话，那么，他所面对的敌人，就全是在衡阳血战中打死他的弟兄们的仇敌。只是他在跟着老春去参加什么紧急会议时，根本就不知道日军要向新宁进攻，更不知道上述的所有一切。

我叔爷虽然不知道这一切，但这个紧急会议的召集人，一个名叫屈八、在我老家已经消失多年的人物，却知晓局势。

二

提起这个从我老家走出去的屈八，就连我那当过兵贩子、走南闯北、三教九流无不结识的叔爷都不认识。因而当我叔爷跟着老春来到紧急会议地点，老春仍然以乡人的礼性，向早已等候在那里的几个人抱拳打拱，说哎呀呀，各位老人家，害你们久等、久等了，接着将一个三十来岁的人介绍给我叔爷，说，群满爷，这位就是屈八屈先生，屈先生也是我们真正的老乡……他一说"是真正的老乡"，我叔爷立即用那只残留着余光的眼睛，将屈八从上到下扫视了一番：

"什么真正的老乡，我们这老街方圆几十里，哪里有姓屈的？我怎么不晓得有一个屈八？"

按照我们老家人的礼性，我叔爷这话就是没有一点礼性。同样，如果按照我们老家人的礼性，尽管我叔爷出言不逊，这位屈八先生也得礼性地、慢慢地做一番解释，把个来龙去脉讲清楚。而且在解释之前，得说明对我叔爷那不礼性的话毫不介意，因为知道我叔爷这个"老人家"是当过兵、吃过粮的；当过兵吃过粮的人，讲话是要冲一点的。可屈八先生回答的是：

"我这个屈八你当然不知道，你也不可能知道。但许老巴你应该知道吧？"

屈八先生这话同样未依礼性之序，但他这话一出，我叔爷立即说道：

"许老巴？！你是说十年前许家寨的那个许老巴？"

"对，我就是那个许老巴！"

"你是当年的许老巴？！"我叔爷惊愕了。

我叔爷能不惊愕？因为当年十七岁的许老巴，曾是老街及四乡无人不晓无人不知的"名人"。只是对他这个"名人"，有着两种截然不同的讲法。一说他是条头上已经长角的青龙，只要碰上风霆雷暴，就是个上天的角色；一说他是个冤孽，谁家若摊着他这么个"好崽"，谁家就该倒霉。

许老巴的出名是缘于一个黑夜。

那是一个黑沉沉的夜，天黑得就如同一口倒扣的铁锅，把一切都扣在锅里捂得严严实实，使人看见的除了一片漆黑还是漆黑。

就在这黑沉沉的夜里，许老巴那十六岁的妹妹被土匪吊了羊。

许老巴的妹妹名叫许伶俐，人都喊伶俐女子。

伶俐女子这名字好听，比他哥哥"老巴崽仔"不知要好听多少倍。然许伶俐这名字和许老巴一样，是他父亲随口取的。许老巴生下来时，他父亲并没给他取名。他父亲说取名着什么急呢，猫啊狗啊都有个名，还怕人没有名？到时候发了财，就叫许发财。他父亲一心盼着的是发财。可到得儿子三四岁时，盼着发财的依然没有发财。他母亲见儿子没有个大名，便催着要自己崽仔的名字催得急，偏儿子说话有那么一点结巴，他父亲便不耐烦地随口说，好好好，要取名就取名，他既然讲话结巴，就叫许老巴。他母亲虽然嫌这个名字不好听，可丈夫是天，自己是地，给儿子取名是"天"的权力，女人这"地"只有听从的份。他母亲只能在背地里嘀咕："老巴、老巴，想要他一世结巴啊？！"然而，自从给儿子取名许老巴后，家里开始发了。他父亲乐得哈哈的，说这是天意天意，若是早给他取名许发财，这财兴许就发不起来。你看那些取名旺富旺财的，有一家旺起来么？名字还是要随口取，取得贱，越贱越好！

许老巴父亲这话旋为八字先生以"理论"证实。家里发起来后，他请了位八字先生来给儿子算命。将许老巴的生庚时辰一报，八字先生将"四柱"一摆，吩咐取红纸笔墨来。

八字先生执笔蘸墨，在往红纸上落笔之前，对许老巴父亲说，你儿子这命，是个值好几升米的命，若真要我直言，那几升米是不能少的。许老巴父亲虽然舍不得，但极想知道儿子的命，遂以豁出去的架势，点头应允。

八字先生便在红纸上写下许老巴的八字，但见各个时运段上，"劫财"累累。八字先生说，你儿子这个八字就硬啦，你看那么多"劫财"却依然劫不倒他，就是多亏你老人家给他取了个贱名，"名贱而实贵也！"若没有这个贱名，唉，那话，我就不好说啦。

"每逢时运到，总有劫财来。这'劫财'，不仅是指财运被劫，官运亦碍，主他一生多波折。"八字先生解释说，"只是逢凶皆能化吉，三十岁后，大运连连，如潜龙出水，不中状元也当官。"

八字先生说许老巴"名贱而实贵"这话，许老巴父亲听得心里舒畅；说他儿子"不中状元也当官"，他不太相信。这山里伢子，到哪里去中状元？到哪里去当什么官？但八字先生说他给儿子取那贱名取得好是算准了，说得在理。许老巴父亲便实践诺言，打发了好几升米。只是那几升米，打发得他心里实在疼痛不已。

女儿出生后，父亲当然就更不会急着取名了。一来是这女儿本就不用取什么名，一个女人家，要什么名字呢？长大后嫁出去，入夫家的家谱都是跟着男人姓氏而写的，若嫁给姓苟的，就是苟许氏。通地方如是。二来他想着和许老巴一样，到时候随便喊个什么名字，说不定更能发。到得这女儿会说话后，和哥哥相反，口齿格外伶俐，他就给取了个许伶俐。许伶俐这名字不但让人觉得好听，而且让他的家越发越大。

这家越发越大，他的吝啬也越来越有名。

许老巴父亲的吝啬不但在八十里山是出了名的，在白沙老街都出了名。家里装满了一仓一仓黄澄澄的谷子，却只准许家里人吃苞谷棒棒，以霉豆腐下饭，除非过年过节才舂几升谷子煮饭吃，炒几个荤菜。买田买地是他唯一的心愿，也是他认定永世兴旺的唯一根基。

就在许伶俐被土匪吊羊的那天夜里，吃晚饭时，天已墨黑墨黑，可她父亲绝不准许点燃那盏豆油灯。他说吃饭就吃饭，点着个灯干什么？不点灯吃饭倘若有谁吃进鼻孔里去，他从此再也不姓许。全家摸黑吃饭时，他又念叨起他的发家经，说发家之难好比黄花女的奶子发奶，败家之易就如同崽吃娘的奶。"崽卖爷田心不痛呢！"他说，"凡事不节省还行？！"

吃完饭，这位父亲大人亲自抹桌子。他家只在农忙时雇有帮工的男人，女工是绝不请的。他有女人，有女儿，不惟要包揽家里的活，还要干外边的。女人和女儿对他来说，只是些能和他同桌吃饭的帮工而已。但抹桌子他必亲自动手，他怕他的女人和女儿糟蹋了掉在桌上的饭粒。

他抹桌子是先伸出左手，以拇指、食指和中指三个指头在桌上摸捏，将掉在桌上的饭粒和菜屑捏起，捏成一团塞进嘴里，然后再使右手抓着的抹布往桌上抹。这回他捏着捏着，竟然捏着了一团稀软的东西。他就破口大骂：

"吃多了的，塞×眼的，这么大一坨霉豆腐掉到桌上都不要，硬是要把这个家败掉！"

他边骂边将那"霉豆腐"塞进嘴里。一入嘴，不由得"哎呀"一声，忙往天井跑，跑到天井边，"哇"地一声大吐起来，将吃进去的全吐了出来。

他塞进嘴里的是一坨鸡屎。

这鸡屎不知是在吃饭前抹桌子没抹干净留下的呢，还是吃了饭后哪只鸡于混乱中跳上桌子留下的？反正是没点豆油灯，一片黑暗中搞不清。

许伶俐咯咯地笑，笑得腰都直不起；许老巴也笑，但不敢笑得那样放肆。

许伶俐在咯咯地笑时，她父亲已吐净了腹内的苞谷粒粒和霉豆腐，吐净后复大骂，这回是点着女儿骂，凡有关女人的痞话全骂了出来，仿佛被骂的不是他女儿，而是该千人骑万人压的娼妇。他虽然没骂许老巴，但已觉出那鸡屎来得有点蹊跷。不知为什么，他总是有点怕这个讲话依然有点结巴的儿子。结巴儿子看他的眼神，有时竟如同豺狗子那样令他不寒而栗。

他父亲每当看到儿子那像豺狗子一样的眼神时，就想起八字先生说的话，这小子硬是个命硬的克星，幸亏给他取了个极贱的名。

他父亲没想到的是，女儿的命虽然不硬，但那名字起得太好，败家的起因在这女儿身上。

当下父亲的脏话骂得许伶俐拔腿就走，走时只对她哥哥说了一句话：

"我今晚到晒谷坪睡觉去，随他骂个通宵，看他有好大的气力！"

山里女子胆大。胆大的许伶俐一个人睡到晒谷坪旁用以看守谷子的草屋里。就在这间草屋里，她被土匪吊了羊。

许伶俐被抓走后的第二天，一个樵夫带来土匪的口信，要许伶俐父亲拿大洋五十块去赎人。期限三天。

樵夫将口信送给许伶俐父亲时，急得不住地说，你老人家，快想法子筹钱吧，没有现钱就赶快卖谷，卖了谷子快去救你女儿啊！樵夫以为他家里只有谷子没有现大洋。

许伶俐父亲却一声不吭。

那樵夫如同搬救兵解城下之围一般再三恳求，说土匪不是要你女儿，只是要用你女儿来换五十块钱，你老人家只要把钱送去，你女儿就会回来的，若舍不得钱，那土匪是真会撕票的，你老人家如果在三天内凑不足钱，我再去和土匪说，请他们宽限几天，总之你老人家先得松口，先得答应给钱……樵夫说着说着忍不住掉下了泪，说那么好的一个女儿，你老人家怎么就不着急呢？但无论樵夫怎么说，这个做父亲的反正是一声不吭，不愿发"一兵一卒"。最后那樵夫只气得恨恨地将挑柴的千担往地上重重地一戳，长叹一声，说世上没见过这般无情无义的人，那女儿只怕不是亲生的。走了。

樵夫走后，这个父亲一屁股坐到板凳上，狠狠地抽旱烟。

伶俐母亲闻讯赶来，要他快把大洋拿出来。家里的现钱都归他收着，藏在哪里谁也搞不清。

伶俐母亲又是哭，又是嚎，可这个做父亲的依然只是狠狠地抽旱烟。

在地里干活的许老巴跑回来，将叼在他父亲嘴上的旱烟一把扯掉，往地上一扔，吼了起来，说："到这个时候了，你、你个老、老东西还不把钱拿出来去救人，你、你真的要钱不要人啊？！"

许老巴一吼，他父亲跳了起来。他父亲吼道，你个扁毛畜生，你还想打你爷啊？！

父子俩皆发横对骂起来。儿子骂父亲才真是个畜生，宁肯把钱藏着沤烂也不去救人。父亲骂儿子是忤逆不孝，想要把他逼死……

父子俩一对吵，母亲又赶紧两边劝。劝做儿子的让一让，劝做父亲的别这样……劝来劝去不见多少成效，猛地往地上一躺，双脚乱蹬，喊，我那苦命的女儿啊……

见母亲躺在地上，许老巴赶紧去拉母亲，等于一方先"停战"，做父亲的便也"撤退"，只是喃喃地说，你们容我想想、容我想想。

许老巴父亲独自坐到个角落里，卷他的旱烟、抽他的旱烟，想。

许老巴父亲想来想去下不了决心，五十块大洋，等于要了他的命！

许老巴见父亲依然不松口，又要朝父亲冲去，他母亲忙拉住他的衣服，说："崽啊崽啊，只能和你父亲好好地讲，吵是没有用的，待我去、我去。"

许老巴母亲走到他父亲身边，只听见他父亲自言自语：

"五十块大洋、五十块大洋……一个迟早要嫁出去的赔钱货，能值五十块大洋？"

许老巴母亲正要开口，他父亲挥挥手，要她莫打岔，容他独个儿好好想。

在许老巴父亲的"好好想"中,日头,已照进这个名号寨子、实则就是个立在山坡坡上的院子里,悄悄地移出去,移到西边山坡,最后缓缓地落了下去。

当许老巴再也控制不住,正要吼着向他父亲冲过去时,他父亲缓缓地站了起来。

他父亲缓缓地站起,低沉地发出了"第一号令":

"今晚上煮餐好饭吃,炒块腊肉,明天就卖谷、卖谷!"

发完号令,又兀自嘟囔不已,这个家反正是要败了,就要败在忤逆不孝的崽女手上了,趁着还没败完,咱自家也先吃餐好的!

晚上,他父亲又发出了"第二号令",说他虽然同意了卖谷,但如何卖,必须依他的。去找买谷的顾主时,不能说伶俐女子被吊了羊,不能说这谷子是为了救人,才能卖出个好价钱,才不至于被人家趁机压价"打劫"。谈价,得由他亲自谈,许老巴和他母亲都不能多嘴。

吊羊三天期限的第一天,就这么过去了。

第二天,许老巴请来几拨雇主。但来一拨人,和他父亲的定价谈不拢,走了;再来一拨人,又谈不拢,又走了……到得天快黑时,好不容易谈拢了一家,答应第二天带钱来挑谷。

这天晚上,许老巴父亲围着自家的谷仓转圈圈,一夜没睡。他的心,为了这黄澄澄谷子就要归人家,在滴血。

第三天,许老巴大早就站到寨门外,扯长脖子望着那条进寨的山路,盼着挑箩筐、推独轮车的快出现。可他等啊等、盼啊盼,直到太阳立在头顶,也不见带钱买谷的人来。

晌午过后,终于来了一个人,却是来讲"信用"的,说是他家主人考虑再三,这谷,还是暂时不买。为了别让你老人家等,特意要他来专程走一趟,说一声。"买卖不成仁义在",你老人家可以另找买主。

许老巴和他母亲急了。他父亲却如释重负地嘘了一口气。

接下来发生的，是许老巴逼着他父亲快把现钱拿出来，这回他父亲任凭他起吼，只是独自嘀咕，说他也尽到对女儿的情分了，他已找人来买谷了，可这谷子卖不出去，就怪不得他了，要他拿现钱他是拿不出，你们有本事你们就去寻，只要寻出现钱来，你们就拿去给土匪……

许老巴和他母亲翻箱倒柜寻现钱，硬是一块钱都没找出。

三天期限，过去了。

到得第四天上，许老巴父亲说，今天就是有人来买谷，那谷子，也一粒不卖了。人死不能复生，只有为女儿超度来世了。

他父亲已在心里划算好，做个热热闹闹的道场，只要几块钱。比之给土匪的五十块，可就省了四十多块。

吝啬至极的父亲做了一场"圆七"的道场，用来超脱许伶俐的亡灵，以便她在阴间平平安安，尔后转胎再降生于人间，享受荣华富贵。那场道场的规模令许多老人赞叹不已，说许老人家的女儿也算有福，虽然早早地没了，但那么大的道场，啧啧！

就在那场规模颇大的道场完后不久，一把天火将许老巴父亲的寨子烧了。那天火好凶呵！只见得一团火球"轰"的一响，从天而降，舔出无数火舌……

火是越烧越大了，然救火的人终不多，俱说那是许伶俐冤魂燃起的天火。天火，可是扑得灭的么？

天火终于熄了后，许老巴不见了。他父亲方知那火是自己儿子那个冤孽放的。

许老巴在他父亲去取现钱做道场时，偷偷跟踪，发现了父亲藏钱的地方。那里边，白花花的银洋一摞一摞，别说是五十块，五百块也有。

许老巴等他父亲走后，钻进藏钱的地方，抓几把大洋放自己身上，而后点燃一把火……

许老巴放火烧自己父亲寨子的事立即传遍山里山外，成为无人不论，无人不议的人物。有说他放火放得好，那么个要钱不要人的东西，寨子活该被烧掉；有为他父亲叫屈的，说五十块大洋得卖出多少石谷啊，也怪不得他老人家舍不得；有叹惜伶俐女子可怜的，说她就不该是个女子，若不是个女子，无论土匪要多少钱，父亲也会拿出来的……说来说去，最后还是说到许老巴，说此人日后若成了官府里的人，肯定六亲不认；若成了山大王，则绝非只要五十块大洋赎人的土匪可比。

然而，许老巴自从跑了后，再也未在家乡露面。谁也不知他去了什么地方，干些什么营生。久而久之，许老巴火烧他爷老子村寨的事就没人提了，许老巴也就被人忘了。

许老巴虽然被人忘了，但只要地方上又出了新的什么诸如儿媳妇总算熬成婆，将"退位"的婆婆关在猪栏里，饿得婆婆与猪抢食之类的事，热议时，就会想到许老巴，因为这些总不如女儿被土匪吊羊、父亲惜钱见死不救、儿子放火烧他个卵打精光那样，难得有一次。

三

当我叔爷得知站在面前的这个屈八就是许老巴时，惊愕过后便咧开嘴巴笑，边笑边如同大人见着分别多年的小孩突然回家那样，伸出手摸着屈八的头，说：

"哎呀呀，屈八、许老巴，你可回来了，这些年你在外面是怎么过的呵？"

我叔爷，其实比屈八还小几岁。只是他那被炸瞎的一只眼睛、脸上被弹片留下的伤疤，使得他看上去比实际年龄不知要大多少。仿佛真成了爷字辈。

不待屈八开口，我叔爷又说，你孤身一人在外面，肯定受尽了苦，那些苦，又只能憋在心里，如今总算回到老家，见到了家乡人，快把你憋在心里的苦都讲出来，讲出来！

我叔爷这话，听似是对回到家乡的游子关切之语，其实是要摸屈八的底。因为若论在外面吃的苦，有几个人吃的苦有他那么多？况且在外面也不一定就是受苦，说不定人家正是发了财回来呢！但我们老家人对从外面回来的人，大抵都认为是在外面吃了苦的，那外面，无论南京北京、汉口长沙，哪里有自己家乡好！自己家乡的水，都比外面甜呢！外地方的生水，吃了肚子痛；在自己家乡天天喝生水，没有一点事！所以我叔爷这番关切的话，又非常符合我们家乡的"乡情"。

我叔爷吃粮当兵贩子多次，不仅当过步兵传令兵，还当过侦察兵，在衡阳血战中先是当炮兵，到得炮兵无炮可打时，又以炮兵作为步兵使用……他这个死里逃生的人，如今可绝不轻易相信任何一个人。

许老巴在外面十多年到底是干什么，为何突然回到老家，为何把个名字改成了屈八，一回到老家，怎么一下又能把包括老春在内的一些人聚集到身边，还要开什么紧急会议，这些，我叔爷都要弄清楚。

然而，我叔爷想要弄清楚的这些事，他是绝不可能弄清楚的。出现在他面前的这个屈八，是绝非他一个不管是当过侦察兵也好、炮兵也好、并且是打过衡阳保卫战的兵贩子所能比拟的。尽管屈八在外面的确差点把命送掉，的确也是捡了一条命回来的，但他的那个差点掉命的事，是绝不会让我叔爷乃至他最信任的家乡人所知道的。他那个差点掉命的事，当属于他自己的最高机密。并且，就因为那差点掉命的事，使他蒙上了一生之中最大的羞耻，那种羞耻，也许永远都无法抹去！

我叔爷正要接着追问，从早已在等候我叔爷的人间中，响起一个脆生生的女子声音：

"群满爷、群满爷，你先别问那些了，眼下是十万火急的事，你先听屈先生说。"

这个脆生生的声音有如人在焦渴的时候，突然咬到一口甜津津、水汪汪的白萝卜，让人顿时心旷神怡。试想想，来到这个紧急会议地点的人，我叔爷、老春、屈八、还有那些在昏黄的灯光的边缘、尚未为我叔爷那只残剩点余光的眼睛认出的人，都是些男人，在这本以为只有男人才能参加的场所，蓦地迸出个年轻女子的声音，能不令人为之一振？

我叔爷一听那声音，笑了。

我叔爷嘿嘿地笑着说：

"你不是西乡江家村的江大小姐么？江大小姐也来参加这个紧急会议？"

我叔爷听着那脆生生的声音，虽然来了一点精神，但他对年轻女子的兴趣早已大不如从前，因为他知道自己的尊容，他那被炸瞎的一只眼睛以及脸上被弹片留下的伤疤，已经使得年轻女子对他望而却步。尽管他的年龄尚在足以和年轻女子调情的相配阶段。故而他对这个早就相熟且实在长得漂亮的女子，不是回应"哎呀呀，江家小妹，你也来了啊，我可是好久没见到你了"之类的话，而是略带嘲讽，并不无诡秘。他没直接说出来的意思是，连你江大小姐都来参加的紧急会议，这"紧急"，恐怕就像当年许老巴在八十里山火烧他父亲的寨子，白沙老街的人在几天后喊，哎呀，快去救火。

我叔爷一喊江大小姐，那江大小姐不乐意了。江大小姐立即说：

"我不是什么江大小姐，我有名字，我叫江碧波。不准喊我大小姐！"

我叔爷一听，又嘿嘿地笑着说：

"好，好，碧波、碧波，你什么时候有碧波这个名字了？这名字不是你爷老子给你起的吧？你爷老子跟我蛮要好呢！"

我叔爷又要开始耍他那当兵贩子练出来的贫嘴了。因为这位江大小姐江碧波的父亲，和许老巴——屈八的父亲一样，也是个一块霉豆腐吧两餐饭，省出钱来好买田买地的人。只不过据说是那江忠源江大人的本亲。江忠源是否给江碧波的祖上留下些金银，祖上是否又留下些金银给她父亲，搞不清。虽说江忠源以清廉自律，但我叔爷认为，当官的不赚金银，那就等于猫不舔腥，"三年清知府，十万雪花银"，何况官至巡抚。

我叔爷有意这么说，好引出江大小姐父亲的话题来；引出她父亲的话题来后，我叔爷就会问，若是你被土匪吊了羊，你爷老子会舍得拿出五十块钱来赎你不？由此再转到屈八身上去，好套出屈八的秘密……

我叔爷这么一问，江大小姐立即回答说：

"碧波这名字，不关我爷老子的事。是……"

"群满爷，你抽烟。"

不等江大小姐说出是谁给起的名字，屈八已经摸出一根纸烟，塞到我叔爷手里，接着"嚓"地一声，划燃一根洋火，我叔爷赶忙将烟叼到嘴上，就着洋火吸燃。

我叔爷在衡阳和日本人拼死厮杀，被炸瞎一只眼睛，死里逃生回来后，除了被人背后喊作瞎子外，什么也没得到，就连一番安慰的话都无人跟他说。他在贫穷、孤独，和寂寞中挪着日子。如今有人来请他开会，他本有几分兴奋，可一见是连江大小姐都来了的会，就断定是个讲要话子的会；可这讲要话子的会，又出现了个屈八先生，而他一和江大小姐说话，屈八先生立即敬烟……他顿时将屈八先生和江大小姐联系到了一起。这个屈八，是不是想和江碧波私奔呢？他想，私奔不对，私奔用不着喊这么些人来，私奔的话，两人早就跑了。屈八和江大小姐是要这些人来证婚，不敢让两家的父母知道……而这不请父母的证婚，无论老街人、乡下人，皆是反对的，只有见过世面的人，才会理解，才会参与，所以屈八请来了老春，所以老春又受托来请他群满爷，老春是常上城见过世面的，他群满爷更是到过大地方的……

我叔爷自以为判断得绝对正确。而屈八敬给他的那根纸烟（他自从在衡阳为夺日军的大炮被炸瞎眼睛回到家乡，可还没抽过一根纸烟，也没有任何人敬过一根纸烟给他呵），使他感觉到了一种久违的敬重，他把要"侦探"屈八的事顿时丢到一边，呵呵笑道：

"碧波小姐，碧波小姐，你和屈先生请我群满爷来是请对了，只是那喜酒，可也得照样摆呵，当然，秘密摆，秘密摆。"

我叔爷想着他应该有餐好的吃了。

我叔爷这话一出，屋里的几个人愣了，稍倾，齐声大笑起来。笑声中有一个声音喝道：

"群满爷，你是想吃喜酒想癫了吧，你一来，尽讲些废话，耽搁了时间。快听屈先生讲那正事！"

屋子里灯光昏暗，我叔爷凭那只残存的眼睛尚有的一点余光，自然看不清屋里的人，但只要有人一开口，他就能凭听觉听出是谁。

这个喊话的，于笑声中有种威严。我叔爷一听，又不免有点意外。

"和合先生，是你老人家啊？！早知你老人家也来了，我就会飞跑着赶来。"

这位和合先生，姓林，名之吾。光听这名字，就可知他是出自书香门第，非农夫商贩辈。林之吾确系乡绅名流，但地方上晓得之吾先生的不多，若打听之吾先生，多半摇头，且疑惑，本人在这街坊这么多年、在这乡里这么多年，怎么就不知道这么个名字？倘若问，你可见着和合先生？则连几岁的小孩都会拊掌立言，和合先生啊，在那里，在那里！并立马抓着你的衣襟，带你去见和合先生。

乡绅林之吾，以温良和善著名，逢人皆是一副笑脸，地方人几乎从没见他发过脾气，从没和人发生过争吵；而若街坊、乡邻吵架，他又必去调和，故得了个和合先生的外号。地方人说，要讲这天底下如果有没有脾气的人，那就是和合先生了！一日，从八十里山来了一个走人家，即探访亲戚的猛子后生，听亲戚讲白话讲到和合先生，大不以为然，决意亲自去试一试和合先生到底有没有脾气。瞅得和合先生出了门，走在扶夷江边的小路上，此猛子后生旋从另一条路赶到江边，将和合先生迎头截住。江边小路狭窄，和合先生一见，忙侧身相让，说，你先过，你请先过。后生不动，反岔开两腿，将小路堵住，说，老子从这条路上过，从来没碰到对面有人来的，今天既然碰上一个，我要讲点礼性，让你先过，看你怎么过？和合先生将后生打量一番，说，你是要我受韩信胯下之辱啊，我非韩信，亦无大志，用不着受辱励志，你不让我过，我回去便是。和合先生转身欲走，那猛子后生喝道，想走，没那么容易！上前一步，将和合先生揪住。被揪住的和合先生并不挣扎，更不慌乱，只是说，这位兄弟，我到底有什么地方得罪了你，你要出气只管出，我不怪你。猛子后生心想，真的碰上了这么个不上火的人啊，扬起巴掌，本想吓唬，却真的刮在了和合先生脸上，后生正有点慌乱时，和合先生反把另一边脸凑给他，说，这边你还没打，只要你解气，尽管打。

猛子后生再也受不住了，"扑通"，双腿跪下，只是喊，我服你、服你，我算服你和合先生了……

别以为和合先生林之吾如此这般便是懦弱之辈，非也，非也。凡地方有什么事，只要他一出面，最后都听他的。所以连我叔爷也对他敬畏。

这位和合先生在抗战胜利后，地方人联名要他当了乡长。这一要他当乡长，却着实害了他。乡长没当几年，解放大军南下，程潜宣布起义，和合先生和新宁全县十三个乡镇长一道跟随徐君虎，亦参加起义。起义部队奉命到邵阳接受整编，整编的结果是，凡原武装部队排长以上、各乡镇长，皆遣散回老家。这一回老家，土改来了，十三个乡镇长被毙了十二个。和合先生本也在被枪崩之列，那毙人的念名字，念到林之吾，问，此人该杀不该杀？听的人不知道林之吾是谁，齐声回答，杀！林之吾遂被押上台。一押上台时，乡人一看，那不是和合先生么？和合先生在地方上可从没得罪过人的啊！于是有人喊，这杀头无论杀谁，也不该轮到他啊。众人亦大哗。毙人的又问，我再说一遍，林之吾到底该不该杀？众人喊，他是和合先生，不是林之吾，林之吾该杀，和合先生不能杀！在终于搞清了林之吾就是和合先生后，留下了一条命。后来有人说，林之吾之所以未被枪崩，是因为他那大儿子在新宁起义之际，就参加了解放军，后在广西十万大山剿匪中牺牲，是烈士，所以救了他爷老子一命。但乡人皆不认可这一说法，皆说儿子是解放军，是烈士，就能救爷老子一命么，呔！那好多当了解放军、共产党大官的，爷老子照样被崩了，共产党为了革命，是不讲什么亲情私情的！和合先生是搭帮从未得罪过乡邻！是我们乡邻救了他的命！和合先生自己也这么认为，从此对三岁小孩也是哈腰弓背。不过他再哈腰弓背，几年后，他那大儿子的命为他家争得的烈属光荣匾也被摘了、扔了，成了每次运动都得挨斗的老运动员。直至改革开放后，方为他平反，他家不但重新挂上烈属光荣匾，老先生还成了县政协委员。

当下和合先生林之吾对我叔爷那么一喊，我叔爷便坐下，说，好好好，听屈八先生讲，屈八先生你老人家就快把那十万火急的正事讲一讲。

屈八讲的十万火急的正事，就是集结在东安、全州的日本军队，要进攻新宁，新宁的老百姓，又要遭殃了……

这么真正十万火急的紧急事，屈八为什么不在我叔爷一走进来时，就赶紧说呢？这就是屈八作为土生土长的本地人，熟知我们家乡的乡情之故。

我们老家人对于开会的概念是，什么叫做开会，开会就是议事，既然是议事，那就着不得急，若着急的事，便用不着议，一人做主，吩咐便是。然而，像日本人要进攻我们新宁、我们新宁人该如何对付的事，他屈八一个人能做得主吗？他如果真采取一声吩咐，就要人家照办的话，那么，他好不容易喊拢来的这几个人，顿时就会走光。正因为屈八知道这些，所以他也不能着急，他得慢慢来，欲速则不达。因而，当屈八召集起老春、和合先生林之吾、江碧波等人正准备开会时，和合先生说，这样的大事，恐怕得请群满爷来才行，只有群满爷真刀真枪和日本人干过仗。

和合先生这么说时，老春有点不服气。老春说去年日本人来时，他就逃脱了，日本人追他不上，没有他的脚力；日本人开枪，也没打中他，那枪声，"嘎嘣、嘎嘣"。和合先生则说，老春，你春碓春出的脚力，在我们老街那是数第一，我们老街人哪个不讲你老春厉害，称得上英雄！但你碰上的是要抓挑夫的日本兵……现在是鬼子大军压境，我们这地方只有群满爷是随中央军跟日军血战过的，他最了解敌人的装备、火力、行兵布阵。只是，要请群满爷，非你老春去不可。你老春不出面，他群满爷绝不会来。和合先生这话一出，老春拔腿就走。然在我叔爷未来之前，这会，便是"等会"。而在我叔爷到来后，倘若和合先生不说听屈八讲，屈八也是不得先讲的。和合先生的分量已可见一斑，就如同他是会议主持人。主持人不宣布开会，那会就算议得热闹，也等于没开。

乡人开会，就是这般，任你是火烧眉毛，"礼数"得到场。这"礼数"，其实也就相当于现在的程序。

程序一启动，屈八将日本军队就要进攻新宁的紧急态势一摆出来，和合先生旁边站起一个人，大声说道：

"日本人去年劫掠我们新宁，今年又来侵犯我们新宁，二次来犯，是可忍，孰不可忍。去年我们是不知道日本人突然来袭，今年我们既然已经知道，就该给他一个迎头痛击！"

这人说话，尽量想表现出老成，却怎么也脱不了那股学生腔的激情。

立即有人对他说：

"郑南山，你这个教书先生说得轻巧呢，就凭我们几个人赤手空拳，能去痛击日本鬼？"

郑南山猛地将右手往上一伸，啊地一声，吼道：

把火把举起来

把火把举起来

把火把举起来

让我们每个人火把的烈焰

把黑夜摇坍下来

每个人都举起火把来

郑南山吼的是诗人艾青的《火把》，可除了屈八、江碧波外，其他的人都以为他在发癫。

屈八并不知道这是艾青的诗，但知道他是在念诗，像这种热情冲动的人，正是他最喜欢，且最容易掌握的人。江碧波则是为那种激情感染。

郑南山之所以突然吼起艾青的诗来，因为他是艾青的学生。

艾青曾于民国二十八年九月，辞去《广西日报》副刊编辑之职，从桂林来到新宁，担任为避战乱而由衡山迁至新宁县城的衡山乡村师范学校国文教员。这所学校在新宁招收了不少本地学生，郑南山插班进入最高年级。最高年级的两班国文，正是由艾青执教。

艾青一来新宁任教，他的学生享受到了从未有过的学习自由。他上第一堂课时就对学生说，我讲的你们爱听就听，不爱听的可以离开，不必坐在这儿受罪。且不用官方审定的国文教材，全用他自己编写的"活页"文选，选的皆是世界著名作家的名篇。要学生作文则强调有感而发，说只要不是抄袭，你们想怎么写就怎么写，写出真情实感来就是好作文。

热爱诗歌的郑南山，自然奉艾青为偶像。

住在扶夷江边的艾青，不但在这里写下了《山城》《水牛》《浮桥》《旷野》等许多诗篇。而且完成了叙事长诗《火把》的创作。

郑南山是最先读到艾青《火把》的学生之一。

艾青于次年五月离开新宁，前往重庆；几个月后，乡村师范迁往距新宁九十里的武冈县城，更名为湖南省立第六师范学校。

郑南山在武冈六师毕业后，回到新宁，当了老师。成为年轻的教书先生。

这个年轻的教书先生教课仿艾青的"风格"，也让学生有充分的自由。但他给学生的自由却不但不为学生乐意，更为学生的家长诟厉，说他教的什么鬼书，对学生放任自流，是误人子弟。

郑南山自喟在这样的山区小城教书是不得志、屈了自己的才，学生及家长愚昧。"燕雀安知鸿鹄之志"，是他对诟厉自己的人的内心答复。"乱世出英雄"，他决意要干一番惊天动地的事业。故而当屈八找着他，将回到老家的意图略述，两人一拍即合。

郑南山以满腔激情吼出的几句"火把"刚一落音，原本坐在他后面的瑶人猎户杨六吼了起来。

杨六吼道：

"你喊什么冤魂啊？日本人还没来！"

郑南山还没从激情中缓过神来，江碧波已替他回答：

"六阿哥，他是念诗呢！"

"念诗？有这么念诗的啊？以为我这个打猎的没见过念诗的？我见过的念诗的多呢！我一给有学问的人家送捕到的竹鼠去，人家就念'捉（硕）鼠捉（硕）鼠……'念诗的都是摇头晃脑，斯文而吟，他这是要放火烧屋呢！"

杨六一说郑南山念诗是"要放火烧屋"，我叔爷对着屈八笑起来。

屈八赶紧说，老六，郑老师念的是新诗、新诗。郑南山则说，杨六你不懂，这是大诗人艾青的诗，就在我们新宁写出的诗。

猎户杨六立即驳道：

"就在我们新宁写出的？我怎么没听说过？他这个大诗人是怎么个大法，难道比李白还大啊？李白斗酒诗百篇，他喝酒能跟我比不？"

郑南山说：

"李白是唐代的大诗人，艾老师是当今的大诗人。艾老师喝酒能不能跟你比我不知道，但我们新宁的好山好水，他是写入了诗中去的。你要不要我再念一首他写我们新宁的《水车》？"

杨六说：

"你要念就念，我估摸着他那'水车'，就是准备用来灭火的，以免你真的放火烧屋。"

我叔爷又笑得哈哈的。他这回的笑，是因为杨六讲"放火烧屋"等于影射屈八放火烧他爷老子的寨子。

这时和合先生说话了。和合先生说：

"南山，你讲的那个在我们新宁写诗的大诗人，是不是经常一个人在野外蹀躞，还沿着扶夷江往下走，拿着块画板画画的先生？"

"是啊，是啊，艾青老师曾留学法国，原本是学西洋画的。"

"他是留洋生啊！怪不得，怪不得他要举起火把烧屋。"我叔爷趁机"乱坨"，再一次影射屈八。

郑南山一听我叔爷的话，哭笑不得，他便要大讲《火把》的深刻涵义。他一开讲，可急坏了屈八。若让郑南山这么讲下去，今晚上这会……

还是和合先生阻止了郑南山。

和合先生说：

"南山南山，我知道你的诗也写得好，你是大诗人的学生，这个关于火把的问题，我琢磨着就是要把人组织起来。今晚屈八先生请我们来的目的，也是要我们一起核议个法子，组织些人马，不能让日本人像去年那样……"

和合先生这话，既安抚了郑南山，又拨正了会议的航向。

老春立即说：

"对啊对啊，我们此时所在的地方，就是去年那个日本小队长火烧老街后，驻扎个什么司令部的地方；狗娘养的日本人，就是从这个祠堂出发，把藏在神仙岩的人困住，用烟全部熏死。这一次，我们可得给日本人一个厉害看看！"

"对，对，这次是得给日本人一个厉害看看！"

于是，这个秘密会议，正式转入了如何对付日本人的正题。

于是，这个由曾经放火烧自己爷老子村寨的屈八召集，有差点被日本人抓去当挑夫的老春、打过衡阳保卫战的兵贩子叔爷、和合先生林之吾、教书先生郑南山、大小姐江碧波、瑶民猎户杨六等人参加的会议，成了我们老家民间的第一次抗日会议。

别以为乡人、山民愚钝，别以为他们在商议这么重要的事情前还不着边际地磨蹭了那么久的时间，就断定他们议不出个什么真正有效的对付穷凶极恶的日本人的办法来；这些乡人、山民只要一被发动、组织起来，只要把心拢齐到一块，连天都能翻个边！新宁这个位于湘西南边陲、和广西交界的山区之域，早在公元前124年，就为扶夷侯国，县域内有汉、瑶、苗、侗、壮、藏、蒙古、回、彝、白、土家、黎、锡伯、满族等十六个民族，仅在清道光年间，就有蓝正樽、雷再浩、李沅发等三次大的瑶民、汉民起义，那都是上了中国近代史词典的。而守土拒外敌之烈，使得太平天国大军三次攻打新宁，都是伤亡惨重不得不败退。就连威名赫赫的翼王石达开在天京内讧后率部出走，攻破宝庆后，挥兵直取新宁，也未能占据。新宁的乡民、山民、少数民族，千万别把他们惹得太狠，逼得太凶。日本人在民国三十三年侵入新宁，我们老家人就是以为不撩日本人，不惹日本人，日本人就不会把他们怎么地，谁知日本人不但杀人放火、奸淫抢掠，而且将藏在神仙岩里的百姓全部用烟熏死。在这民国三十四年，日本人又要侵犯，那就是惹得太狠，逼得太凶了，他们可就得品尝自己种下的恶果了。

因而，别看这么个小小的会议，从战略上来说，它直接影响到了日军的合围芷江。就是在这次秘密会议后，成立了我们老家第一支由百姓组成的抗日队伍。而就是这支抗日队伍，伏击攻打新宁的日军，继而驰援武冈……他们和雪峰山域其他地方的民众抗日队伍一样，给中国军队送情报，捐物资，献守城之计，打日军的伏击，切断运输线，将迷路的日军引往绝地，为中美空军指引轰炸目标……使得日军诸多进攻计划或受阻，或彻底破灭。当然，这些都是屈八他们在行动之前和行动中根本没有想到的。他们只是在客观上达到了这一成效。而日军也根本没有想到，在这次雪峰山会战中，他们竟然会面对奋起抵抗的百姓。因为不惟是我的老家新宁，在隆回、洞口、武冈、洪江、芷江、辰溪、沅陵、黔阳、溆浦等各个地方，在整个雪峰山东麓，老百姓几乎处处与他们为敌，处处让他们吃尽了苦头，成为在中日战场最后一次大规模会战中、他们彻底溃败的一个因素。以至于他们不得不发出：湖南山里蛮子——可怕！

三十六年后，一些参加过雪峰山会战的日军中下级军官，作为日本朋友，"战地重游"，向知晓此次战役中一些战斗的当地老人询问，要得出他们为何惨败的一些原因，其中主要是对山民的骚扰抗击不可理解。有关资料如实地记述了一个旅团长和一个老乡的问答。

问：我们的部队一来，为何老百姓就知道我们是日军？（山里的许多老百姓在这之前并没见过日军）

答：你们煮饭吃不烧柴火，专烧壁板（山里的房子都是木屋壁板）和家具；吃完饭后将锅子、碗筷、水桶和用过的家具全部打烂……那就肯定是日本兵哪！

问：我们的部队在这里干了哪些坏事？难道就没有干一点好事？

答：你们在这里的好事找不到，坏事讲不尽。你们烧房子、杀人、强奸妇女、抢东西……我们这里四个村子，凡是在你们来时没跑出去的男人，都被杀光，凡是没跑出去的女人，都被强奸，有笔数字呢！你们连几岁的女孩、七十多岁的老太婆都不放过！我那个院子里的张满娘，被强奸后推到坎下田里，爬起来时，又被日本兵用石头活活砸死……我们四个村只剩下一头耕牛、三头猪、七只鸡，这剩下的牛和猪、鸡是跑到山里去了，没被你们抓到呢……

另一个老乡插话：你们没来打仗之前，我家有十五口人，打完仗后，只剩六口人了。

又一个老乡插话：我们院子的吴文季，被日本兵活活剥皮、烧死。你们的士兵抓了他去当伙夫，却不让他这个伙夫吃饭。饿得头昏眼花的他，去收拾日军吃过的饭碗，跨门槛时一跤跌倒，一个日本兵先是哈哈大笑，接着走上前去，一把抓起，"啪啪"两耳光。吴文季忍不住骂了一句娘，翻译官马上翻译，这个日本兵立时端起长枪，朝他胸脯上连刺几刀，顿时血流如注，昏倒过去。日本兵还不解恨，又用绳子将他捆绑在一棵树上，一刀将他的额头划破，然后将额头的肉皮剥开，往下一拉，用肉皮遮住他的一双眼睛，再在树周围铺上一大堆干柴，提来一桶煤油泼在他的身上和柴上，烧起了大火，烈火过后，剩下的是一堆白骨。还强迫我们看……

日军旅团长：我们有罪，我向你们请罪！（对着三个老乡行了三个九十度的鞠躬礼）

陪同前来的湖南省有关部门一个领导插话：现在我们中日友好，要世世代代友好下去，要向前看。

日军旅团长：你们向前看，我们要向后看，看看我们做的坏事。我们部队上面规定的纪律是很严的，这些坏事都是下面干的，特别是我自己也干了不少坏事。对不起中国人民。对不起！（又鞠躬。鞠躬完后，沉吟一会）但我还想问两个问题。

答：你只管问。

问：我们的部队和国民党的部队有哪些不同？

答：在这里打仗的国民党部队不杀人，不放火，不强奸妇女，不毁坏房屋和家具，主要只抓民夫，向我们要吃的东西。他们抓民夫也不把理由讲清，没有说为的是帮他们挑东西、带路去打日本兵，所以我们被抓的知道是去打日本兵后，就不逃跑；不知道的，也在半路上溜走。

问：你们普通百姓是不是经过正规军的动员后开始对我们实施袭击的？

答：哪里有什么动员？就连日本人就要打来了都没告诉我们。我们山里蛮子打你们主要是三种，一种是亲眼看见你们烧杀抢掠强奸妇女后，就开始报仇，专门对付被打散的溃兵、迷路的士兵；一种是原来成立的用以对付土匪抢劫行人的自卫队，主要是打你们小部队的伏击；还有一种是自发组织联合起来的，有汉民、瑶民、侗民、苗民……就连原来的一些土匪，也加入了进来。我们山里蛮子猎户多，枪也打得准……

日军旅团长（竖起大拇指）：山里蛮子！（旋改口）山民，厉害！了不起！我军在东北打仗，不管任何城市，势如破竹，长驱直入，如入无人之境。在雪峰山，我们寸步难行，伤亡惨重，全线溃败，是我们没有意料到的……

岂止是这个旅团长没有意料到，就连作为日军最高指挥官的冈村宁次，对合围芷江之仗考虑得不可谓不周到，所制订的"正面进攻，分进合击，钻隙迂回"的战术不可谓不正确，攻势更是凶猛，但他也没有意料到此次战役会以自己大败、中国军队完胜而告结束。

四

冈村宁次在即将担任中国派遣军总司令、制订芷江攻略战时，尚在南岳衡山的白龙潭钓鱼。

白龙潭位于南岳集贤峰下，瀑布冲泻，翠珠溅花，潭底幽深，绿树遮掩；其上有道观，名黄庭观，据传系晋代卫夫人得道成仙升天之地。蒋介石曾在这里主持召开过四次军事会议。白龙潭下有一栋农舍，则是当年游干班中共代表团所住之处。

衡山被日军占领后，冈村宁次一来，司令部便设在此地。他是否特意要设在这个蒋介石及中共代表团都曾住过的地方，以示他的胜利，不得而知；他这个中国通是否对中国的道教颇感兴趣，抑或也想修道登仙，亦不得而知。但他相信占卜，倒是的的确确。

是年初，日本占卜师小玉吞象为他占了一卜，说他在今年将有大运，必定高升，至于升到哪一级，不好说。冈村想，以自己现在的位置，再往上升，那……他顿时兴奋，但未流露半点，转而问战局将会如何？占卜师答曰，年中直到秋季将有一场大战，作战方位当在西南……

果然，这年四月，日军开始了打通大陆交通线的一号作战，八月二十六日，他被任命为第六方面军司令官，十一月二十四日，就任中国派遣军总司令。

从担任第六方面军司令官到中国派遣军总司令，不足三个月的时间。这一切，不正是为占卜所占准了吗？其实，他心里清楚，他之所以升任得这么快，是因为日军在太平洋战场节节失败，局势已经岌岌可危，要他来收拾残局。

在担任第六方面军司令官后的十月七日，他来到了衡阳，当天夜晚，便渡过湘江，到了南岳。

第二天下午，他就到白龙潭钓鱼了。

冈村宁次钓鱼，若能让山民看见，那就是一个地道的钓翁。他头戴竹壳斗笠，身披蓑衣，手持长长的钓竿，正襟危坐，屏息凝气，只待鱼儿上钩。他戴斗笠、披蓑衣，若从实用价值来说，既可遮阳避雨，又可挡住瀑布激起的水花溅湿衣服。然要遮阳避雨阻挡水花，自有卫兵替他撑伞，架设围挡，根本用不着戴斗笠、穿蓑衣。他之所以如此，乃是仿效中国高人，于钓鱼中指挥战役。

冈村宁次看似有"闲云野鹤"之态，其实心里正在焦虑着整个战局。

自"一号作战"以来，日军虽说战果辉煌，从河南一直打到了广西。然而，冈村宁次自八月二十六日在北平接到日军大本营"为了进行湘桂作战，防守武汉地区，特编组第六方面军，由冈村宁次担任第六方面军司令官"的命令，很快又接到中国派遣军总司令部要求他尽快到汉口上任的指示后，却不敢坐飞机直飞汉口。

他不会忘记，就在上年四月，海军大将山本五十六就是因座机被美国飞机击落而丧了命。他非常清楚，华中西部的制空权已非己有。他可不愿意成为第二个山本五十六。但他绝不会流露出半点害怕直飞汉口恐遭中美空军拦截的意思，他找了个非常充足的理由，先乘火车到南京，再由南京乘坐小型侦察机，于清晨沿长江上空飞抵汉口。他之所以选择清晨起飞，是因为清晨遭遇中美空军的几率较小。

他在侦察机上看着长江江面，心里暗暗吃惊，江面上空荡荡一无所有，长江航运竟然中断，日军运输船只没了踪影，全被中美空军炸没了。他刚从侦察机里钻出来，空袭警报便凄厉地叫得刺耳。随行人员忙拉他躲避，他站立不动，眼望长空，直至敌机真的临空，他才似乎鄙夷不屑地走进专为他准备的掩蔽室。

他怕自己的座机在空中成为敌机拦截的对象，但在这他刚到任第六方面军司令官的地面，他得保持大将的镇定。

在汉口，留在他心目中最深的一个印象，是偕行社中日本少女脸上的那种神色。

他对偕行社有种特殊的感情，因为偕行社这个名字取自中国《诗经》"无衣"中"与子偕行"一句的两个字。中国的《诗经》，是他喜爱的一部书，他也以中国人所说的"儒将"自称。偕行社，是他无论在日本国内，还是在中国，都常去的地方。

偕行社是明治十年一月三十日，由一些日军现役军官成立的团体。当时组成的目的大致为，巩固陆军军官的团结，加强亲善和睦，陶冶军人精神，钻研军事，义助社员并为军人、军属提供方便。相当于陆军军官集会、活动的俱乐部。到得二战时，偕行社的"业务"早已大大扩展，不但出版军人敕谕、军籍簿、兵书，而且贩卖军装，并开设饭店，出租房屋，提供各种服务，成为日本军人的一个寻乐之处。

冈村宁次到达汉口的当天晚上，就去了偕行社。他去偕行社，当然不是为了寻乐，而是"视察"。在偕行社能接触到各等官兵，更能体现出他对部属的亲善。偕行社里，依然熙攘，但在这里享受的日本军人和照料日本军人的服务人员，皆无生气。军人仿佛是"今朝有酒今朝醉"，服务人员则仿佛是迫不得已在做着不能不做的事；尤其是那些服务军人的日本少女，脸上的那种凄凉，即使用强装的笑容也无法遮掩。

日本国命运的阴影，已经笼罩着日本人。白天，在原本挂满日本店铺幌子的武汉三镇，已见不到几个日本人，他们大都撤离回日本去了。夜晚，就在这可供军人取乐的偕行社，也是弥漫着愁云惨雾。

不知为什么，日本少女脸上的那种遮掩不住的凄凉，竟不时浮在冈村宁次的眼前，令他挥之不去。以至于在欢迎他就任第六方面军司令官的宴会上，当他强调必须加强军队纪律，加强纪律才能提高士气，保持士气，为加强纪律，就得随时检查士兵的纪律时，突然说出了这么一句话——要以中国姑娘的眼神作为检查日本军队纪律的一种标志。

他这句话一说出，在座的一百多名军官似乎皆有点讶然。

他随即说道，我们的军队，必须让中国人相信，我们是为了他们的利益而来的，如果中国姑娘看到我们的士兵，眼神里透露的是信任，是亲切，那么我们大日本帝国皇军所到之处，老百姓就会箪食壶浆。所以，要以中国姑娘的眼神，来检验我们军队的纪律。

他这话，在部属们听来，其实就是建设"大东亚共荣圈"的翻版，但这种对军队纪律的要求，却是从来没听到过的。这也就是三十年后，参加过雪峰山会战的那位旅团长"战地重游"，在和当地老乡问答时，之所以说出"我们部队上面规定的纪律是很严的，坏事都是下面干的"的原由了。

而冈村宁次说出这句话，是因为偕行社日本少女那凄凉的脸色倏地又在他眼前晃了晃，那种脸色，本应该是中国姑娘的，可现在连自己本土的姑娘也是那种脸色，他的内心，实际已不能不恐惶，他明明知道在这次大战中，美军太平洋战场已是胜券在握，日本只能是苦苦挣扎，但他如同蓦地来了灵感一样，如果他的军队所到之处，中国姑娘皆是报以微笑，那么中国这个战局，还是能够稳定的。

冈村宁次也许忘了他在任华北方面军司令官时实行"烧光、杀光、抢光"的"三光"政策了，也许他认为彼一时，此一时也，他从现在开始要整肃军队纪律了。然而，就当他的司令部设在风景胜地、道教圣地南岳之白龙潭时，就当他似乎在潜心钓鱼时，五岳独秀的衡山南岳，便遭受了日军的疯狂蹂躏。九月八日上午，上封寺被日军摧毁，俊修和尚被杀；十月，设在水帘洞处的省立工业专科学校被毁，中山堂亦被拆毁……至于在衡山未沦陷之前，日军飞机数次轰炸南岳，炸毁南岳大庙古建筑，炸毁南岳古镇四街……等等。可说他不知道，而就在他身边发生的对南岳的暴行，他难道也不知道？在他离开南岳后不到一个月，即十二月下旬，日军井上部队便将省立农业专科学校全部破坏，旋拆毁省立南岳图书馆，又将私立岳云中学、五四中学、南岳汽车站、中国旅行社统统捣毁。次年八月末，日本已宣布投降后，日军华南指挥官武侯中将又将省府南岳招待所拆毁，省商业专科学校被付之一炬，大火四天四夜不熄……

冈村宁次在南岳住了近两个月，南岳的劫遇，是对他说用中国姑娘眼神来检验他的军队纪律那句话的注脚之一。

也许是白龙潭风景的秀丽宁静，钓鱼的冈村宁次眼前算是再也没有晃动日本少女那凄凉的脸色，但当他抬头看着南岳的天空时，却又不能不想到可恶的"天空"。

他离开汉口来衡阳之前，要先去广州看望第二十三军，就在准备动身的头天夜里，武昌和汉口的中央弹药库便遭到中美飞机的空袭！第六方面军在武汉的弹药总储备量被炸损百分之二十，汽油损失百分之十五……

剧烈的爆炸持续了几个小时。在这几个小时里，冈村宁次可就再也镇定不住了，他在地下掩体房间里焦躁地踱来踱去，咒骂着中美空军的可恶，斥责着防空警备的薄弱……

前往广州。他照样不敢从汉口直飞广州，他又想到了山本五十六。他的座机竟是绕道台湾，再从台湾飞往广州。

他在广州对二十三军亲示关怀后，转而来衡阳。他到达衡阳机场，一下飞机，又遇上空袭。前来迎接的第十一军司令官横山勇立即将他拉入防空壕内……

制空权、制空权……制空权到哪里去了？他明明知道制空权之所以丧失的原因，但他还是不得不在心里呼喊制空权。一呼喊制空权，他就想到了珍珠港事件，他对偷袭珍珠港、发动太平洋战争是不赞成的，他认为在没有解决日中之间的战争时，又发动日美间的战争实属下策。他断定只要对美国一开战，日本就危矣！所以尽管偷袭珍珠港取得了莫大的胜利，他的担心却越甚。果不其然，美军不但很快在太平洋战场占据了主动，而且在塞班岛登陆战后，使日本在太平洋上的海陆空战力消耗殆尽……但他是军人，军人以服从为天职。他只能、也必须服从上层领导所决定的事，尽自己的可能去为不能。

他既然已经接手了这么一个烂摊子，他就不能让军官们看出他有丝毫的惶惑或不安，他得给军官们一个成竹在胸的印象。只要有他在，所有的一切都会恢复到从前。日军，仍然是战无不胜的。于是，他很有风度地欣赏起周围的美景来。

他看中了白龙潭。下午，他就来白龙潭钓鱼了。

就在他每天的钓鱼中，桂柳战役的捷报不断传来。

桂柳战役，是他在汉口就部署好的，一切，都是按他的布置进展：全州，被攻占；清水关、永安关，被抢占；湘桂边界的制高点都庞岭，被控制……桂林东面的门户，被打开；大军已抵柳州、南宁外围。

冈村宁次能不安心钓鱼？

这白龙潭的鱼也多，以他高超的钓鱼技术，每天收获颇丰。于美丽的风景之中，他的心境似乎颇佳。

然而，影响他心境的事却接踵而至。他的第六方面军竟发生了军官之间互相残杀的事，一名中队长被小队长炸死了。

事情是这么发生的：驻扎在湘潭附近的一支日军部队进行演习，一名中队长和他属下的小队长发生口角，中队长"啪"地给了小队长一个耳光，并警告他，下次你再敢这样，就将你杀掉！小队长认为中队长肯定会找借口杀掉他的，他反正躲不掉的，与其被人杀，不如先杀人！于是，趁夜里睡觉时，小队长将一枚手榴弹扔到中队长的床上……

日本军官杀军官的事，在冈村宁次手下还从来没有发生过。他知道，这是士气低落、悲观失望情绪的一种反映。

冈村宁次重申加强部队纪律，强调军官互相尊重，杜绝野蛮粗暴。当然，对于那个小队长，在经过审判之后，不杀掉是不足以儆戒的。只是那个小队长在面对死刑宣判时，竟显示出了皇军的大无畏，竟说他迟早是要被杀的，不是被已被他炸死的中队长杀掉，就是被中国军队杀掉。现在被枪毙，尸体还能运回故土去。这一点，没有让冈村宁次知道。

军官杀军官的事刚完，他接到报告，接连有两支部队的密码本丢失了。

冈村宁次一听说密码本丢失的事，不能不发了大火，严令立即追查密码本的去向。他又想起了山本五十六。山本五十六就是因为密码被美军破译，得知其座机行踪而丧命的。

……

令人沮丧而又恼火的事一桩接一桩，使得在白龙潭畔钓鱼的冈村宁次又怎么也静不下那颗强作镇定的心。

突然，垂在潭中钓线上的浮标急速往下沉，一条大鱼上钩了。一见有大鱼上钩，他兴奋起来。要将这条上钩的大鱼钓上来，可不能性急，得在水中将大鱼戏耍得筋疲力尽后再收线。他忽而放松钓线，忽而拉紧钓线，正在饶有趣味地戏耍着那条大鱼时，那条大鱼猛地挣脱钓钩，甩起一阵巨大的水花，跑了，再也不见踪影了。

上了钩的大鱼，竟然能从他手上跑掉，可是绝无仅有的头一次！懊恼的冈村宁次惘然地看着慢慢平静下来的潭水，又想到了接连发生的一系列事件……他甚至想，这钓鱼的失利，是不是极为不祥的预兆？

大鱼脱钩而走这不祥的预兆令冈村宁次内心有点惶惑不安，但他等来的却是好运，十一月二十四日，委派他就任中国派遣军总司令官的诏书到了。

接到诏书的冈村宁次不能不有点诚惶诚恐，尽管他知道接任的这个总司令官等于是个收拾残局的官，但依然决心"必将把握解决战局之转机，奉慰圣怀"。

他的"把握解决战局之转机"，就是决定拼死一搏，奔袭四川，打垮重庆国民政府。

他认为只有孤注一掷，直取中国政府陪都，才能从根本上扭转整个战局。

奔袭四川将兵分三路：主攻部队为湖南地区日军，首先攻陷芷江，然后攻占重镇涪陵，继而横渡长江攻占重庆；另外二路则分别从贵州和武汉出发，攻占成都和万县，完成对重庆方面的合围。

然而，他的这个进攻计划报到东京大本营后，却不但未被批准，反而遭到训斥。训斥的大意是他不自量力。

同时，在他召开的侵华日军最高军衔的军官讨论会上，与会的十二位军以上军官也全部反对这个计划。理由皆是兵力不足，守卫各自的防区尚且费力，更不用说抽调兵力了。

冈村宁次因自己的计划上未能为大本营批准，下未能为部属赞同而恼火不已。尽管他始终认为，要挽救大日本帝国的命运，就必须按照他的计划进攻四川。但他也只能莫可奈何。

就在冈村宁次为大本营不采纳他突袭四川的计划而莫可奈何时，这期间发生的两件事，则直接促使了合围芷江计划的产生。

一件是冈村宁次离开衡山去湘潭"视察"，他的座机刚起飞不久，空中突然出现了美军的飞机，所幸的是，美军飞机并不知道这是他冈村宁次的座机，因而也就没有出现第二个"山本五十六事件"。

冈村宁次逃过一劫。

第二件是接手他任职第六方面军司令官的冈部直三郎大将在乘运输机直飞广州时，中途又遭遇了中美飞机的拦截。虽说没有被击落，但冈部大将被弹片击中，险些丧命。

派遣军最高司令官和方面军最高司令官都无法乘坐飞机出行了，那还了得！

拦截的飞机是哪里来的？哪里来的？

湘桂铁路、粤汉铁路均遭轰炸，所有的运输线路几乎都无法通畅，轰炸的飞机是从哪里起飞的？

……

日本大本营的命令来了，摧毁湘西芷江机场！

对于大本营的这一命令，冈村宁次始是并不以为然，他认为就算摧毁了芷江机场，也无法改变整个战局。要改变整个战局，只有用他的突袭四川之策。

冈村宁次要突袭四川，一举攻下中国政府陪都之策，怎么地让人不由地想到《三国演义》中魏延向诸葛亮所献的兵出子午谷，直取长安之计。在诸葛亮六出祁山皆告失败之后，魏延曾说，丞相若是依我言，长安早已攻取多时矣！

冈村宁次也许的确就是想到了魏延的这条计策，所以才有了突袭四川之策。此招虽为险招，他认为却是惟一的取胜之招。然突袭四川既然未获大本营批准，也未得部属赞同，而在他进攻四川的计划中，欲攻四川，必先进攻湘西；这摧毁湘西芷江机场，先拿下芷江，占领湘西，不就是实际上完成他攻占四川计划的第一步么？

于是，兵分三路，穿越雪峰山，合围芷江的作战计划迅速制定。

对于芷江攻略战，冈村宁次自认为是必胜无疑。一个小小的芷江，在他眼里算得了什么？拿下芷江，摧毁中美空军基地，完成大本营指定的任务后，他将挥师入川，直取重庆，挽大日本帝国的命运于垂危之际！

五

屈八召集的紧急会议，就是在冈村宁次制订了合围芷江的计划之后不久。

不要以为将乡人的会议和冈村宁次的计划联系到一起，是我这个作者在牵强附会。因为围绕战争发生的许多事情，是连身经百战的上将也难以想到的。不管这上将是正方或者反方。一些关键时刻的坏事或成事，就是最基层的人所致。

在南宋的抗金史上，女将梁红玉擂鼓战金山，将金兀术围困在黄天荡，元帅韩世忠原以为金兀术已是瓮中之鳖，没想到却被逃脱，以致于仰天长叹，喟叹煮熟的鸭子又飞了。而金兀术之所以逃脱，就是当地一个烂秀才出的主意——连夜挖通了一条河。

元末，朱元璋打着抗元的旗号，其实根本没和元兵打什么仗，而是坐观其他义军和元兵厮杀，自己只扩张势力，等到元兵被消灭得差不多了，他再一个一个地将"义军兄弟"收拾干净，最后称帝。朱元璋之所以如此，就是采纳了一谋士献的"高筑墙，广积粮，缓称王"之策。这谋士名叫朱升，是元末举人，但这个举人在未成为朱元璋的谋士之前，仅仅当了一下池州路学正，后辞去"地区教育局长"之职，到歙县石门山讲学，朱元璋召他垂问时务时，也就是个教书先生而已。

在雪峰山会战中，就是民众献的一条筑城之计，使武冈城的工事坚固无比，以致于日军四面合围武冈，十天都没有攻下。这条筑城之计，后面有叙。而一座小小的武冈县城的久攻未下，正是日军三路进兵，全线溃败的一大原因。

屈八他们的会议，进入了实质性的议题，那就是要和日本人干，人从哪里来？枪从哪里来？

说到人和枪，瑶民猎户杨六第一个发话了。

杨六说他可以集合起几十个猎户、几十杆鸟铳。

这瑶民猎户在山里打猎的本领和枪法，可谓闻名遐迩。因为他们在山里的生活，除了种几块旱土的苞谷棒棒以充作口粮外，靠的就是猎获飞禽走兽，再以飞禽走兽卖与山外人，或直接易物，换来油盐布匹等生活必需品。每到山外集镇逢六逢九赶场日，就总可见肩上或扛鸟铳，或扛猎叉，鸟铳或猎叉端头吊着、挂着各类野物、兽皮的汉子。这些汉子先是在集镇不无威风地走上一遭，让赶场的人们看看他们带来的珍奇货物，他们是绝不会开口叫卖的——他们带来的货物，是需要叫卖的么？除了他们外，谁能有这样的货物？在这种时候，也只有在这种时候，他们那在山里因封闭，因被山外汉人多少有点瞧不起，而不无落寞的心，才算得意地、骄傲地畅快了起来。

果然，就有人围上来，喊，啊唷，这么漂亮的花豹皮啊？是花豹么？啊唷，这是锦雉罢，几多长的尾巴哟……被围着的汉子亦不作声，任凭围看的人欣赏一番，若有人要买，便说出一个价格，那价格，大抵是不容许讨价还价的，因为他们说出的价格，绝不会过高。倘若现场无成交，则对围看的人笑笑，走。走到似乎是属于他们专用以交易猎物的"地盘"，将货物放于"地盘"上，蹲下，卷根喇叭筒旱烟，抽。抽旱烟时，眼睛微眯，看那赶场的各色人等，特别是着装艳丽的女子。待到有人上前谈交易时，也不急于成交，而是先和顾客讲讲白话，探听一些时下的趣闻，好将探听到的趣闻，带回去讲与家人、邻舍听，以显示自己这趟下山不仅是卖了猎物，得了钱，买回家人叮嘱的东西，而且收获了山外的"时事"。他们在与人交易时，表现得让集镇人觉得这山里人就是山里人，不但做生意不会耍狡使滑，就是人这本身，也是老实厚道。只有当他们返回山里时，那种豪放，那种刚烈，才又重新回到身上。

当杨六说他能集合起几十个猎户、几十杆猎枪的话语一落，我叔爷笑了。

我叔爷的笑，是种嘲笑。

我叔爷一边嘿嘿地笑着，一边竭力睁开那只尚有余光的眼睛，对杨六说：

"你带了你那打野鸡的鸟铳来么？"

杨六没听出我叔爷话里的意思，立即应道："带来了，带来了，我是铳不离人，人不离铳的。满爷，你要看我的鸟铳？"

我叔爷说，是要看看，看看。

杨六便将他那杆枪管依然发蓝、枪托被磨得溜滑锃亮的鸟铳递给我叔爷。

我叔爷接过鸟铳，以他那当过多次兵、玩过多种枪的老练手法，双手将鸟铳一托。

我叔爷本是要以端步枪射击的姿势玩那鸟铳的，可步枪的枪托能抵住肩膀，这鸟铳的枪托却是无法抵住肩膀也不用抵的。这种鸟铳，是将铁砂（弹）直接从枪口灌入，以"鹅弓"（鸟铳发火机关）发火引燃硝药将铁砂击射出去。那击射出去的铁砂可是以数十上百颗计，人若被击中，那就满身是弹，即算不死，也会痛得死去活来。若动手术抢救，那满身的铁砂，该动多少刀才能完全取出。故而在后来的雪峰山会战中，日本兵竟格外害怕这种鸟铳，以为是种什么"新式武器"，但又不知这种"新式武器"的名称，只见使用此种"新式武器"者，似乎是往鼻子上一嗅，立即枪响，便称其为"嗅枪"，将拥有此种"嗅枪"的队伍，称为"嗅枪队"。

那所谓的"往鼻子上一嗅"，其实是鸟铳射击者的一种瞄准方式，鼻子靠近鹅弓，扣动扳机，鹅弓往下一磕，打燃火药……

这种早已绝迹的老式鸟铳，自然有它的最大缺陷，即非但不能连发，而且装弹药费时，打完一铳，得重新往枪管里灌注铁砂硝药，还得用一根长铁钎从枪口捅进去，将铁砂硝药捅匀捅紧……想用这样的鸟铳来对付日本兵，跟随第十军和日本人打过衡阳血战的我叔爷，当然就要耻笑了。

我叔爷在端起鸟铳的那一瞬间，才想起这是鸟铳而非步枪，他便将托住鸟铳的左手垂下，只以右手将鸟铳顺势往上一举，说道：

"就凭这号鸟玩意儿，能和日本人交手？"

杨六却不服这话，回敬道：

"三百斤的野猪我都能打死，那日本人，难道比野猪还难打？"

我叔爷哈哈大笑起来，说：

"杨六啊杨六，你只怕也是三百斤的野猪，强在一张嘴。你见过日本兵的枪炮么？"

我叔爷讲起他在衡阳血战的亲身经历来，讲那日本兵的机枪、大炮、战车，特别是那些不断向前推进直接平射、如坦克般的火炮，因为就是那些推进到距他们阵地百米以内疯狂轰击的火炮，使他的那些弟兄们死伤殆尽，也就是为了炸那火炮，他只剩下了一只眼睛……

我叔爷讲这些时，除了屈八外（屈八是见识过血战惨烈场面的，只是与会的人都还不知），余皆尽管听得咋舌，却不大相信。一辈子生活在山区的人，讲究的是"眼见为实，耳听为虚"。

猎户杨六在听我叔爷讲时，也咋了舌头，但他的咋舌，是一种礼性的表示，表示在认真地听"你老人家"讲。当我叔爷的话略一停顿，他就忍不住插话了。

杨六说：

"日本鬼的钢枪我也见过，就是长长的，上着一把雪亮的刺刀。"

"你在哪里见过？"我叔爷立即追问。

"就是去年，日本鬼在我们这里追杀百姓，提着上了刺刀的枪……"

"你见着他们追杀百姓，为何不用你那鸟玩意射击？你说你能打野猪，就不会打野鬼啊？"

"那，那……"杨六被我叔爷的话问得一时语塞，嗫嚅答道，"那是没想到他们会杀人哪！"

"没想到？既然亲眼看见了，为什么不用你那鸟铳还击？"

"还、还击，没人叫我还击哪！"杨六说完，自觉得确实有点理亏，是啊，当时怎么不用鸟铳狠狠地给狗娘养的日本鬼几铳呢？可当时、当时……他又不愿承认自己当时也慌了神，而此刻，当着这么多人，他可不能让自己的颜面尽失，蓦地，他想起了一条反击的理由。

"那你呢，你群满爷呢？你群满爷当时在哪里？怎么也没见你群满爷杀一个日本鬼？"

杨六这话一出，我叔爷立即答道：

"我群满爷在哪里？我群满爷正在衡阳和日本鬼血战！我群满爷在衡阳打死的日本鬼，少说也有一个班……"

"你在衡阳和日本鬼血战，那日本鬼怎么又到了我们这里？"

两人争吵起来。和合先生林之吾忙说："群满爷在衡阳和日本鬼血战，那是千真万确，日本鬼之所以来到我们这里，那是分兵进犯，未予还击，是一无准备，二无领头人，仓促之间，和我等一样，惶惑不知所以……"

和合先生这话，令我叔爷和杨六都觉得在理，皆收敛了火气。

我叔爷转而说道：

"你们知道日本鬼手里的钢枪叫什么枪？那叫三八式步枪，又喊三八大盖，你知道它的射程有多远？打得一里把路远呢！'嘎嘣'，他妈的日本人，枪法还他妈的真准……"

我叔爷说到日本人的枪法，杨六又不服气了。

杨六说：

"这次要是让我再碰到日本人，也要他尝尝我的枪法。"

杨六这么一说，我叔爷又不屑地笑了。

"六阿哥，"我叔爷戏谑地喊起杨六的昵称来，"你的枪法也许不错，只是不待你举起那鸟铳，日本鬼的三八大盖，就已经将你射了个透心穿。"

我叔爷的确是不相信就凭着杨六们的鸟铳，能和日本人干。

"怎么？你不相信我的枪法？你敢和我比试比试？！"杨六的倔劲上来了。

一听杨六说要和我叔爷比试枪法，和合先生忙说：

"老六，老六，你的枪法我是知道的，那是敢打野猪的枪法！"

和合先生说的"敢打野猪的枪法"，指的就是极准的枪法。打野猪有一说，是要抬着板（棺材）去打的；那一铳若未能将野猪击中，被铳声激怒的野猪，就会发疯般直冲过来，放铳者十有八九躲不脱。

和合先生之所以不愿杨六和我叔爷比试，更是见我叔爷已经是个半边瞎。一个瞎子，即算当年再英勇，再有本事，能和打野猪的猎手比试？若我叔爷未成残疾，他正巴不得比试比试，好借此振奋"士气"。

和合先生是为我叔爷着想，免得真比试起来，损了我叔爷曾经有过的威名。

和合先生赞扬了杨六"敢打野猪的枪法"，也就是抚慰了杨六后，正要抚慰我叔爷，以免我叔爷赌气应试时，我叔爷却昂然说道：

"要比试，得弄杆真的钢枪来。用鸟铳这玩意，就如同瞎子撞婆娘，只要大致对准目标，'砰通'一声，那么多铁砂打出去，总有一粒铁砂要撞中的，算什么本事？只要你杨六弄来真的钢枪，别看我现在已是瞎子，我照样给你来个'百步穿杨'！我群满爷被日本炮弹炸瞎的是左眼，瞄准时正好不用闭这只眼。'三点一线'，你们知道么？准确射击的要领。"

我叔爷做了个持枪上膛、瞄准射击的姿势，右手食指稳稳地一扣，嘴里一声"砰！"弯曲的食指猛地伸直，往教书先生郑南山的胸口一戳。

郑南山被吓了一大跳。

我叔爷高兴得呵呵笑。

我叔爷一边笑一边说，算了算了，就你们这样的人，还要和有钢枪大炮的日本人干，别去冤枉送死了；趁早散伙，回去回去，你们若不回去，我是要走了。

我叔爷做着要走的架势。其实他不想走，他回去又只能一个人呆在黑暗的杂屋里，他到哪里去找有这么多人听他讲话、还能逗乐子的场所？

"你要走？是怕跟我比试了吧？"根本就不服气的杨六说，"只要日本人一来，我就要从他们手里夺一杆枪给你看看，就按你说的办，比试钢枪。我就不信摆布不了那'嘎嘣'的玩意。"

"要夺枪，干脆就去夺一挺机关枪！"我叔爷说，"那机关枪打起来才过瘾，只要有了机关枪，咱守住一个山口，任凭小鬼子往上冲，'哒哒哒''哒哒哒哒'看他有多少人冲，全用机枪给报销……"

他做出端着机关枪扫射的样式。

后来我叔爷说，他这是用的激将法。是为了激杨六这个猎户。他说当时他认为，真要和日本人干，只有杨六那些猎户们还能上场，若是不能激励杨六他们，光靠教书先生郑南山、读书小姐江碧波等人，岂不是送肉上砧板，白白去送死？而他的激将法一出，杨六果然就叫了起来，说他就是拼了这条命，也要夺下鬼子一挺机关枪！可没想到这誓愿是不能随便发的，更不能随口而出，如果是经过深思熟虑立下的誓愿，立下也就立下了，你那是有意立下的，不一定会灵验，随口而出的誓愿，却十有八九会成真，杨六的誓愿后来真的就得到印证了，杨六就是在夺鬼子的机关枪时被打死了。"唉，唉，"我叔爷说，"那杨六，还真是一条汉子！"

当时杨六说拼了命也要夺下鬼子一挺机关枪的话一出，屈八、和合先生林之吾、郑南山、江碧波和老春等人都叫起好来。屈八、江碧波及郑南山还使劲鼓掌。

这一叫好，一鼓掌，杨六兴奋得脸都红了。

和合先生说，只要夺了鬼子的钢枪、机关枪，群满爷你就当我们的教官。屈八则说，当军事顾问，军事顾问。从现在开始，群满爷就是我们的军事顾问了。

我叔爷也高兴起来。他没想到来参加这么个会议，就能成了教官，成了军事顾问。但他认为当军事顾问还不如当教官，被人家喊"林顾问"不如喊"林教官"来劲。

我叔爷说：

"我要是当军事顾问，我们就得有个司令；那司令至少得管几千万把人马，我看要想成那么大的气候，是万万不能的，最多也就能成立个什么打鬼子的鸟铳队罢。屈八你是召集人，就当个队长；杨六会使鸟枪，又能喊来使鸟枪的人，那就至少都得是个副队长；和合先生有计谋，是个军师，可鸟铳队设个军师于名不正，就也当个副队长算了，专司出谋划策的副队长，相当于参谋长；我呢，还是当个鸟铳队的教官，我当了这个教官后，杨六能以鸟枪换来钢枪、机关枪，我就能换来小钢炮。"

我叔爷讲完这话，自认为讲得绝妙，不但将队伍的建制讲得清清楚楚、人员的职务安排得妥妥帖帖，而且表明了自己"上任"后的决心，弄一门小鬼子的钢炮来使使。他对钢炮的兴趣更大于机枪，他在衡阳血战时，本就是第十军炮兵营的，只因炮弹打完了，完全没有了用武之地，才由炮兵去充当步兵，最后去炸鬼子的大炮……他断定鬼子对我们新宁这山区的进犯，重型火炮是难以派上用场的，威力最大、最好发挥的是那小钢炮。小钢炮可随身背着跑，无论什么地形，将那玩意一架，就能开炮。

我叔爷讲完自认为绝妙的话后，和合先生等人皆拊掌赞同。他就不无得意地对屈八说：

"屈队长，再来根香烟抽抽。"

屈八掏出支香烟，客气地递给我叔爷，并替我叔爷点燃香烟，他自己就着那火，也点燃一支。

屈八虽然客气地递了根香烟给我叔爷，还亲手替他点燃，心里其实极不舒服。这该成立个什么队伍，谁该担任什么职务，本应该都归他屈八来讲，来任命的，这一下可好，队伍就叫做鸟铳队，他成了个鸟铳队长，他这鸟铳队长还是由你个瞎子群满爷"任命"的了，你个瞎子群满爷算什么呢？

屈八这次从外地回到老家，是要干一番惊天动地的大事业的。如果仅仅只是为了成立个鸟铳队，仅仅只是带领一支鸟铳队去支援抗击日军的国军，保卫家乡，他也就懒得从外地回来了。但要实现他的宏图大业，就必须高举起"保卫家乡"这面大旗，只有在"保卫家乡"的这面大旗下，他才能招来人马，才能建立武装，建立根据地，才能最后实现他的"回归"……

屈八，当年的许老巴，是个脱离了共产党的"共产党"。

许老巴在放火烧了他爷老子的村寨逃离老家后的第二年，将自己的名字改成了屈八。他改名倒不是怕放了火、烧了房子，官府会来追缉。他烧的是自己家的房子，关人家什么事呢？况且他又没烧死人，他是瞅着自己那个可恨的父亲和可怜的母亲都不在村寨里时才点燃的那把火。他那把火只是要狠狠地教训教训把钱看得比命重、宁肯花钱为女儿做道场、也不愿花钱救人的父亲。

"我把你的寨子烧掉、烧掉！我看你还去发、发！"

许老巴是咬牙切齿这么念叨着点燃那把火的。

可许老巴毕竟太年轻，他以为放火烧了寨子，他父亲就会从此一蹶不振，他没去想父亲还有那么多田，那么多地，那田地，是烧毁不了的。还有那现大洋，也是安全无恙的。他以为寨子一烧，烧得父亲变成了穷光蛋，从此会反思悔过，恢复人性……他觉得那些被称为穷人的人家，比他这个有田有地的人家好得多，再穷的人家，也不会餐餐是一坨霉豆腐吧苞谷粒粒，人家是捞了两个钱，先吃餐好的再说，有了一点好吃的，先吃完再讲，即算是吃霉豆腐吧苞谷粒粒，也不会像他家那样一天到晚累得死，他在自己家里，连一个帮长工的都不如，帮长工的有不成文的规矩，如春耕开犁前得吃鸡蛋，得喝甜酒；尝新（开镰收割）时得吃肉，得喝烧酒；端午那粽子是不能少的，中秋的月饼、梨子是必须有的，过年除了将工钱全部算清，还得打发腊肉、猪血丸子……帮工期间还有几个歇息的日子，更何况，人家看崽女比他父亲看得不知要重多少倍。故而他宁愿生在穷人家，也不愿和他父亲生活在一起。

许老巴认为穷人家看崽女比富贵人家还看得金贵，在我老家的确如是。崽的金贵自不必讲，那是靠他传宗接代、兴家立业的；女儿的"金贵"则必须有前提条件，这个前提条件是，第一，头一个生下的得是儿子而非女儿；第二，必须得有儿子。倘若头一个生下的就是女儿，这女儿不会"金贵"，而是晦气。这女儿自小就得把所有的家务活全包下，稍稍长大后，屋里屋外的活都得干，因为只有那么十几年的活给她干呢。到得十五六岁，就要嫁出去归别人家了呢。倘若第一个生的就是儿子，最好是连着生几个儿子，最后才生下个女儿，那女儿，就会比儿子还金贵。许老巴父亲虽然不全符合这个惯例，但也基本符合，然就因为他有钱，女儿和钱比起来，自然就无足轻重了。没钱人家正好相反。当然，你没钱，土匪也不会来吊你的羊。

也正因为如此，当我们老家人看革命样板戏《红灯记》里夸十七岁的铁梅"提篮小卖拾煤渣，担水劈柴也靠她，里里外外一把手，穷人的孩子早当家"时，就大不以为然，忍不住说，那李铁梅，上无哥哥，下无弟弟，十七岁的女子了，还就干那点事，还早当家，我们这地方，在那时候，十七岁的女子，早就嫁为人妇，早生儿育女了。那是八九岁女子干的事。

关于许老巴放火的真正动机，其实只有他自己清楚。也许，连他自己也并不完全清楚，他只是凭着一时之气而已。但他以这把火起誓，他这一辈子再也不回愚昧至极的家乡，倒是确确实实的。他读过几年书，他要按读书人的想法，去追寻自由，追寻理想中的生活。所以又有老人说，是许老巴爷老子送崽读书读出的祸，山里人，还是不读书的好。

许老巴改名屈八，是因为参加了红军。

他参加红军，并不是立志救国，他那时也不知道什么救国不救国，而是在把摸出来的那些个光洋用完后，没地方去了，生活无着落了。

生活无着落的许老巴碰上了红军宣传队。红军宣传队的年轻男兵女兵号召大家当红军，说红军是专打地主老财、为穷人谋幸福的，是要把这个万恶的旧社会推翻，建立新社会的。而且在红军宣传队队员们做这些宣传时，正有红军在将地主老财的粮食、衣物分发给围看的人。那些围看的人先是不敢去领，有红军喊，你来，你来，将这谷子扛回你家里去！被喊的人壮着胆子走拢去，那喊的红军将一袋子谷往他肩上一放，这人还不敢要，问："要钱不？真的给我啊？""当然是给你的啦，当然不要钱啦，你快扛回去！"这人扛起那袋谷一走，竟没有任何人阻拦，其余的人就都相信这是真的了，发一声喊，这是红军大爷让我们吃大户嗬！纷纷拥挤上前，争着要了。这一争着要，秩序便大乱，又有背枪的红军来维持秩序，喊不要挤，不要挤，人人都有份！大家排队、排队！

许老巴在一边呆呆地看着时，有位红军走到他身边，说，你怎么不去排队？你这么年轻还怕啊？怕什么？有我们为你做主。快去，快去，领了谷子回去吃几天好的。

许老巴这才似乎清醒过来，原来他看过的野书上说的"劫富济贫，有饭大家吃，有酒大家喝，大碗喝酒，大块吃肉"真给他碰上了呵。可他去扛那谷子有什么用呢？他能把谷子扛到哪里去呢？

许老巴说：

"我不要那谷子，我要了那谷子也没用，我没有家，我想和你一样……"

那位红军一听，高兴了，说：

"你想当红军啊？！我们正在扩红哪，来来来，我领你去报个名。"

许老巴就去报了名。许老巴在报名时，想着许老巴这名字实在不好听，且总爱和自己的父亲连在一起，他决心要和过去的一切彻底告别，就随口改了个名字，就成了红军战士屈八。

红军战士屈八因为有文化，再加之领他报名的那位红军听他说过没有家，既然连个家都没有，那就肯定是苦大仇深的贫雇农，或者是真正的无产阶级，为他进行了引荐，也就是对进行登记的红军同志说了一句话，说这位要求参加我们红军的同志连个家都没有，唉，苦命的阶级兄弟啊！就被分配到红军宣传队，成了一名红军宣传队员。

屈八在红军宣传队里感觉到进入了一个前所未有的世界，他兴奋得有点惘然，而那点惘然，正是宣传队的领导要为他解惑的。宣传队的领导为有这么一个年轻的有文化的战士而高兴，他那略微有点口吃的结巴，使得他讲话绝不会冲口而出，这又令领导觉得他老实，是个连家都没有的老实的"无产阶级"。一个老实的年轻的又有点文化的"无产阶级"，领导当然就要着力培养，这一培养，就常找他谈心，这一谈心，屈八就不能不将自己是如何没有家的缘由和盘托出。也就是向组织如实交代。

屈八在向组织如实交代的时候，已经知道了红军是穷苦人的队伍，也知道了一些阶级理论。他开始还有点担心，因为若按阶级成分，他只能出生于地主家庭，这地主家庭，正是革命的对象。可当他将自己是如何一把火烧了那地主父亲的寨子，如何逃跑在外的这些讲了出来后，宣传队领导却肯定了他的行为，说他是封建地主家庭的叛逆者，他那一把火烧得好，是革命的正义的火。红军队伍革命大家庭是欢迎他这样的人的。不过，他那把火仅仅只是烧了他父亲那地主老财一个人的寨子而已，作为已经是红军队伍革命大家庭的人，要把全天下所有地主老财的"寨子"全烧光。当然，在烧地主老财的寨子之前，最好把他们的东西全抢光，先抢东西，好分给穷人，再烧……

这位宣传队领导的话，使得屈八真正坚定了革命的信念，他一方面在心里有点后悔，后悔在拿他爷老子的银花边时，太拿少了，若是拿得多，到此时还有，他就献给红军，就能立功，就如同野书上面写的"入伙"有了见面礼；一方面在心里发誓，一定要为革命多作贡献，以弥补未能献上"见面礼"的缺憾。但他又想，若是自己拿了爷老子的许多银花边，在碰见红军时还没有用完，也就是还有钱，他也就不会参加红军了。所以还是必须得是无产阶级，只有无产阶级的革命意志才最坚定。

屈八在"反省"自己的同时，向宣传队领导献了一"计"，说他父亲还有很多很多银花边，他放的那把火烧的是寨子，并没有烧到他父亲藏银花边的地方，因而请领导派队伍去，由他带路，去把他父亲的银花边全"拿来"供革命使用。宣传队领导一方面表扬了他，说他的思想认识提高很快，一方面告诉他，一切行动得听上级的指挥，目前红军还没有去新宁开辟新的根据地的行动，所以暂时不能派队伍去"拿"他父亲的银花边。"放心吧，"宣传队领导对他说，"天下所有地主老财的东西，最后都会归革命人民的！跑不掉的！"

宣传队领导很喜欢屈八这个虽然出身于地主家庭但积极要求上进的年轻人，这就使得他不断进步，他不但很快"火线入党"，而且因为有文化，宣传队又经常接触高层领导，就被调到了军部。调到军部的屈八没想到自己会这样为革命器重，在心里立下了"革命不成功，绝不回老家"的誓愿。他一定要跟着革命的红旗挥向老家时再踏上故土，到那时、那时，他就要让老家的人知道他这个当年的许老巴了！"衣锦还乡，荣归故里"，他想到了这么八个字，但他立即狠狠地批判了自己这种蓦地涌上心来的念头，这就是思想的不纯，因为"衣锦还乡，荣归故里"后面紧跟着的是"光宗耀祖"，自己那连亲生女儿都不救的地主老财爷老子，还能去为他光耀？只能是革命的对象……他甚至想到，如果组织要他亲手去毙了那地主老财爷老子，他会毫不犹豫的！……

屈八在内心里狠批着自己的非无产阶级思想时，没有想到的是，他向宣传队领导讲出的自己家里的那些事，就成了他的档案。当然，不知是文字档案，还是口头档案，反正他是地主老财的儿子这一点，在档案里是生了根的。这又使得他在后来差点成了红军的刀下之鬼。

屈八参加的红军是贺龙领导的红军。

贺龙的红军本来打仗蛮厉害，真是指到哪，打到哪，无往而不胜。湘鄂西根据地，就是贺龙创建的。屈八当时觉得照这样打下去，那全天下不用多久，也就能打下来了。然而，正当屈八觉得革命的最后胜利就快到来时，湘鄂西根据地怎么地全是自己人杀起自己人来了。

湘鄂西根据地自己人杀自己人的事，后来被认定是"湘鄂西肃'改组派'大冤案"。这个大冤案，可就不是一次肃反，而是进行了四次大肃反，时间从一九三二年一月到一九三四年夏，长达两年多。上万名红军和根据地优秀干部被冤杀。

肃反的主要领导人是夏曦。

一九三二年四月，夏曦在逮捕了一大批所谓的"改组派"后，以湘鄂西军委会主席的名义发表了《关于改造红三军的训令》，成立了肃反委员会。

肃反委员会只有三位成员，即夏曦、省委书记杨光华和省委常委、组织部长杨成林。

提到肃反委员会，屈八倒不是格外害怕，他最怕的是政治保卫局。政治保卫局是负责肃反具体工作的，也就是办事机构，这个办事机构根本就不需要任何手续，也不需要任何真实的罪名，只要夏曦、杨光华一句话，就可以抓人、杀人。这被抓被杀的小到各苏维埃的县、区一般工作人员、红军普通战士，大到省委、省苏维埃领导、红军高级将领。就连贺龙也被列入了黑名单。

第一次肃反，红三军中被定为"重要反革命分子"的团以上干部就有二十八人，省委机关中被定为"反革命分子"的有二十三人，党校学生有一半入了罗网；一般干部无法计数。

第二次肃反从一九三二年八月开始，时红三军正在进行七千里大转移，白天和敌人拼死地打，晚上被保卫局冤里冤枉地杀。一些指挥员在前线受伤，刚被抬下来，就被以莫须有的罪名逮捕、枪毙……从各师长到战士，人人自危，人心惶惶。

红七师师长王一鸣被杀了，政委朱勉之被杀了，湘鄂西军委会参谋长唐赤英被杀了……在"火线"被抓的一百多名所谓"改组派"，于一夜之间几乎全部被杀了……一些连队，老连长刚被杀，新连长又被杀，前后有十多个连长被杀……

紧接着第三次肃反开始，红军著名将领段德昌首先被杀。段德昌有"火龙将军""常胜将军"之称。湘鄂西民谣云："有贺不倒，无段不胜。""贺"指的是贺龙，"段"即段德昌。意思是只要有贺龙在，革命大旗就倒不了；只要有段德昌在，没有打不赢的仗。段德昌和毛泽东是兄弟相称，曾三次相会。对段德昌的军事才能和为人之耿直，毛泽东一直赞赏有加。一九五二年三月，毛泽东为段德昌亲属签发了"中央字第一号"革命烈士证书。被民间称为"天字第一号令"。老百姓认为，毛泽东签署的中央字第一号革命烈士证书，是天下最大的平反昭雪命令！一九八五年，中共中央将段德昌列为全国早期十大军事家之一；一九八九年，中央军委确定段德昌为三十三个军事家之一。他是彭德怀的入党介绍人，为彭德怀称为"革命的引路人"，贺龙喻之为"左膀右臂"……

在段德昌被杀前几个月，他曾多次提出打回洪湖去，恢复洪湖苏区。他对贺龙说："军长，我请求军部给我四十条枪，批准我打回洪湖。三年之内，如果没有恢复洪湖根据地，提头来见！"

就是这"打回洪湖去"，使得他人头落地。

此时的贺龙名为军长，实际权力都在夏曦手里。别说批给段德昌四十条枪，就是给他四条枪的权力都没有。贺龙本人也处在危险之中。

夏曦在给中央的关于肃反的报告里，说湘鄂西红军中，"在贺龙领导下的部分，因为大半是军阀，口头革命，实际上是改良主义。因此，其部下大都是改组派。"从洪湖突围开始，夏曦一路肃反杀人，一直杀到大洪山。一九三二年十月初，夏曦率突围的少数部队到大洪山会合红三军不久，在枣阳县王店，他就故意对贺龙说："你在国民党里有声望，做过旅长、镇守使等大官，'改组派'可以利用你的声望活动……"贺龙当即指着夏曦说："你给我写声明书，民国十二年，我在常德当第九混成旅旅长时，你拿着国民党湖南省党部执行委员的名片，来找我接头，向我要十万块钱，我请你吃饭，开了旅馆，还给了你五万块钱，这虽然没有收条，但是事实。你杀了这么多人，你是什么党员？"贺龙的话顶得夏曦面红耳赤。还是关向应出来调停，说夏曦是共产党员。十一月底，夏曦竟然带人将贺龙、关向应警卫员的枪都下了。

贺龙喝道："你这是什么意思，为什么你的警卫员的枪不下？"说完，将自己多年使用的一支勃朗宁手枪从身上掏出，放到桌子上，对夏曦说："我还有一支，你要不要？你要也不给，这是我的，我当营长时就带着它了！"贺龙尚留在身上的手枪，已经顶上了火。夏曦自知若动武，不是贺龙的对手，只得悻悻而去……

贺龙虽然敢和夏曦顶，但红军的指挥权已在夏曦手里，夏曦是代表党中央而来的。而夏曦之所以终于没敢真正对贺龙动手，是慑于贺龙在红三军中的威望，慑于贺龙是湘鄂西红军的缔造者。

面对段德昌提出的以四十条枪打回洪湖的请求，贺龙只能劝段德昌暂时别提这事，因为这是不符合夏曦的路线的。果然，段德昌请求打回洪湖的建议和要求不但被夏曦一概拒绝，反而成为他要"分裂红军""要带九师跑，脱离军部，准备叛变"，是"改组派头子"的罪名。一九三三年三月二十五日，夏曦通知正在宣恩、鹤峰边境与敌苦战的段德昌到鹤峰邬阳关红三军军部开会。段德昌一到军部，夏曦就把早已准备好的罪状向段德昌宣布，并当场逮捕。

段德昌被捕后，贺龙对夏曦说："杀了德昌，红军会脱离人民。"夏曦则拍着桌子，吼道："贺文常（贺龙字文常），你不要对抗中央！"贺龙只能痛心疾首，无可奈何。

是年五月一日，国际劳动节。段德昌在金果坪一打谷场被召开公审大会后处决。年仅二十九岁的段德昌被杀后，红九师排以上干部几乎全被杀害。

在湘鄂西地方县以上、红三军中团以上干部基本被杀光后，夏曦决定清党，将地方上、红三军中、游击队中各级党委、支部全部解散，所有共产党员实行清洗，重新登记。红三军中只剩下了三个半党员，即夏曦、贺龙、关向应、卢冬生。贺龙只能算半个党员。

第四次肃反从首先杀害红九师政委宋盘铭、继任的红七师师长叶光吉、政委盛联钧等人开始，杀来杀去，在夏曦的眼里，到处都是反革命，就连他自己的四个警卫员，也被杀了三个……

屈八自然不知道肃反的所有情况，但他作为军部工作人员，亲眼目睹了在第一次肃反时，敌军逼近洪湖，被保卫局抓起来还来不及杀的红军干部、苏维埃领导，全被装进麻袋，系上大石头，抛入洪湖淹死……第二次肃反时，他随军大转移，经常日行百里，而且是交替掩护，边打边走，为减轻"负担"，被抓的一百多名干部，除了军部一位保卫干事和两名年轻的副团长得以幸存外，其余的在一夜之间全被处死……

屈八内心恐惧不已，又无法阐释所看见的一切，因为一批批死难者面对自己人的枪口、大刀、石头，临刑前高呼的是"拥护中国共产党""共产党万岁""苏维埃万岁""红军万岁"。因为就连本来是搞肃反的肃反者，杀了很多人的人，最后自己也被杀了。到底谁对谁错呢？

一个并非偶然的机会，他听到了最高领导人夏曦的有关"阐释"。

那是一位红军高级干部在被酷刑拷打后、临刑前对夏曦说，你讲我是反革命，我只有死了以后才能昭雪了，可那么多为创建红军、创建苏维埃流血牺牲的老同志，怎么都会是反革命呢？夏曦的回答是："这些人是为了破坏革命才参加革命，为瓦解红军而发展红军，为搞垮根据地而建设根据地的。"

屈八认真领会最高领导人的这句话（最高领导人的话是绝对正确的，不容置疑的。他屈八已经明白谁若有所怀疑，谁就是反革命！），反省自己参加红军的动机。他认为自己当初入伍，确实是无处可去了，但正式成了红军后，他绝没半点其他的念头，他已经把自己融为了革命的一体。那么在现在的这种形势下，自己只有紧跟最高领导，才能表现出真正的革命性。于是凡是要他抓的人，他立马去抓，凡是要他杀的人，他连眼都不眨便杀。只是他的内心仍然恐慌，倘若这样杀下去，会不会轮到他屈八——许老巴呢？

尽管他坚决执行命令去抓去杀，他却害怕有一天他也会被抓被杀。

肃反的范围越来越大，"改组派""第三党""托洛茨基派"等等的罪名越来越多，有几个人在一起喝茶就被说成是"喝茶会"，有几个人在一起散步，就成了"并肩会"，就连几个人在一起吃东西也成了"麻花会"（吃的东西中有麻花）……

屈八庆幸的是，他没有被套进那些"圈子"里去。他喝的是生水，不（可能）喝茶；他住的是兵营，不（可能）散步；他吃的是大锅饭，不（可能）和几个人在一起吃麻花（那得是领导人才有的条件）；他不乱讲话，从不表示什么疑问，他反正是组织要他干什么他就干什么，所以他仍是组织信任的人。

清党开始了。夏曦起草的关于清党的条例中明文规定，能够留在党内的、准予登记的党团员是：出身于产业工人、雇工、手工业工人，贫农成分；出身于中农家庭的必须是"最可靠、最积极的分子"……清除出党和不予登记的党团员是：家庭出身地主、富农的；加入过各种"反革命组织"的；"不遵守党的纪律的"；"政治盲动的"……

这回屈八逃不掉了。屈八在被清除之列。

在屈八的文字档案或"口头档案"里，尽管他有火烧地主爷老子寨子、叛逆出逃的记载，但毫无异议的被列为必须清除出党的"家庭出身地主、富农者"。

一个任务，交给了屈八，那就是要他送一封信。

这封信，就是一个杀人名单。屈八只要将信送到，收信的就按照信里所列的名单抓人，且立即枪杀。

屈八曾经送过这样的信。

屈八还知道军部一位同志在将这样的信送到后，正准备离开，却听得一声大喝，哪里走，绑了！原来这位送信的同志就在名单上。

屈八走在送信的途中，不知怎么地老是想到那位送信被杀的同志，他越想越怕。他这回之所以老是想到那位送信的同志，是因为他已经知道要清党。这一要清党，他就不能不想到自己的地主老财父亲；一想到地主老财父亲，他就越发害怕。尽管他不断地想着自己那老不死的父亲是个餐餐吃霉豆腐、从来不请长工、只要自己家里人拼死拼命干活、吝啬到连亲生女儿被土匪吊了羊都不肯拿钱去救的人。自己早已一把火和这个比别的地主更坏的地主父亲断绝了关系，来宽慰自己，同时他又放肆去想当初宣传队领导对他说的那句话，说他是封建地主家庭的叛逆者，他那一把火烧得好，是革命的正义的火，红军队伍革命大家庭是欢迎他这样的人的……但他很快又想到了那么多被杀死的人，那么多被杀死的人都是根本就不许申述的，没有什么理由讲的，抓住就拷打，不承认也得承认，承认不承认都得枪毙、杀死……更何况，那位宣传队的领导，早已被杀了。

屈八想过来想过去，还是那位送信被杀的同志占据了首要位置。

屈八突然停住脚步，朝四周看了看，掏出了那封信。

他拆开了信。

他知道拆开秘密信件是要被杀头的，但他不知道为什么突然来了那么大的勇气，他甚至想好了对付的办法，偷看了信件后，如果和自己无关，则装作急急赶路一不小心掉进了泥巴田里，将那信沾满泥巴，泥巴糊糊的信件，看不出被拆开的痕迹……

屈八一看信，愣了、呆了。他的名字，果然在信上。

屈八在愣了、呆了一阵后，猛地结结巴巴地喊出一声"天、天、天啊……"

屈八决心逃跑。

如果被枪毙，被杀死，背的是个"反革命"的罪名；逃跑，则至少还不是"反革命"，只是"不革命"。当然，他也知道，既然已经革命的人却突然"不革命"，那和"反革命"也是差不多的。但不管怎么讲，逃跑后只要不被抓住，就能救得一条命。

他屈八还不到二十岁，他不想死，他还想活……

他没有将信撕毁，也没有扔掉，而是从一个高田埂俯身落入泥巴中，将自己一身弄得泥巴糊糊，将信也弄得泥巴糊糊，他做好了另一手准备，在万一没有逃脱，碰见红军时，只讲自己送信走错了路，掉进了泥巴田里，好再寻机逃跑。因为万一被识破真相也最多是个死。他要死里逃生。

屈八凭着山里人走山路的机敏，竟然没有被红军截获。其实这与当时的形势和环境有关，当时的红三军，除了保卫局还在非常认真地设卡执勤外，其余的大都在担心着自己的命运……

屈八没有落到自己人手里。

屈八溜至一家农户院子，见院子的晒衣杆上晾晒着衣服，便偷了一身衣服换上。他正要走时，又将换下的军装晾到晒衣杆上，从已经干了的泥巴糊糊的信封里抽出那封要他自己命的信件，写了几句话，大意为：他是送信的红军战士，因出了意外，信不但无法送到，而且只能以自己的衣服来换老乡的衣服，老乡若能代他将信送去，也算替他完成了送信任务。

屈八在此时仍然把自己看成个坚定的红军战士，他虽然在逃，但希望信上写的那些要被枪毙的人，除了他自己外，照样被枪毙。

屈八终于逃出去了。

屈八在认为自己安全了，长长地嘘了一口气后，突然后怕起来：他已经成了逃兵，成了脱党分子。

逃兵、脱党分子，从此如同梦魇一般缠住他。

他竭力为自己寻找之所以成为逃兵、脱党分子的理由，他认为自己的理由是站得住脚的，他是被迫无奈，没有办法。但是他又知道，无论这理由是如何的成立，他也已经是个逃兵，是个脱党分子。

他不敢再回到自己的队伍中去，哪怕是换一支红军。然而，他又的确十分怀念红军，怀念自己被红军重用的时光……

屈八混迹于市井乡村，他不断更换地方，从不在一个地方呆上太久。他不但怕被红军抓获，也怕被白军抓获。

三年后，抗战全面爆发。红军变成了八路军、新四军，和曾被称为白军的国军联手了。屈八也想过去投奔八路军、新四军，但湖南几乎没有八路军、新四军的部队。况且他想到若要重新回到自己的队伍，不拿一份立功的大"见面礼"去，那逃兵、脱党分子的历史，是不但不可能得到重用，而且依然有危险。

屈八等待着时机。

这时机终于来了。

他看到一份布告。布告上写的是：

去岁湖南沦陷　日寇肆虐横行
本军奉命援湘　消灭万恶敌人
实行统一战线　团结一切好人
工农商学各界　军队地方士绅
不分阶级党派　皆愿相见以诚
一致联合对敌　展开民族斗争
取缔贪官污吏　扶持好人正绅
厉行减租减息　改善社会民生
严惩汉奸特务　悔过可以宽容
德寇正在瓦解　日寇亦将土崩
苏联英美中法　保障战后和平
世界进步很快　中国岂能后人
愿我三湘子弟　一致义愤填膺
起来保乡卫国　充当抗日英雄

倘有汉奸国贼　敢于阻扰军容
自当痛击不贷　勿谓三令五申
特此剀切布告　仰各一体遵循

布告是"国民革命军湖南人民抗日救国军司令部"的布告，落款是司令员王震，政治委员王首道。

对于"国民革命军湖南人民抗日救国军司令部"，屈八感到生疏。但司令员王震、政委王首道的名字，他早已如雷贯耳。一九三三年王震任红六军团政委时，他就在红三军军部听说过王震打仗的威猛。说王震曾亲自跑上阵地，将一位机枪手推开，自己端起机枪朝敌猛烈扫射，守卫阵地的红军士气大振，顿时将攻势凶猛的敌人打退……既然是王震领导的部队，那就肯定是八路军了。

这个"湖南人民抗日救国军"，就是八路军三五九旅南下支队。

一九四四年十一月九日，王震率五千多人从延安出发南下；进入湖南后，即将部队番号改为"国民革命军湖南人民抗日救国军"。那布告，则是先行特务人员张贴的。

屈八看了布告后，决心投奔王震的抗日救国军。他寻思，只待这支部队一到，便去充当向导，只要当向导当得好，立了功，即使自己那不光彩的历史被查出，也能将功赎过。但他左等右等，并未等来自己的部队。原来南下支队在挺进湘中时即受阻，根本未能进入宝庆地区。

屈八要立功，要重回自己部队的想法越来越强烈。"抗日救国军"的牌子越来越吸引他。他想，自己为什么不回家乡去呢？回到家乡，拉起一支队伍，成立个"湘西南抗日救国军"什么的，以响应王震的"湖南人民抗日救国军"……只要有了队伍，还愁不能洗掉"逃兵"的罪名？还愁不能重回组织的怀抱？还愁不能换来一个职务？他甚至想到了在当红军时听到过的一句口头"宣传"，只要革命成了功，一人一个女学生。这虽然是些大老粗的话，但对坚定革命的信心的确起到了莫大的作用，亦可见革命成功的实惠之多。而革命，必定是要成功的，他必须重新回到革命的阵营里去。如果等到革命成功了再"返回"革命，那就什么都得不到了……

屈八要重新拉一支队伍，要重新革命，但这些事，皆属他的绝对秘密。是不能对任何人讲的。故而他虽然对我叔爷的"乱点鸳鸯谱"的"任命"极度不满，对杨六他们的随声附和不满，但他早已将王震颁发的布告背得烂熟，那布告上的话，就是他行动的指南。他以布告上的话来指导自己的行动，那就是执行党的政策。尽管他这个共产党人早已不为共产党承认，早已脱党，但他认为只要执行了党的政策，他仍然是个共产党。布告上说"实行统一战线，团结一切好人；工农商学各界，军队地方士绅"，这林满群就是既属于"军队"，又属于"工农商学各界"中的"农"；老春则属纯粹的"农"；和合先生林之吾是地方士绅；郑南山、江碧波属"学界"，杨六是个猎户，可算无产阶级……他召集的这些人，都符合布告上写的"实行统一战线，团结"的对象，故而尽管他对我叔爷极度不满，极不情愿地给我叔爷敬烟点火后，说出的却是：

"林满群，你是真正的抗日英雄！那衡阳保卫战，惊天地、泣鬼神啊！"

只这一句话，把我叔爷那早已湮没的荣誉感全挑了起来。他立即说：

"屈八许老巴，当年你就是我心中的好汉哩！"

我叔爷这话，倒是句真话。当年许老巴放的那把火，我叔爷得知后，就赞叹不已，说连自己爷老子的寨子都敢烧的人，了不得，了不得，是个人物！

两个皆在外地方混过的人，当即像好汉见到了好汉那样，豪爽地大笑起来。

笑毕。屈八说出了一番道道。

屈八说的道道大抵是，这次和日本人干，不光是保家乡，更是卫国家，是保乡卫国。既然是保乡卫国，就得先建立一支名正言顺的好队伍，不能叫鸟铳队，因为我们有林满群这样的打过大仗的军事人才（这话先说得我叔爷心里舒坦，不再反对），有能打野猪，也一定能夺得鬼子机枪的杨六，有足智多谋的前辈林之吾先生，有比日本人还跑得快的老春，还有热血青年、诗人郑南山，才女江碧波，还有……等等，所以，光成立一个鸟铳队，怎么能容纳这么多的人才呢？但我们又必须以鸟铳队为基本武装，从鬼子手里夺枪夺炮，这叫鸟枪换炮。我们不能等到非得有了钢枪大炮后才改名，我们得一架势就有个大的名称，那样既能威慑鬼子，又好扩充力量，大旗下面好招兵嘛……

屈八把与会的每个人都夸赞了，与会的人便都点头，说他讲得在理，是得起个大的名称，叫鸟铳队确实不行。

屈八又用布告上的话讲起了世界形势、中国形势。"德寇正在瓦解，日寇亦将土崩"。他当然是用自己的话将这"形势"讲得明明白白，也就是将这对偶句化作白话演义……而正是这"日寇亦将土崩"的形势，才促使他果断地回到了家乡，这正是他大展身手，"东山再起"的好时机……

屈八讲完形势，又讲我们要成立的这支队伍，不光是要打日本鬼，还要"取缔贪官污吏""改善社会民生"，以后还要"保障战后和平"；"'世界进步很快'，我们中国、我们新宁，岂能落后于人"，所以绝不能就叫做鸟铳队，所以一定得树立起一面大旗！

屈八说，我们成立个"湘西南人民抗日救国军"，如何？

屈八在讲国际国内形势和"……我们新宁岂能落后于人……"时，听的人都不住地点头，觉得到底是从外地方回来的人，见识就是不一样。但他讲要成立个"湘西南人民抗日救国军"的话一出，就有人说这个名称也太大了一点，这湘西南，湘西南，岂不比整个宝庆府还要大么？就我们这几个人……

屈八就说只要做好宣传工作，发动群众，把群众一发动起来，我们就能很快由小到大，由弱到强，不断发展壮大的。而这个宣传工作嘛，郑南山、江碧波就是现成的宣传人才……

屈八说到发动群众，我叔爷插了一句。

我叔爷说，你讲的发动群众，就是要告诉大家，要大家都来参加吧？既然要大家都来参加，那还要我们深更半夜地到这个祠堂里开什么会议干吗（他学了点外地腔）？那还不如拿面锣，边敲边喊，快来参加我们的抗日救国军啊！喤喤！

我叔爷这么一说，听的人除屈八外，都笑起来。

屈八不仅没笑，而且心里很恼火。他从我叔爷的擅自"任命"到这有意诋毁他的"宣传工作"，已从心里给我叔爷下了个"兵痞旧习难改"的结论。他蓦地想到了当年红三军的肃反，那肃反，最后虽然肃到了他的头上，逼得他成了逃兵，成了脱党分子，但像我叔爷林满群这样的人，还真是该狠狠地肃掉！不肃掉还真的不行！只是，目前还得用这个兵痞，因为确实只有这个兵痞和日寇正股八经打过仗；他自己虽然在红军里干了几年，但先是搞宣传，后是随军部跑，并没有多少实战经验。

"忍耐，暂时忍耐！"他告诫自己，"待到这支队伍正式组成后，待到这支队伍壮大后，再来清理诸如林满群此类的人！到那时、那时，带着人马，带着武器，回归当年的红军，至少当个团长什么的是没有问题的，待新宁回到人民手中，去当个县长，哼、哼，他就要让所有的人知道什么叫做权威，什么叫做首长……

屈八正这么想着时，我叔爷又讲了一句。我叔爷说，其实拿面锣边敲边喊，还不如插面招兵旗，"插起招兵旗，自有吃粮人！"想当兵吃粮的自然会到旗下来。只是我们到哪里去搞粮食给吃粮的人呢？

我叔爷这话，令屈八不能不动怒了。吃粮、吃粮，把抗日救国的人当成了专为吃粮的"粮子"，把他要创建的革命队伍的性质全给歪曲了……

屈八感到自己再也无法忍受了，他正要厉声斥责我叔爷，杨六、老春、和合先生却不约而同地说我叔爷最后那句话讲到了点子上，就连郑南山也点头称是。

"是啊是啊，兵马未动，粮草先行！"和合先生说。

"对啊，我们到哪里去搞粮食呢？人是铁，饭是钢，一餐不吃饿得慌。"老春说。

"没有粮食，怎么去和日本鬼打？我家那点苞谷粒粒，全拿出来也只能供我们这几个人吃两天。"杨六说。

"粮食问题，是个需要最先解决的问题。"郑南山说。

于是，抗日救国军的名称还未获得通过，粮食问题，也就是吃饭问题，使得屈八不能不作为头等大事来予以考虑回答。否则，别说是抗日救国军，就是现成的这几个人，也会走光。

……

关于这次紧急会议的情况，我是如实道来，不像其他的小说，一讲起事、义举什么的，仿佛只要正面领导人振臂一呼，各方就会响应，便行动起来，而且我确实也没见过哪本书里写组织抗日队伍之类的首先说到要解决自身的吃粮（饭）问题。我之所以如实道来，也是好让年轻读者知道些旧时的真实场景。不过，话又说回来，我也是听我叔爷讲的，只有他是真正的与会者。

需要说明的是，参加这次会议的人，当时都是些年轻人，最大的也不过三十来岁，最小的江碧波才十六岁，就连被屈八称为前辈的和合先生其实还只有二十七岁，他是以辈分和在地方上的身份而被称为前辈的。他的行事说话，显得格外老成而已。那时的人，一过三十岁就认为自己是往"老"字上奔了。有这么一个"白话"：一人上午作了三十岁的生日酒，下午去挑水，不慎摔了一跤；该人爬起，叹曰，唉，到底是上了三十岁，不行了！不像现在，现在不少人家被问及自家的子女，答曰，我那个崽啊，三十岁了，还连不懂事呢！我那个女啊，还只有二十多岁，我硬是不放心呢！殊不知，若按以前的说法，那崽，已是中年人了；那女，也要奔中年了。

我叔爷如同扯淡般提出的这个吃粮的问题，使得我们老家第一次召开的这个民间抗日会议偏离了屈八的预定程序。

在几乎所有的与会人员都认为我叔爷提出的这个问题是第一要紧的事时，只有江碧波表示了不同的看法。

江碧波激昂地说：

"日本人就要再次侵犯我们新宁了，你们却在讲什么吃粮、吃粮，难道没有粮，我们的队伍就不成立了？就任凭日本人再来烧杀抢掠？"

江碧波虽然激昂得脸都涨得绯红，但她的话还没讲完，就有人打断了她的话。

"江大小姐，你家里倒是有粮吃呢，你是家中有粮，心里不慌呢！可我要是入了这个队伍，我家里怎么办？我家里可是靠着我做工换粮给他们吃的！再说，日本人这次到底会不会打我们新宁，屈先生就硬知道得那么清楚啊？屈先生难道在日本人那里有眼线啊？"

此人这话一出，可就不是像我叔爷那样仅仅是将会议程序偏离，而是简直要否定整个会议，也就是否定成立抗日队伍了。

屈八在日本人那里当然没有眼线。他若拥有情报人员，他也就不会是眼下这种境况下的屈八了。他也许就不会来依靠这些如此没有觉悟的山里人了。他之所以断定日本人会攻打新宁，是通过分析判断出来的。因为新宁与广西交界的全州，驻扎有日军；邻县东安，亦驻扎有日军。新宁正夹在中间。夹在中间的新宁，日本人会让你安生？而对于很快就要打响的雪峰山会战来说，新宁正是日军左路进攻的首攻之地。日军得拿下新宁，攻陷武冈，将雪峰山撕开一道口子……

对于雪峰山会战，当时不但是屈八不知道，我叔爷他们不知道，就连雪峰山会战以全胜结束后不到三个月，芷江就成为日本的受降之地，参入、或支援了芷江保卫战的大多数山民亦不知道自己是这次中国战场对日军大规模会战之最后一战的光荣战士，只知道在民国三十四年，老子确实是打了鬼子。

六

关于雪峰山会战的紧急会议正在重庆最高统帅部进行。

紧急会议由蒋介石亲自召集，与会的有陆军总司令何应钦，第三方面军司令汤恩伯，第四方面军司令王耀武，第十集团军司令王敬久，第二十七集团军司令李玉堂等人。

与会将领在必须确保芷江这一问题上的意见完全一致，因为芷江是中美空军最重要的前进基地、训练基地，对日军占领区及其本土进行空袭的飞机多由此起降，由湘黔、湘桂及湘西前线调集的作战物资大多在此集散。若芷江失守，不但会导致盟军对日轰炸受极大影响，更要紧的是，将会动摇西南半壁河山，重庆将受到直接威胁。故必须确保芷江万无一失。

何应钦认为芷江保卫战必胜。他这个陆军总司令是在民国三十三年冬就任的，几乎和冈村宁次就任侵华日军总司令，即所谓的中国派遣军总司令的时间差不多。是年秋，美军已逐渐把欧洲的兵力转用于太平洋战场，制定了"阿尔法计划"，即以中国为主的对日作战计划。国民政府为遏制日军西犯，配合"阿尔法计划"，在昆明设立了中国陆军总司令部，由参谋总长何应钦兼任总司令，统一指挥全部国军，特别是对西南战区诸部队加强统一指挥及整顿，并装备三十六个美械步兵师准备反攻。

作为参谋总长兼陆军总司令的何应钦之所以认为芷江保卫战必胜，一方面是国际形势已日趋明朗，盟军的胜利指日可待；一方面是日军虽然看起来仍然不可一世，但在中国战场的战线拉长了两千余公里，实为强弩之末；而在中国军方面，得到的美式装备越来越多……更主要的是，芷江会战，尽占地利，湘西崇山环绕，易守难攻。特别是绵亘数百公里的雪峰山脉，是一道天然屏障。他判断日军根本不可能打到芷江，故应在雪峰山脉一带伺机寻求和日军决战，将进犯之敌歼灭。

出生于贵州兴义、毕业于日本士官学校的何应钦，十九岁加入同盟会，二十一岁参加辛亥革命，旋在黔军任过营长、团长、旅长、军参谋长等职，还担任过云南讲武堂教务长、广州孙中山元帅府参谋、黄埔军校少将总教官兼教导一团团长、国民革命军第一军第一师师长、军长兼黄埔军校教育长，参加过平定商团叛乱、刘杨叛乱和两次东征陈炯明，率第一军参加北伐……

何应钦是《塘沽协定》《何梅协定》的签订者，这两个协定都是与日本签订的，都是出卖国家主权的协定；他又是在"西安事变"中主张"武力讨伐"张、杨，以破坏"西安事变"和平解决的首魁，我当年从中学历史教科书和大学历史教科书中得到的对他的认识大抵就是这两点，等同于他在抗战期间就是个彻头彻尾的卖国贼。至于他是芷江会战即湘西会战、雪峰山会战以完胜而告终的总指挥，并于三个月后亲手接过冈村宁次所呈递的投降书，则是从湖南芷江县志办公室和抗战文化研究所合编的《抗战胜利受降——芷江纪事》，及《湖南文史——湘西会战专辑》等资料书中得知的。由是也才明白屈八、杨六、老春、我叔爷、和合先生他们在新宁第二次"走日本"时，参加打日本兵的战斗就是雪峰山会战的一个组成部分。因为资料上记载得清清楚楚，会战的南部战场主要包括新宁、城步、绥宁、武冈西部地区。新宁是南部战场最先打响之地。

何应钦判断日军根本不可能打到芷江，满有把握地提出应在雪峰山脉一带伺机寻求和日军决战，将进犯之敌歼灭的作战之策，似乎应该和他生于、长于贵州偏僻山区的兴义，并在黔军任过低、中、高级军官有关，他应该是熟知山地作战的一位将军。而雪峰山会战的大捷，不能不说是他最辉煌的一笔。似乎颇有意思的是，作为日军侵华最高司令官的冈村宁次，于一九四五年一月二十九日紧急召开会议，策定夺取芷江机场作战目标；作为中国陆军总司令的何应钦，则策定应对战略。这两个几乎同时上任的将军，以雪峰山会战见高低，最后是冈村宁次大败，何应钦全胜。紧接着是冈村宁次将投降书呈递到何应钦手里。

中国最高军事当局的军事紧急会议持续到午夜，最后，蒋介石下令，芷江保卫战由何应钦全面负责，集结二十多个师约二十万兵力迎击日军。

蒋介石以白开水代酒，提议"为确保芷江而共勉干杯！"

中国军队总的作战方略是：利用雪峰山这道易守难攻的天然屏障，构筑纵深防御工事，采取攻势防御战略，施行"逐次抗击、诱敌深入、分割包围、聚而歼之"的战术，歼敌于雪峰山东麓。

中国军队的兵力部署为：以中国陆军总司令何应钦为总指挥，令第四方面军王耀武部担负正面防御作战；第三方面军汤恩伯部担负桂穗路防务；以第九十军为战役机动兵团，控制于靖县、绥宁一线，以策应第四方面军右翼作战；第十集团军王敬久部接替湘北防务，原防守湘北之第十八军调沅陵、辰溪集结，作为第四方面军的机动兵团；新六军廖耀湘部为总预备队。空军则以芷江机场为基地，有第五、第二、第三等四个大队的各一部，另有陈纳德将军率领的第十四航空队一部，参战各型飞机四百余架。

中国会战的兵力不但在数量上占优势，而且已经握有绝对的空中优势。

提到空中优势，不能不提到陈纳德将军。

陈纳德与芷江又有不解之缘。

早在民国二十七年（一九三八年）八月，陈纳德就"接受"宋美龄之"命令"，赴芷江筹建航空学校。

陈纳德是于一九三六年收到蒋介石及时任中国航空委员会主任委员宋美龄的邀请信，请他来中国视察空军，而于一九三七年初春乘船自美国经东京来到中国的。他原计划只到中国视察三个月便返回美国，但抵达日本横滨后，看到日本如一架战争机器一样在急速运转，明白日本将对中国展开全面战争，中日之战，绝非如美国国内的舆论能以调停和解，而是无论如何都不可避免，便急忙赶到上海，会见了宋美龄。宋美龄任命他为中国空军上校。他旋到杭州笕桥、汉口等空军单位视察，视察得出的结果是：中国空军必须大力加强。很快，卢沟桥事变发生，战争全面爆发，中国空军根本无力拦截日军飞机的狂轰滥炸，他又亲眼目睹了毫无防卫的民房、学校、医院遭日机轰炸的惨景，决心为中国抗战尽力。故当宋美龄请他去芷江筹建航空学校时，他立即赶赴芷江。

芷江之称，源于屈原《湘夫人》的"沅有芷兮澧有兰"。这座位于云贵高原东部湘西雪峰山区的小城，依明山，傍潕水，虽偏僻，但秀丽。《方舆胜览》载："潕水两岸多生杜蘅白芷，故曰芷江。"早在公元前二〇二年、汉高祖五年时即置县，唐、宋、元、明，及清前期为州、府所在地，清乾隆元年设置芷江县。从战略地位来说，是"控荆湘、扼滇贵、拊蜀而复粤"的"势据西南第一州"，又有"滇黔门户，全楚咽喉"之称，为历代兵家必争之地。

一九三四年十二月一日，蒋介石电令湖南省政府主席何键将洪江飞机场改建于芷江；华北事变后，为备战而扩建；抗战全面爆发后，再度扩建。在陈纳德到达芷江两个月后扩修完工并正式启用。启用的当月，苏联志愿空军大队一中队长伊凡洛夫斯基率领二十架飞机进驻，并于十一月八日下午率六架战机起飞拦截空袭芷江的日军十八架93式轰炸机，击落日机三架，击毙九名日军飞行员。次年春，苏联自身吃紧，驻芷江的志愿空军奉调回国。

芷江航校建立后，却仅有三架训练机，且在训练中摔坏两架，陈纳德不得不于当年十一月将航校迁往昆明。

由芷江航校仅有的三架训练机可看出当时中国空军的薄弱，中国在一九三六年才成立航空委员会，可供作战飞机仅九十一架。故而抗战全面爆发后，中国只能任凭日军飞机肆虐，遭受狂轰滥炸。仅芷江就遭日机轰炸三十八次，来犯日机五百一十三架次。在这块小小的偏僻山区的土地上，就落下了日机投下的炸弹四千七百三十一枚。被炸死炸伤八百三十八人，炸毁房屋三千七百五十六栋。

一九四〇年五月底，陈纳德回到美国，要求美国政府大力援助中国空军。时美国尚未向日本宣战，其要求搁浅。陈纳德游说于朝野、军界，终得好友葛格伦律师相助，葛格伦系罗斯福总统的亲信，他不但成功地劝说总统批准了陈纳德拟制的"空军外籍兵团计划"，而且予以武器和飞机的协助。陈纳德通过各方筹集经费，招募空勤地勤人员六百名，美国政府提供一百架P-40型驱逐机供志愿队使用。这就是有名的"飞虎队"的诞生。

"飞虎队"于一九四二年七月四日，即美国独立日这天被并入美国现役空军编制，编制中的名称为美国第二十三航空大队。陈纳德被召回现役，任命为准将大队长。次年九月初，空军扩编，改为美国陆军航空兵第十四航空队，拥有飞机二百多架。同年十一月五日，在桂林组成中美空军混合大队，陈纳德晋升为少将衔司令。

陈纳德将第十四航空队主力、第二十三战斗机大队进驻芷江机场。一九四四年三月，又将中美空军混合大队的主力派驻芷江机场；混合大队司令部亦随队进驻芷江。陈纳德穿梭于昆明、芷江指挥空战。他将驻芷江空军作战范围划定为"以华中特别是黄河以南，平汉铁路以西地区，南京、上海以东地区"，担负粤汉、湘桂等铁路、公路运输线，长江、湘江、洞庭湖等水路运输线轰炸、封锁任务。并立即调P-40型鲨鱼式驱逐机五十四架，B-25型战鹰式轰炸机二十七架，P-38型高空侦察机两架，以及C-46巨型运输机进入芷江机场。

四月，陈纳德电告蒋介石："我很荣幸地通知主席先生，美国空军的超级空中堡垒B-29型轰炸机已经进入贵国。"并提出："有两处前进机场，希望得到中国盟军的保护，一处在衡阳，一处在芷江。"

"超级空中堡垒"B-29轰炸机是一九四二年五月正式装备美国空军的一种远程重型轰炸机，机身长三十二点七米，高九米，机翼展长四十三米，全重七十吨，可携带炸弹十吨，能在一万米高空作战，时速为四百八十公里，续航十小时以上。且自动化程度高，自卫能力强，机身系坚厚的铝合金装甲构成，驾驶座舱安有防弹玻璃，机内配有大口径机枪多挺，三十毫米小钢炮两门，并装有电子瞄准仪，能自动而准确地计算射程、跟踪和攻击目标。

然而，陈纳德提出的希望中国盟军保护的可供B-29空中堡垒起降的衡阳机场，在衡阳保卫战正式打响的第一天便失陷，即一九四四年六月二十七日。六月二十八日，当陈纳德从昆明巫家坝机场乘B-25飞机，在一个中队驱逐机护卫下飞抵衡阳时，衡阳机场插的已是日本太阳旗。陈纳德下令，毁掉机场。随行机群将所有的炸弹、枪弹都倾泻下去。B-25座机转而飞向芷江机场。

自此后，进入中国的"超级空中堡垒"多由云南、四川机场起飞，跨海轰炸日本的八幡钢铁工业中心和首都东京；对华北日军占领区城市和交通线实施轰炸；在对华中、华南日军占领的主要交通线及郑州、汉口机场等重点目标实施轰炸，飞临芷江上空时，则由芷江机场出动多批"野马"或"鲨鱼"式战斗机护卫前往。

因衡阳机场被日军攻占，陈纳德一到芷江，就决定从芷江机场派出飞机直接去轰炸日本本土。次日，即六月二十九日上午，芷江机场便举行了隆重的阅兵式，阅兵结束，陈纳德一声令下，远征日本的轰炸机一架接一架腾空而起……

自此，中美空军频频从昆明、芷江、成都等空军基地起飞，轰炸日本本土。

芷江机场，成为二战中盟军东方的第二大军用机场。

芷江机场，又因其所在位置的隐蔽，保密工作的出色，以至于在一九四四年夏，援华美军大批来到，最多时达六千人，不但设有美空军司令部、美军后勤司令部，并修有仓库、营房、俱乐部……鱼鳞板式的黑色小平房栉比鳞次，被当地百姓称为"美国街"；各式军用飞机云集……日军竟然毫不知晓。在其施行的"一号作战"占领了中国好几处重要机场后，从芷江机场起飞的中美飞机突然出现在衡阳上空，将停在被占据并修整后的衡阳机场上的一整队三十架日本战斗机和十二架轰炸机一举击毁，使得日军再也没敢使用衡阳基地进行过空中军事行动。

紧接着，日军汉口、南京、九江、湘江等基地、机场和码头、船舶、湘桂铁路、粤汉铁路等接连被炸，中南地区的制空权完全为中美空军掌握……

芷江机场，终于成为了日军必须摧毁的目标。冈村宁次部署的"芷江攻略战"，不管他本人是否还狂妄地想由此后挥兵直取四川，但日本大本营要求此次战役达到的目的，就是芷江机场。

冈村宁次爱钓鱼，陈纳德则爱打猎。

冈村宁次似乎常于悠闲的钓鱼中指挥他的部队作战，陈纳德则于狩猎之余对空军的指挥运筹自如。

陈纳德有一条心爱的德国种猎犬，他呼之为"乔"。"乔"不但是他狩猎的得力帮手，而且是他的空中旅行伴侣。陈纳德往返分设于昆明、芷江的空军指挥部指挥空战，他乘坐的飞机只要在机场一停下，从飞机上一下来，身边总是跟着"乔"。

民国三十四年二月中旬，雪峰山会战前夕，陈纳德乘坐道格拉尔双引擎C-46运输机，从昆明飞抵芷江。

他到指挥部巡视一番后，便穿上猎装，挎上专用以打猎的步枪，带着"乔"，上山打猎去了。

芷江山上的野物实在是多。尽管在扩修芷江机场时，曾征集十一县一万九千名民工日夜施工，将原来长宽各八百米见方的机场扩修为一千二百米见方，后又多次加固扩修，使得机场占地四千八百八十二亩，其中机坪就占地两千亩，跑道长一千八百米，宽七十米；机场方圆五公里内全是营房等设施；机场的飞机几乎日夜起飞，轰鸣声不断，再加上日军飞机来袭，炸弹四处爆响，还击的高射炮、高射机枪，将天空密织成一片火网……迎战的飞机呼啸而上……然而，就在这战火连天的日子里，山里的野物们似乎并不害怕，并未迁徙，依然有那么多，也许是见惯了战火，听惯了轰鸣，似乎这一切，都只是吓唬吓唬而已，就连最易受惊的麻雀，在起始的惊惶中飞离后，发现那并不是用来对付它们的，遂又飞回了"老家"。

陈纳德用中国鸟铳打过麻雀，就是麻雀又飞回"老家"的明证。

这支鸟铳是何应钦送给他的。

担任会战最高指挥官的何应钦由重庆飞抵芷江后，为陈纳德专门制作了一支装有弩机的中式猎枪，也就是经过改造的鸟铳。鸟铳枪托为带有纹理的牛角，牛角上的梅花系纯金镶嵌，枪管泛着蓝色的亮光。飞虎将军陈纳德不知使用过多少新式武器，却从来没见过鸟铳。他不会使用。何应钦笑着告诉他如何装填火药、铁砂。他饶有兴趣地将火药、铁砂填进枪管，举起鸟铳，朝树上的麻雀开了一铳，这一铳打去，击中的可不是一只麻雀，而是麻雀纷纷坠地。陈纳德高兴得哈哈大笑，说中国鸟铳好，中国鸟铳好！

这支装有弩机的鸟铳又成了陈纳德的随身之物。

飞虎将军陈纳德都说中国鸟铳好，若是瑶民猎户杨六能知道这句话，当不知该有多自豪，当又能以此狠狠地驳斥我叔爷看不起鸟铳的话。可惜陈纳德在芷江说的话，杨六在新宁不可能知道。但芷江机场附近山上的猎户知道，因为陈纳德得了何应钦送的鸟铳后，上山打猎，一见着猎户，就将中国鸟铳举起，喊，这个好！

陈纳德挎着中国鸟铳，带着"乔"只打了几天猎，湘西的春雨便使他无法再去狩猎。于是，陈纳德除了白天在指挥部呆一段时间外，余皆与他的"乔"厮磨，晚上则去芷江七里桥俱乐部跳舞。

就在狩猎、与"乔"厮磨、跳舞之中，陈纳德却已经定下了一个"锦囊妙计"。

二十架竹编纸糊的飞机，一字形排列在机场边缘，白天用帆布密盖，以免让人看出真相；晚上则撤去帆布，夜色中，与真的飞机毫无两样。

这是陈纳德为日军空军加强了对芷江机场空袭而制定的以假乱真、诱敌上钩的"狩猎"。

"狩猎"不到数日，日空军果然前来夜袭，炸弹倾泻而下，将二十架假飞机全部炸毁，机场则以早就准备好的高射炮、高射机枪密集射击，当场击伤日机多架，击落一架。

就在日军以为中美空军遭受重创，不无得意之际，从芷江机场起飞的战机，又到了他们头上，日军在湘、桂的兵站、基地、码头不但连续被炸，就连南京明故宫、大教场两个机场及新修的运输机场，连同十五架飞机也全被炸毁。

陈纳德之所以能在打猎、跳舞的悠闲之中，指挥空战运筹自如，频施妙计，乃是早就对所有的空勤、地勤情况了如指掌，对敌作战成竹在胸。以芷江机场为例，不仅是机场附近停放飞机的"机窝"设施、隐蔽状态，机场跑道质量等等全在他的严格要求之下，就连飞机修理厂、营房都是他重点关注之处。对于飞机起飞之前的检查，他更是特别强调。他说战争的损失是不可避免的，修理是必要的，更重要的是地勤人员对飞机起飞以前的检查，修理只可以挽救可以再飞的飞机，而起飞前的检查，则是关系到飞机与飞行员的存亡。对于敌情的侦察记录，他更是要对照地图，一一翻看，绝不放过任何一个疑惑之处。他是在精心安排布置完后，放心地让属下去干，而非事必躬亲。

芷江"狩猎"收获颇丰后，他飞往昆明空军指挥部。

四月初，冈村宁次下达了合围芷江的命令。

与此同时，何应钦在临时改设的芷江陆军总司令部召开联合作战军事会议。

陈纳德又带着"乔"，和他的空军助手艾尔索普，乘坐道格拉尔双引擎C-46运输机，从昆明飞抵芷江。

参加联合作战军事会议的有陈纳德、美军作战司令麦克鲁、作战参谋长柏德诺、中国陆军总司令何应钦、参谋长萧毅肃、副参谋长冷欣、工兵指挥官马崇六、炮兵指挥官彭梦缉、第四方面军司令王耀武、参谋长邱维达等。

何应钦主持会议。

何应钦首先分析了会战形势，说这次湘西雪峰山会战，我军最高统帅以及盟军将领和全国上下都高度重视，将集中优势兵力于此次会战，我军有雪峰山这道天险为屏障，日军可谓是冒险进犯，已犯兵家之大忌，只要我军将士奋勇，各方精诚团结，此战不但能大获全胜，而且定能借此战之胜利，把湘西建成为我国一座反攻的堡垒。

在分析了会战形势，阐述了地利优势后，他谈到了空军配合作战问题。

"空军方面，请陈纳德将军统一筹划"。

只这一句话，对空军配合作战问题便讲完。因为他对陈纳德将军的空军指挥才能早已充分相信。

陈纳德则以他那特有的、空战每役必胜的口气，重复他的"空军制胜论"，并提出："将新六军空运到芷江；侦察湘桂、粤汉沿线敌军动态；轰炸邵阳、洞口、武冈……以绝对优势的飞机投入战斗，掌握制空权，保证地面部队作战。"

军事会议一结束，陈纳德立即指令巫家坝机场担负空运新六军增援芷江的任务。一架架C-46大型运输机装载着轻型坦克、无后坐力炮、新六军士兵，从昆明空运到芷江。

为防止日机夜袭芷江，他又调装有红外线夜视仪和夜航雷达的"黑寡妇"侦察机两架增援芷江。

四月九日，会战开始，驻芷空军第五大队，即中美空军混合大队便袭击九江码头，炸沉日军汽艇十艘，击毁九江机场日机七架。

四月十日，会战第二天，芷江机场出动大批飞机，将日军后援地衡阳、宝庆、湘潭三角地带大小桥梁予以炸毁。

之后，进犯日军几乎每天都遭到轮番轰炸、地毯式轰炸……特别是日军一一六师团，即衡阳会战中日军的主力师团之一，被地毯式轰炸的惨状，与当年日军飞机轰炸中国军队几无两样。

会战历时四十三天，仅第五大队就出动P-40鲨鱼式战斗机、P-51野马式战斗机二千五百架次，投掷炸弹一百多万磅，发射机枪弹八十多万发。

日本人，终于尝到了挨飞机轰炸、扫射而几乎没有还手之力的味道。

七

当有人说出日本人这次到底会不会打我们新宁，屈先生就硬知道得那么清楚、以及屈先生难道在日本人那里有眼线的话，简直要将成立抗日队伍之议予以否定时，和合先生的一句话，扭转了局势。

和合先生林之吾对那人说：

"你这话就讲得有点欠妥了。去年日本人来时，我们新宁人不就是认为既没惹日本人，也没撩日本人，日本人应该不会怎么样，结果呢？被日本人杀了那么多人。因而这次，宁肯信其会来，不可信其不来；宁肯有备而待，不可无备而乱。……"

和合先生此话一出，杨六、老春他们齐声说：

"是咧，是咧，还是得准备和日本人打呢。只是那吃粮的事……"

"兵马未动，粮草先行，自古以来就是这么个理。得先解决粮草，解决粮草。"

"……"

会议，又在粮草这个问题上卡了壳。

"去我爷老子那个寨子，他的粮仓里有的是谷！"屈八猛地一挥手，吼了起来。

屈八猛地这么一吼，年龄最小的江碧波立即说：

"屈队长，屈队长，你父亲那么吝啬，连救你妹妹性命的五十块钱都不肯出，还会捐谷出来……"

年龄最小的江碧波是最坚定的抗战者，也就是要和日本人干一仗的最坚定者，在必须组织人马、建立队伍这一点上，她是屈八的最坚定支持者，也正因为年龄最小，她才不管什么打仗要吃粮不吃粮的，会死人不死人的，只要开打就好。所以她喊屈八就已经喊成了屈队长。她之所以喊成屈队长，而不是喊屈司令，又因为她也觉得成立个什么"人民抗日救国军"太大了一点，难以办到。但她听屈八那句话的意思又没听懂，她是个从未愁过没饭吃的人，她在家里餐餐有煮好的饭菜吃，还不用自己动手。

江碧波这么一问，我叔爷笑了起来。

我叔爷边笑边说：

"江大小姐，屈队长的意思是带着我们去把他爷老子的谷仓打开，管他爷老子愿不愿意……"

"去抢啊？！"江碧波明白了那话，立时惊讶得脸都变了颜色。

"对！去抢了那老家伙的谷仓！粮食就不用愁了。"屈八冷冷地说。

屈八把那"抢"字一正式说出来，与会的皆如同江碧波那样显得惊讶，只是惊讶得出了声，如同今日年轻哥们爱吐出的"哇—噻"，旋委婉地表示反对。

"使不得，使不得，屈队长，你可千万别说那'抢'字。"

"屈队长，你父亲当年不肯花钱救亲生女儿，你一把火烧了寨子，那是你父亲理亏在先，哪有连亲生女儿都不救之理呢？此时你若去抢你父亲的粮食，他又没做别的什么事，那就是你先理亏。无理之事，干不得。"

"屈队长，你父亲那谷子，也是他辛辛苦苦种出来，攒起来的，一粒谷子，几分汗水啊！若碰上个年成不好，那汗水，就全白流得个干干净净。所以，抢是抢不得的。"

"是啊是啊，屈队长，至少，我们是不能去的。我们若是一去，背上个'抢'字，那，那岂不成了、成了……"

这人没说出来的是"土匪"二字。

江碧波带头喊的那声屈队长，使得说话的都跟着喊起了屈队长，尽管队伍还没正式成立，屈八却一下似乎就真成了队长。屈八是不愿当队长而要当司令的，但这一下，他恐怕就真只能当队长而暂时当不了司令了。说话的之所以纷纷跟着喊起了屈队长，仍然在于个礼性，人家说去抢粮是为了干事的都有粮吃，更何况又不是抢别人的，而是去抢他爷老子的粮，你不同意，你反对，那么你讲述自己不同意、反对的意见时，礼性称呼总该有的，称他个队长，他心里总会舒服些。比喊先生总还是大了个衔头。

一听众人纷纷反对，屈八觉得这家乡人实在是毫无阶级觉悟，真恨不得要讲一番阶级理论出来。

其实赞同屈八去抢他爷老子谷仓的人也有一个，那就是教书先生、诗人郑南山。

郑南山当然不是从屈八爷老子是个财老倌，是地主，是革命的对象这一点上去赞同可以抢的，他照样没有阶级觉悟，更没有阶级理论，他是从义军起事打家劫舍这一点去想的，"打家"当然是打大家，"劫舍"当然是劫富舍，但他又怕打家劫舍这点和土匪联系起来，他想着该如何用比较妥当的方法将屈八去抢他爷老子粮食是用来抗日，而非用来大碗喝酒大块吃肉，是有理之举，和土匪毫无干系这点说出来时，我叔爷已经将那个最犯忌的字眼说了出来。

我叔爷说：

"屈队长，屈队长，我林满群尽管多次当兵吃粮，但要我去抢，我也不去的。抢粮不就变成土匪了么？我们说的是抗日，怎么能当土匪呢？"

"土匪"这字眼一明摆出来，虽然是说出了众人欲说的话，但还是大哗。

于众人的大哗中，和合先生挥了挥手，要大家安静下来。

和合先生说：

"群满爷，莫乱扯。怎么能乱扯到土匪上面去呢？土匪之为匪，也有其不得已。谁个有吃有穿有儿有女有房子住的人，愿意上山去干那个勾当呢？"

和合先生停顿了一下，又似乎边思索着边说：

"不过，说到土匪，八十里山的土匪倒是有些怪异，那怪异中的诸多事，又和屈队长父亲那个寨子有关，不能不讲。"

只此一番话，使得雪峰山会战的新宁、武冈战场，多了一支土匪队伍。

在屈八——许老巴父亲为女儿许伶俐做完超度亡灵的盛大道场，许老巴一把火烧了他父亲的寨子，逃得不知去向后的某一年，他父亲重新修好的寨子大门门槛上，不时会出现几处鲜红的血。起始，他父亲以为那血是自家的鸡血或鸭血。自从许老巴放了那把火且再也不见踪影后，他父亲悟明白了不少事理，这事理中最重要的一点，是自己省吃省用攒钱买田买地，原本全为的是给儿子置起一份大家业，可儿子竟是如此忤逆，如此不孝，如此没有良心，那还不如自己吃点好的，把这家业全吃光罢。遂隔两三月，要老婆也于喂大将去卖掉的鸡鸭中留下一二只，杀了，自个儿吃。他父亲一认定是自家的鸡血或鸭血，遂大骂老婆，骂其吃鸡吃鸭吃多了，连鸡血鸭血都不要了，往门槛上洒了。老婆大为委屈，讲她若是往门槛上洒了血，她情愿用舌头去将门槛舔个干干净净，况且那血尚是新鲜的，这几日哪里杀了鸡，哪里杀了鸭？

他父亲一寻思，倒也不假，那自家吃鸡吃鸭的奢侈之举尚在两个月前，怎么会有新鲜血？遂怀疑是邻家寨子人有意来害他。遂大兴讨伐之师。然邻寨人皆发誓未做那伤天害理之事，且跟着他老人家来到寨子门口，将那门槛上的血用指头蘸起往鼻子上一嗅，惊曰，这哪是什么鸡血鸭血，这分明是人血！

人血？！平白里哪来的人血？！他老人家不能不心惊肉跳。然不管是人血也好，不是人血也好，无缘无故出现的血，只能归结为闹鬼。他想到了死去的女儿。

这位吝啬至极的父亲，当初之所以舍得花几块钱为女儿做道场，是为了堵山里山外人的嘴，怕人家说空话。就如同一些不孝儿女，当父母在世时，巴不得父母快死，以免负担，而在父母死后，那丧事，是要办得隆重，办得让人无可挑剔的。

做的那道场虽然大，但他老人家断定还是女儿的鬼魂不散，是在阴间的钱还太少了，是来缠他，便又于大门口烧化钱纸，一边烧一边不住地念：

"伶俐啊我的女儿，你被土匪'吊羊'，那全是土匪的罪孽啊，你冤有头债有主，你死得惨，你要找土匪报仇莫来缠我啊，我天天求菩萨保佑你啊！保佑你重新投胎，投个万世修来的金字胎，你再莫来缠我。你若再来缠我，我就要请神除怪，那时毁了你魂魄，你投不了人胎休要怨我！……"

这烧化纸钱和念叨的咒语却丝毫不起作用，闹在大门外的鬼反而进了屋，先是许伶俐曾睡过的房里出现了如同灵幡的白纸，白纸上是"无字天书"，接着在他的卧室里出现了带血的白箭。那是一枝竹篾削就、小巧玲珑的箭，光溜溜，亮闪闪，箭头锋利至极。

闹鬼一闹到这个地步，不惟是山里人知道，街坊人自然也知道。因为"鬼话"是最有人乐意传，也最有人乐意听的。并说那白纸白箭一抓到手里，即刻化为灰烬。于是能捉鬼驱邪的师公子高手纷纷登门。这些登门的师公子高手有许家父亲亲自请来的，有毛遂自荐而来的，有好心人推荐而来的，很热闹了一阵，然高手们使尽平生本事，也终未能捉住或驱走那个鬼。反而是"鬼事"越演越烈。害得许家父亲破费了不少钱财，以打发做了法事的高手。高手们则将那"鬼事"愈发讲得恐怖，以显示不是自己无能，而是鬼太厉害。

捉鬼的师公子们是从来不认活鬼而只认死鬼的，否则便会掉了衣食行当。况且乡里山寨历来有无法解释的鬼类事件。但许家寨子越演越烈的"鬼事"的确是个活鬼做的，那个活鬼就是许伶俐。

许伶俐被土匪抓走时，确实以为只有死路一条了，但当她得知土匪只是要用她来换五十块大洋时，活的希望便随之出现。她尽管知道父亲把钱看得特重，但只用五十块大洋换亲生女儿的一条命，应该还是合算的，她断定父亲会送钱来赎她，因为即便是鸟兽也有爱子之情。

　　将许伶俐抓进洞里的土匪绰号锄头脑壳。锄头脑壳是以一把锄头拦路打劫，抢了些东西后逃进山里，入伙成了土匪。

　　八十里山上的洞穴颇多，土匪多为小股，几个人占据一个洞穴便是一伙。这锄头脑壳本是超仙洞的土匪，他吊了许伶俐的"羊"后，那索要的五十块大洋不想和超仙洞内的兄弟分了，另进了一个阴阳洞。

　　锄头脑壳限定的三天期限过去，连一块光洋的影儿都没见着，他霍地亮出了一把短刀。

　　寒光闪闪的短刀令许伶俐绝望地惊叫一声，顿时晕倒在地。锄头脑壳却嘿嘿一笑，说老子没得着你父亲的光洋，老子要得你这个人了！老子得了你这个人后再"撕票"不迟！锄头脑壳一手抓住她的头发，另一手就是一刀，将她的布襟扣衣服"哧"地一声划破……

　　锄头脑壳"得"了她这个人后亮起那把刀，朝她赤裸的胸部便刺，那刀尖就要刺中乳沟时，却倏地缩了回去，只是在她的两个乳房上刮来刮去，如同剃头师傅在剃刀布上搪刀。

　　锄头脑壳一边搪刀一边说他还舍不得，舍不得，还要留下来多享用享用。

　　被吓晕的许伶俐醒过来后，见自己没死，又产生了一线生还的希望，那希望，就是父亲依然会来赎她。

　　一日，曾为锄头脑壳去通知她父亲拿五十块大洋来赎人的那位樵夫，怎么地出现在阴阳洞外，樵夫一见她，大吃一惊，以为是碰上了鬼；待到弄清楚她不是鬼而是个活人时，将她父亲不但绝不肯拿钱赎人，而且早已经为她做了道场的事告诉了她。

　　她听完，一声不吭，仰面朝天倒到了地上。

作为她父亲女儿的许伶俐，便已经死了；另一个许伶俐，降生了。

许伶俐爬起来后，锄头脑壳一边玩弄着那把刀子，一边说，我现在就是放你回去你也回不去了，你早已是被土匪睡过的女人了。

锄头脑壳竟然"唉"地叹息了一声，说：

"人啊，反正是一世，做高官骑高马是一世，做牛做马给人赶给人骑也是一世……"

锄头脑壳此话一出，许伶俐活下去的愿望越发强烈，哪怕是做个土匪老婆，她也会认了。然而锄头脑壳绝不将她视为老婆，而是对那五十块大洋没有到手的一种报复，总是以各种稀奇古怪的做法将她摧残得死去活来。

许伶俐想跑但又不敢跑也无法跑脱，锄头脑壳不但有刀，而且有把铁短枪。锄头脑壳外出时总是将她手脚捆绑。

这天，锄头脑壳将她折磨了一番后，仰天八叉躺在柞木铺上，悠然自得地哼着山歌。实在说，他的山歌唱得不坏。

他是这样唱的：

十八岁的姐姐你山坡上走

山坡上朝我招招手

招招手挥动了一块小红绸

看见小红绸我泪双流

一滴泪流的是苦相思

思姐思到月上柳梢头

二滴泪嘛是悲双亲

双亲死得早啊什么也没给我留

留下了一世尽忧愁……

锄头脑壳的这曲"泪双流"差一点误了许伶俐复仇的大事，也几乎救了他自己的命。

许伶俐趁着锄头脑壳在"泪双流"时，已偷偷摸出了锄头脑壳放在柞木铺下的铁短枪，就要锄头脑壳永远没有眼泪流了。可是锄头脑壳的"泪双流"唱得是那样凄婉，那样揪心，令许伶俐怎么也不敢相信是从他那口里"流"出来的。

锄头脑壳的这曲"泪双流"在"流"着、"流"着，"流"得许伶俐的心颤抖起来，抓着铁家伙的手也颤抖起来，她想着自己等一下就要成了杀人犯，枪里的子弹就要射穿这个"泪双流"的胸膛或击碎他的脑壳，天啊，她真的要失声叫起来，你为何要这样对待我，为何要把我逼上绝路！

"泪双流"却戛然而止。锄头脑壳破口大骂起来，锄头脑壳骂她是娼妇烂货，他妈的还不把他身上的汗给舔干，他妈的尽在磨蹭什么，他妈的是不是想找死了！

就是这句找死的话，使得许伶俐将颤抖的手霍地举了起来。找死？！是要找死了，不是你死就是我死！再没有第二条路了。

锄头脑壳死在了他自己的铁短枪下。

锄头脑壳死后，许伶俐在阴阳洞里过起了幽居日子，父亲早就把她看成了一个死人，早就为她做了道场，她手里又真正有了一条人命，她惟愿自己就像个野人般过完这一世。

野人般的求生欲望使她平添了许多本事，她在洞口布置了一处陷阱，只要有人一踏上去，就会掉入陷阱中，像头野猪样被夹住双腿；她又设置了一处机关，只要有人触动机关，削得溜尖的竹箭就会从隐蔽处齐齐射出；她还把锄头脑壳那把铁短枪玩得烂熟。……

日子开始平安地过，可平安的日子很快又被打破。

又是一个沉沉的黑夜，超仙洞内的两个土匪出外"觅食"，来到了阴阳洞口。土匪仅凭那敏锐的嗅觉，就知道洞内有人，且是个女人。

洞口的陷阱、洞内的机关竹箭，对这两个土匪来说全形同虚设。他们是搞这一行的师傅。于是当熟睡中的许伶俐被猛地压醒，不无惊恐地睁开那双大大的眼睛，却连叫的能力都已没有。她的嘴巴，被严严实实地堵住。

其实堵不堵她的嘴巴都无所谓，在这山上，在这洞内，她就是喊破天也无甚用处。堵嘴只是土匪们用惯了的招式，不堵还真不习惯。

只是，这两个土匪犯了一个致命的错误，那就是没想到，这个睡在洞里的女人会有一把铁短枪。

这两个土匪若是像搜钱那样先搜一搜，就不会枉自送了性命，因为那把铁短枪，就在女人睡着的柞木铺下垫着的松针里。而许伶俐于惊恐和撕裂的痛楚中，一把抓到了它。

……

八十里山传出了一件骇人听闻的事情，超仙洞内的几个土匪一夜之间全被人杀死！那些被杀死的土匪的胸口上，都插有一支竹篾白箭。八十里山的人包括那些三五一群的匪贼，都以为是官府派了本领高强的捕快，或者是便衣警察、保安队之类的进了山。一时间讲得鼎鼎沸沸如同开了锅的水。就连许伶俐的父亲也加额相庆，这一下就会有好日子过了。

然而没过多久，一把大火将老虫坳上的刘家庄烧了个精光。开始有人以为这是哪个仇家干的，因为刘家庄的庄主为人格外刻薄，结怨甚多。可虽然未被杀却吓了个半死的庄主手里，被塞了一支青篾削就的竹箭，和超仙洞内土匪们胸口上插的完全一模一样。

这一下，人们开始恐慌起来，特别是那些大户人家。他们明白了，原来血洗超仙洞和火烧刘家庄的是一伙人。而火烧刘家庄决不会是捕快、便衣警察、保安队所干。那就是说，官府没派什么本事高强的进山剿匪，而是，而是……那"白箭"，可怕的"白箭"！

于是"白箭"像幽灵一般游荡于八十里山，令人提起就变色。

再接着传出的消息是，一批过路客商被抢。那情景说来更令人心里发怵。原来这帮客商是雇了保镖的，那保镖自称是天下第一好汉，可是一见到空中飞来的白箭，就吓得撒腿便溜，什么货物、行李、担子，全丢了不顾。

再后来传出的消息更不得了。"白箭"收服了八十里山大大小小的土匪，这些土匪都听从他（她）的指挥，只要他（她）一支白箭到，叫那洞中的土匪往东就不敢往西。

"白箭"将八十里山闹了个天翻地覆，他（她）公开打出了旗号名曰箭字军！人们对他（她）的传说更是神乎其神，讲他（她）跨一匹毛色如火、四蹄生风的追云马，腰束一根蟒蛇皮紧身带，斜插两把盒子枪，还背缚两只箭袋，一只插的是白箭，一只插的是飞刀。那白箭号令千军万马，那飞刀专取不义之人的头颅。

然而，"白箭"却始终未去动啬吝至极的老财即许老巴父亲寨子的一草一木。只是寨子里的怪事越出越多。譬如说堂屋里出现一支白箭，箭头下钉着一张纸，纸上历数许家父亲的罪恶，如贪财成性爱财如命，小心总有报应！第二天又会出现一柄竹制的小白剑，白剑上所书文字却是为许家父亲辩护，诸如发家就是要惜财，节省是老人家的美德，等等，并声称白剑定在暗中保护，嘱他不必害怕。

于是，八十里山又传出一个吓人的消息，说土匪是两支势力相当的队伍，一支是白箭，一支是白剑，两个土匪头儿在斗法。

白箭令许家父亲整日里提心吊胆，白剑的保护却安不住许家父亲的心。许家父亲变得形容憔悴，一下老了许多。背也佝了，往日那种精神劲儿全没有了。

许家母亲则只是一天到晚长吁短叹抹眼睛，想她的崽，想她的女，想着想着就掉眼泪，于是眼睛红了肿了溃烂了，终至于两只眼睛看什么东西都是模模糊糊的了。

眼睛坏了的母亲常倚在门框上，望着模模糊糊的前方，她是倚门望崽归，倚门望女归。

一天，她望着望着，模模糊糊的眼睛似乎陡然增添了光彩，她看见了她的儿子，看见了她的女儿，她看见儿子和女儿都回来了，正在朝她走来，她猛地伸出两只枯槁的手朝前抓去，喊，我的儿啊，我的女啊……她抓住的，却是自己男人的双手。

男人甩开她的手，说，你发癫啊，见了鬼啊！

这一声刚完，女人顺着门框瘫倒在地上，如同一根脱了檩子的枯藤……

许家母亲被鬼缠而死的事又传得沸沸扬扬……

许家父亲又做道场，又化纸钱，又请人驱鬼……尔后又重新娶了个女人……

和合先生把这些怪事一说出来，屈八为母亲伤了一阵心后，不能不立即想到了他的妹妹。但又无论如何不敢相信，那么一个弱女子，能成了八十里山的匪首？他决心要去会一会。倘若真是他妹妹的队伍，他就要将队伍拉过来。只要把这支队伍拉过来，那就要人有人，要枪有枪，要粮有粮了。自己这个司令，也就跑不脱了。

八

屈八去找白箭或白剑，他自己给定了个由头，叫做收编改造。"收编改造"这词，是他在当红军时学到的。红军队伍里，就有收编改造的土匪，收编过来后予以改造，就不是土匪了。

屈八要去找白箭或白剑，和合先生第一个赞成。和合先生说山上的人马（他不说土匪）若能下山和我们一道打日本鬼，那就是保卫家乡，人家来和我们一道保卫家乡，我们应该是求之不得。和合先生一率先表态，其他的人就说他讲得在理，打日本鬼多一个人总比少一个人好，况且人家还有现成的枪。只是担心屈八能不能说服人家下山。

屈八去会白箭或白剑，是担了莫大风险的。这个风险倒不是怕被白箭或白剑"咔嚓"一刀，将他的脑壳剁了，也就是并非安全问题。对于安全问题，和合先生他们都要他放心，说你独身一人前往，身上无钱无粮，土匪根本不会拿你怎样。更何况无论是白箭也好，白剑也罢，没听说过胡乱杀人；就是在这之前的土匪，也主要是吊羊，吊了羊后不拿钱去赎，才杀。我叔爷还补了一句，说你出去这么多年，连我都不认得你了，土匪更不可能认得你，就算认出了你是许老巴，也早就晓得你爷老子是不肯拿钱赎人的，将你吊羊也没有用。

屈八所担的莫大风险，是他自己认为的政治风险，那土匪头儿若真是他的妹妹，他在"阶级"上就更复杂，更说不清了，父亲是个地主，妹妹是个土匪头儿……他在当红军的那几年正是大力肃反的几年，他受的"教育"正是大力肃反的"教育"，如果不是因为父亲的问题在清党时被划入清除之列，如果肃反不是肃到了他的头上，逼得他不能不逃跑，他是个肃反的坚决拥护者和坚定执行者。肃人家的反的人，多威风！喊抓就抓，喊杀就杀，那权威，瞬间便立起来了。即算在他已经当了逃兵，已经脱党那么多年的此时，他依然认为像我叔爷林满群那样的人，到时候不肃也是不行的。

屈八也想过，自己的妹妹若真是土匪，那是被逼的，把她逼成土匪的就是那老财地主父亲！当然，她可以宁死也不当土匪，但谁又不怕死呢？怕死，没办法，只好顺从土匪，成了土匪，这都说得过去，只是成了土匪头儿，可就无论怎么说都说不过去了。土匪头儿，那是无论碰上什么政府，都要捉住杀头的。因而，他去收编土匪，等于是去救他妹妹，只要改造过来，立功可以赎罪。然而，他又知道，即便是"收编改造"后去打日本，在山民和乡民们眼里，土匪依然还是土匪，说得最好的无非是句"就连土匪也参加了打日本鬼"……

屈八想来想去，还是不能被人看作是去找土匪头儿妹妹。他虽然早已脱党，但仍然认为自己是在党，或至少是还要回归的。他不能落下个专门去找土匪头儿妹妹的把柄。土匪那名儿，是一沾上就抹不掉的，如同妓女，不管你是什么原因沦为妓女的，"一日为妓，终身为娼"，哪怕你日后成了诰命夫人，人一说起，那女人原来是个娼妓呢！擂鼓战金山的梁红玉不就如是？一直到了二十一世纪还有人在网上撰文，标题是醒目的《中国第一妓女将军》，且为诸多名网转载。足可见这一旦沾上匪与妓的可怕。凡匪者，即算以后做了大官，人背后亦言，那官是土匪出身。

然而，为了壮大队伍，屈八不能不去找土匪头儿，也就是不能不去冒这个政治风险，如果光靠在祠堂里开会的"骨干"，那真的最多能拉起支鸟铳队。

屈八从事过宣传工作，他知道要找点"理论根据"或政策依据，他将落款王震、王首道的"湖南人民抗日救国军布告"背过来背过去，里面硬是没有一句讲到土匪，但有"一致联合对敌，展开民族斗争"，他把收编改造土匪纳入了进去。他是去执行"一致联合对敌"。

有了"一致联合对敌"的依据，屈八底气足了许多。对于这"一致联合对敌"的收编，屈八有着十足的把握。因为"师出有名"，是要他们抗日，是打侵略到我们新宁的日本鬼。倘若是要他们去打宝庆的日本鬼，不一定拉得动，虽说新宁属宝庆管，相隔也只有那么远，但他们依然会说不干鸟事，人家在宝庆，又不在我们新宁。屈八是熟知故乡的乡情的。如果要他们出新宁，去宝庆，乃至去长沙、武汉，除非是每打一仗，就让他们的包袱装满金银，当年的江忠源带新宁楚勇，曾国藩带湘军出境作战，就是每攻下一地，任凭部下大发战利之财，提携部下多升战时之官。他屈八能这样吗？不能！

屈八想到那时的新宁县，竟出现了"隔墙两制台""对岸两提台"，各类将领上百。刘长佑、刘坤一、江忠源、刘光才，直隶总督、两江总督、安徽巡抚、浙江提督。了得！这些人，能不让人羡煞？然天时不再，境况全变，新宁的人脉风水似乎已被那些人占尽，从此后再也没出格外显赫之人，他屈八也不敢往那么大的官上去想，他只要能当个县长什么的也就实现了理想。而这个理想是可以实现的，以抗日而获得队伍，以队伍再回归革命。革命胜利了，他也不想去外地，就在家乡当个父母官，足矣！

对于收编有十足把握的屈八，倒是对那如何才能找得到白箭或白剑，如何才能会面，颇费了一番心思。

屈八是这么上山去找土匪的。

他打着一面招子，上书"我是屈八，要会头领，抗日大事，十万火急"。

这打着招子去找土匪的办法，其实是猎户杨六和我叔爷想出来的。

杨六说要想极快地找到那什么白箭"黑剑"，只有进入山林后边走边喊，我是某某，要找大王，商量大事，刻不容缓。杨六说一些急着要买野物的客商来找猎户，就是用的这个办法，进了山林，扯开喉咙一喊，我是客商，要买野物，价钱公道，快来相商。自然就会有听见的循声去迎他，若是这家没有他所要的猎物，自会介绍另一家。这客商如果光靠找着一家猎户，再打听有无所需猎物，那要多费好多脚力、好多时光，因为猎户住得分散，那房子又都在掩蔽的不打眼之处，你有时走过屋旁都不知，看见了屋子却绕不过去。只有如收荒货、如卖绒线顶针的货郎那么一喊，就会有人来引路。这找他看得见你、你看不见他的土匪也一样。你一喊，便会有装扮成樵夫、采药之人什么的巡山的小喽啰去报信……

杨六如此一说，大家都认为在理。我叔爷在点了头后则说：

"杨六你这主意不错，只是八十里山那么大，不比你们猎户住的山坳，屈队长若是喊得那么半天，喉咙早就喊嘶，发声不出，再喊，只有屈队长自己能听见了。依我之见，不如打一面招子，写几个大字：我是屈八，要找山大王妹妹，速速通报。那巡山的土匪总有认得几个字的。就算不认得字，一见平白里出现个打着招子的怪人，也会立即通报……"

我叔爷这么一说，听的人皆点头，认为比扯开喉咙喊确实要好。和合先生又补充一句，说八十里山那么大，也不能无的放矢，首先就到屈队长自家许家寨近边的山上去，那怪事多出在许家寨，想必附近山上就有巡山的小喽啰。

轮到屈八拍板了。屈八正色而道，说他此次上山，绝不是专为去找他妹妹，其一，许伶俐是死是活，白箭或白剑是否就是她，根本还不得而知；其二，若不是为抗日大计，为保家乡，他才不会冒这个险；其三，倘若他此去遭遇不测，抗日队伍不能散，抗日大旗不能倒，就是个鸟铳队，也得和日本鬼干上几场真的！否则，他死不瞑目。

屈八这么一讲，所有的人都沸腾了热血，纷纷说屈队长你放心，我们若不和日本鬼干几场真的，也就不是新宁人了！江碧波和郑南山更是激昂，说屈队长你若是不能回来了，我们先打日本鬼，再清剿土匪，若不能为你报仇，我们也一死和你相伴。江碧波和郑南山这么一说，和合先生等人又抚慰，说屈队长你此去，能否招安土匪不说，回来是绝对不成问题的，不然，我们也不会同意你去冒险，我们还等着你来当头儿，听从你的吩咐。

屈八说，凡事都要做最好的打算，最坏的准备，万一我遭遇不测，这"扶夷人民抗日救国军"，以鸟铳队为主力，由杨六当司令，由和合先生林之吾当参谋长，林满群当军事教官，郑南山当宣传科长，江碧波当司令部干事，老春当联络官……

屈八如同交代后事一般，却一下就把个原来意见不统一的救国军给正式定了。因为人家都做出了死的打算，还有什么可说的呢。"人之将死，其言也善"，还能不认可。何况那救国军的大号已降了一级，由"湘西南"改成本县扶夷；何况主要人员都被任命了头衔。

被任命的司令杨六说：

"屈八兄弟，你只管去，我保险你会回来的。司令还是你的。"

和合先生等人也都说"保险"屈八会回来，回来就当司令。这"保险"之说并非真的能保他万无一失，而是一句吉利话，大凡人出行，出去办事、干事，我们家乡人都会说"保险"其怎样，如出去做生意，就保险他发财，出去混差事，就保险他升官。这屈八去会土匪，就保险他平安回来，而且回来当司令。

屈八要的就是他回来当司令这句话。他之所以把"湘西南"降为本县，是唯恐又生出波折。但他还是说他即算不在了，只要救国军狠狠地打日本，保家园，就等于他当司令一样。

这时我叔爷说了一句。我叔爷说：

"杨六就暂时代理司令啰，等屈八回来再卸任，当副司令也好，当鸟铳队长也好，听屈司令的。"

我叔爷说这话的起因，本是认为杨六当不了司令。杨六怎么能当司令呢？杨六能有当司令那个才，那个智，那个能力？我叔爷知道他自己也是不能当司令的，既然定了个司令，这司令还是只能归屈八当。我叔爷是从大局着眼来说出这句话的。这句话说得屈八心里高兴，认为我叔爷这句话总算站在正确立场上来说了，而且到底是当过兵的，知道"代理、卸任"。

杨六对我叔爷这句话则毫无意见，他一个猎户，从来就没想过什么司令队长的，这"代理司令"也好，队长也好，使他感到的是要大派他的用场了。

代司令杨六立即说他就去找猎户，把他那里所有的猎人都喊来，把所有的鸟铳都带来。和合先生则说他先去筹集一部分粮食，要乡里百姓每户出一点。"日本人来了，抢也会被抢光，与其被抢，不如先捐一点去打日本人。这个道理讲得通的。"郑南山讲他配合和合先生去做这个宣传工作。江碧波说她去要自己的父亲多捐些粮食出来。老春说他脚力好，就去打探日本人的动静……

未要屈八安排，这些人都给自己派定了差事。

屈八就根据杨六和我叔爷的启发、提议，找块白布做招子，写上"我是屈八，要会头领，抗日大事，十万火急"。这几个字又令代司令、参谋长、军事教官、宣传科长、司令部干事、联络官等交口赞誉，都说写得好，到底是从外面大地方回来的，想出的话就是不一样。

屈八打着招子一上山，果然有巡山的"便衣"土匪很快就把信报到了头儿那里。

头儿就是他妹妹许伶俐。只是许伶俐这名字早就废弃，她改名白箭。那白剑之人根本不存在，也就是她。

白箭正站在一块巨石上，听松涛一阵一阵揪人心腑。

白箭站在巨石上听揪人心肺的松涛时，她的贴身女侍月菊姑娘正在向她激昂进言，要她干脆抢入她父亲的寨中去，放他一把火，好平息心头之恨。

月菊姑娘原本是刘家庄庄主刘老大的侍女，这侍女是实际名分，公开名分是"亲女"。我老家人特兴认亲娘亲爷、亲崽亲女，这个"亲"字非"亲生"之意，而是拜认、受认的干亲。这认亲娘亲爷、亲崽亲女也并非需要门当户对，恰恰相反，家境不好的往往去认家境好的做亲娘亲爷，家境好的也愿认家境不好的做亲崽亲女。为甚？家境不好的认家境好的，不是图能得什么多大的好处、多大的照应（好处、照应有时也有，但大抵不多），主要是希冀沾染个好八字，使自家的运气好些；家境好的之所以认家境不好的，图的是个名气，人丁兴旺，崽女越多越好。换言之，他若不认家境不好的，也认不了家境好的，家境好的、和他差不多的，会去拜认他做亲娘亲爷么？

月菊姑娘做了刘老大的亲女后，父母亲却没有沾到庄主的好八字，相继病死。父母亲死后，刘老大将月菊接到庄上，开始还对她甚好，渐渐地便生分起来。由"女儿"变成了个侍女，等于是个不但要做粗活，而且要服侍刘老大的丫鬟。这"生分"本也好理解，至亲在一起住的时间长了都难免生出许多口角，闹出许多矛盾，更何况她原本是个非亲非故的外人。月菊对于一天到晚的累得该死倒也甘愿，因为父母在时，她在家里也是一天到晚的累得该死，只是"亲娘"刘老太太总爱骂她是个只晓得吃饭百无一用的"赔钱货"，说以后将她嫁出去时还得倒贴几件嫁妆。她在家里时父母也常这样骂她，但亲生父母的骂她听了无所谓，"亲娘"的骂可就使她时常暗地里掉泪。"亲爷"刘老大倒是不骂她，只是爱用旱烟锅头烫她。"亲爷"一抽长旱烟杆时，要她装烟、点火。那一锅旱烟抽毕，过了下瘾的"亲爷"会突然将滚烫的旱烟锅头朝她烫来。"亲爷"烫得她叫时，格外高兴，有种莫名的兴奋，比过足烟瘾还兴奋。当然，"亲爷"也不是每次都烫她，烫得她尖叫一次后，又会抚慰她，要她别怕别怕，还将那已经不烫的烟锅头倒转来，以手抓着，说这有什么烫呢，一点也不烫。待到她某次又为"亲爷"装烟点火，以为"亲爷"不会烫她时，那烟锅头又要烫得她尖叫一次。

"亲爷"不烫她时，对她其实还算好，"亲爷"跟她说，他就是有这么一个嗜好，他也知道这个嗜好要不得，怎么能烫自己的女呢？可如同抽上了鸦片，戒不了。"亲爷"要她千万别见怪，忍着点，就等于是孝顺做爷的。"亲爷"跟她讲了个故事，说一个老母亲要吃鲜鱼，可大冬天的河里都结了冰，到哪里去弄鲜鱼呢？儿子为了孝顺母亲，就脱光衣服躺到冰面上，硬是用自己的热身子融化出一个冰窟窿，孝心感动天地，那孝子将手一伸进冰窟窿里，就抓到一条鲜鱼……"亲爷"说这是"二十四孝"里面的，上了书的。

　　"亲爷"还跟她说,他要戒掉这个不好的嗜好,只有去抽鸦片,听人说只要抽上几口鸦片,别的什么就都不需要了。你如果硬是尽不了这份孝心,那做爷的就只好去抽鸦片了。

　　月菊怕"亲爷"真的去抽鸦片,决心尽这份孝心。一下定决心去尽孝心后,就不怕烫了,那手也被烫得麻木了,感觉不出疼了,不叫了。可"亲爷"要的就是她的叫。见她烫手不叫了,便要烫她的背,烫她的背时得要她撩起衣服,这一撩衣服,捎带着撩出半截胸部,已发育成熟的胸部又惹得"亲爷"眼热,烟锅头转向……

　　那时从没听说过人有虐待癖或被虐待癖什么的,这刘老大约莫是属于有虐待癖,因为他并没有对月菊行强奸,他始终还是恪守"父女"的名分。只是那转向的烟锅头终于使得月菊于一个黄昏跑了。

　　月菊跑了,却并不是真的要逃跑,她也没地方可去,她就在山上乱窜,窜到夜幕浓浓地如卷席子般卷了拢来,一轮弯月于黑暗中冲了出来,正准备回庄子去挨"亲娘"的痛骂时,碰上了白箭。

　　白箭一见月菊,断定这是个和自己当初一样的苦命女子,便好言询问个中仔细,月菊不知道她是白箭,是土匪头儿,只以为猛地里遇到个好心的女人、好心的姐姐,遂把从未能对人诉说的苦衷一股脑儿全倒了出来。

　　月菊边哭边说,白箭则抓起她的手臂,于月光下一看,布满被旱烟锅头烫满的疤痕;再掀起她的衣服,于月光下一看,胸前胸后也布满被旱烟锅头烫的疤痕……

　　于是,就发生了火烧刘家庄的事。

　　白箭放的那把火,不仅是为月菊姑娘出气解恨,也是为自己出气解恨,这有寨子有庄子的父亲,为什么对自己的女儿都如此无情,如此下得了手?!

　　当时白箭并不知道刘家庄刘老大是月菊的干爷而非亲生父亲。我老家的人喊干爷干娘都是喊爷、娘,对人诉说也是称爷、娘,除非听的人听出不对头，譬如你爷姓刘你怎么不姓刘？方会回答，是我亲爷亲娘呢！这亲爷亲娘若在外地人听来，又会大惑不解，其实是干爷干娘。

白箭恨自己的父亲，这种恨永远也难以抹去。她一直想狠狠地报复父亲，可怎么报复呢？她拿着刘家庄出了那口恶气。

月菊见烧了她干爷的庄子，始是又哭又闹，还骂，骂烧她"亲爷"庄子的是土匪。月菊哭闹的是，你烧了我爷的庄子，我以后怎么办？我爷烫的是我，我娘骂的是我，又没烫你，又没骂你，爷娘打骂崽女是自己家里的事，关你什么事，你怎么能烧他的庄子，怎么这样没良心？！土匪！土匪！待到看见一支白剑塞到他"亲爷"手里时，才知道是真正的土匪，便不敢哭，不敢闹，更不敢骂了。

白箭把月菊带到了身边。很快，提心吊胆的月菊就觉得是碰上了真正的好人，她跟着白箭有吃有喝有穿，不挨烫不挨骂，还不要做多少事，还得自己去寻事做，还有了能经常在一起说话，说女人之间的悄悄话的人……

月菊遂成了白箭的贴身女侍。

月菊知道了白箭被土匪吊羊，亲生父亲硬不肯拿五十块大洋去赎，害得她被土匪凌辱得死去活来，终于杀了土匪，自己也成了土匪，父亲却认定她早已死了，为她做了道场的所有事情。

月菊认为白箭的亲生父亲比她那"亲爷"还要狠心，就常劝白箭也去她父亲的寨子放一把火。

此刻，月菊又对白箭提到了放火的事。月菊说，你还念那个老畜生什么父亲之情干什么，他若念你女儿之情，当初也就不会见死不救了。更何况那个老畜生又娶了女人，又生了崽女。你母亲，就是被他逼死的……

白箭却对着月菊吼道："你给我住口，住口！他是我父亲、父亲，是我的亲生父亲！你没看见他经常为我烧纸钱吗？他若不念父女之情他会如此？……"

其实，父亲不时为她烧的纸钱更激起她的仇恨。

她父亲认定他的女儿已经死了好多年了！她父亲早已将她变成了一个孤魂野鬼！她父亲在五十块光洋的期限过去不久就为她做了超度死鬼的道场，她父亲在每年清明却从未念叨过她，她父亲根本就不愿提到她，仿佛从来没有过这么一个女儿，她父亲是在寨子里闹鬼后才不断地烧化纸钱……她父亲难道真是在赎自己的罪愆吗？不，不，他是害怕，是害怕女儿的冤魂，害怕大门上的血迹，害怕带血的白箭，他是在赶鬼、驱鬼，要把亲生女儿这个鬼也彻底清除……

白箭说了"他是我父亲、亲生父亲……"后，月菊以为她是烧自己亲生父亲的寨子下不了手，便说，你若下不得这个狠心我替你去！

月菊正要动身，只听得白箭一声吼："回来！"白箭说今后谁敢烧她父亲那里的一草一木，她就要先撕了谁！说罢扬手一刀，将一根枞树枝条劈做两截。

月菊一下愣了。半晌后支支吾吾地说，那你烧刘家庄时怎么没想到那是我爷的庄子？

月菊不知道白箭火烧刘家庄是带着对许家寨的恶气在烧的。

我老家的土匪与外地土匪可能有所不同。我老家的老人们跟我说，我们这里的土匪很少有杀人的，没听说过土匪乱杀人的事，土匪杀人只有两种情况，一种是和他有深仇大恨的，一种是吊羊不肯拿钱去赎的。除了这两种，其他的他杀你干什么呢？"抢东西那就抢啦！"老人们说，"主要是抢过往客商。有时也抢商铺，但那商铺主人和和气气、买卖公平、买货的实在没钱肯赊账、讨米的上门总要施舍一点的，不抢。放火烧房子的也很少很少。"

由是我猜测，白箭火烧刘家庄，许是受了他哥哥许老巴的启发。而她父亲的寨子已经被哥哥烧了一次，她难道还能去烧第二次？但不让她父亲吃些苦头、受些教训，她又实在咽不下那口气，所以她在父亲的寨子里闹鬼。

她一边闹鬼恐吓她父亲，一边又不准任何人去动她父亲，只能以她是既痛恨她父亲又割舍不断那根父女情丝来解释。

当白箭正站在一块巨石上听一阵一阵揪人心腑的松涛时，报信的小喽啰说来了一个屈八，打着一个招子，要相商什么抗日大事。

白箭说：

"你认识他？"

小喽啰说：

"不认识。"

白箭说：

"那你怎么知道他叫屈八？"

小喽啰说：

"他那招子上写着他是屈八呢。"

白箭说：

"你识得字？"

小喽啰说："略识得几个。"

听这个小喽啰说认识字，白箭来了兴趣。

白箭问：

"你是怎么识得字的？"

小喽啰答：

"偷学的。"

听小喽啰说是偷学的，白箭更来了兴趣，因为她自己认识的那些个字，也是从小跟着哥哥许老巴偷学的。

白箭一来了兴趣，把那心头的不快暂时给驱除出去了，使得屈八能在第一时间见到了要见的人。这也如同有人要见领导，领导心情好的时候才容易被接见。特别是大领导，你打通了秘书那一关，秘书是一定得见着大领导高兴时，才会将你引见的。也只有大领导高兴时，你的问题才有可能解决。

这白箭是土匪的领导，也是心情好了，便很爽快地要小喽啰将那个打着招子的屈八引来相见。白箭说，你把他带来，带来，倒看他有什么事要和我说。

小喽啰引屈八来相见时，并没有像其他小说、电影电视里那样，将屈八的眼睛以一块黑布蒙了，或用个黑袋子将他的头蒙住，而是就如同引领不识路的人去往某某寨子、庄子一样，小喽啰在前面走，屈八在后面跟着。小喽啰走得飞快，屈八有点跟不上，拼命赶。

这白箭率领的土匪不怕有人认得路径，一则是八十里山那么大，洞子那么多，今天你来了这里，明天再来这里时，鬼都见不着一个；二是从未见过有什么大的官府清剿行动。八十里山的土匪从未去骚扰过官府，和官府没有结下梁子，只是有时抢一抢过路客商，抢一抢不按和气、信誉生财的商铺；抢得一路客商，抢得一个商铺，吃得几个月，这几个月便相安无事。那刘家庄被火烧了后，尽管也告到了官府，官府尽管也说那还了得，但依然是不了了之，因为仅仅只烧了个刘家庄，别的地方没见起火，况且又没死人，还有百姓舆论说那庄主刘老大太刻薄，官府以仇人报复结事。官府自身的事尚且顾不过来，懒得去理睬那几个毛贼。

当小喽啰领着屈八快到白箭面前时，白箭一看小喽啰后面拿着招子的人，起始没在意，只觉得这人会想主意，打着招子来找我。再不经意地一看时，那人，走路的样子怎么地有点熟悉；因了那怎么地有点熟悉的样子，不由得睁大了眼睛使劲地盯着；使劲地盯着盯着，那人越来越近，来到了面前……

白箭"啊"地一声，愣了……

不用说屈八——许老巴和白箭——许伶俐的相会相识场面。分别十来年了，哥哥以为妹妹早就死了，妹妹以为哥哥早就失踪，两人原都以为要见面也只能是鬼魂相会了，谁知这一下，蓦地，两个大活人到了一起。于屈八来说，毕竟还是已对妹妹的生死存有疑惑，毕竟还是已经怀疑妹妹就是白箭，故吃惊之状要小于妹妹。那白箭许伶俐一见着哥哥，可就把持不住了，先是惊愕，不敢相信，待到相信来到面前的确是哥哥，眼泪水簌地夺眶而出，站立不稳。山里人从没有因激动，或其他缘故去抱住亲人的习俗，她不可能往哥哥怀里伏，只能任凭自己往地上倒，慌得月菊将她一把抱住……

白箭清醒过来后，欢喜得如同当年的伶俐女子；欢喜过后，将十来年的痛苦、委屈、无奈、仇恨，将母亲的去世、老东西的再娶（她当着哥哥的面竟不愿说出父亲二字）……一股脑地对着哥哥倾诉。屈八嗟之、叹之，一时却不知和妹妹的见面究竟是喜还是悲，他对妹妹是爱之切，怜之深的，否则，当年也不会一把火烧了爷老子的寨子。然而，在他面前的，却是个真正的土匪头儿了。他早已不认那个吝啬至极害惨妹妹的老财父亲，他连问一下都不愿问，他只剩下妹妹这一个亲人了，可这仅有的一个亲人，是个匪首，他成了匪首的哥哥……

把妹妹带下山去，就能洗刷掉土匪的恶名吗？屈八觉得难矣、难矣！他知道，妹妹即算成了抗日英雄，那土匪的历史也是难以洗刷掉的。但他来的目的就是要拉这支队伍下山，也只有让这支队伍成为抗日队伍，再转为革命队伍，作为匪首的妹妹，才能将功赎罪，才有一条出路。于是他对妹妹讲起了当前抗日的重大意义，他认为要说服当了多年匪首的妹妹，不会是件容易的事，可白箭刚一听出他的意思，便是一句话：

"听哥哥的！别说打日本鬼，就是打县里官府衙门，也只要哥哥一句话！"

白箭这话倒让屈八惊了一下，这哪里还是那个见面便哭、哭得晕倒、晕过来后欢天喜地、絮絮话说个不停的妹妹！

屈八要妹妹以后当着人面别喊他哥哥，得喊司令。白箭说知道，这是队伍上的规矩。屈八又要她改名，不能再叫白箭了，恢复许伶俐也不行，他自己都不愿再姓许。白箭说名字也任凭哥哥取，许伶俐早就死了，当然不能再是许伶俐，只是还得姓白，这个"白"字不能改。屈八不明白妹妹为什么不能改"白"字，但"军务"紧急，没时间也没必要去追问个为什么，况且妹妹在最关键的大事上都爽快地答应了自己，这种小事不应和妹妹拗。加之随着"白"字立即让他想到了一个好听的名，他脱口而出，说，那就叫白、白曼。

于是许伶俐——白箭、白剑，变成了白曼。

白曼要跟着屈八下山去抗日了，她对部下说，愿意跟她去打日本鬼的，跟她走，不愿意去的，或留山上，或散了，随便。白曼这话一出，屈八急了，他要的就是能打仗的人员，越多越好，如果光去个妹妹带几个人，他也就白上山了，他赶紧重复下山的重大意义，说此一去是保家卫国，大家可以青史留名。他这青史留名未引起什么反响，留不留名的对土匪们根本无所谓。有土匪立即打断了他的话，喊：

"去年日本鬼在我们这里坏事做绝，欺我们家乡无好汉，我们愿跟着白大哥下山，先打了日本鬼再说！"

土匪们齐声喊：

"愿跟白大哥下山，先打了日本鬼再说！"

和许多人一样，屈八根本就没想到土匪对打日本鬼会如此齐心。其实何止在我们新宁，在整个雪峰山会战期间，雪峰山各个战场，崇山峻岭之间，凡有土匪出没的地方，几乎皆有土匪参战。有关雪峰山会战的各种文史资料，都有记载。老人们的回忆，也往往提及。

屈八听得土匪们齐声喊"白大哥"，才知道妹妹那"白"字不能改的原因。妹妹这个女人，在土匪中是以大哥号令于众的。这也就使得外面人弄不清八十里山的土匪头儿到底是男还是女。

屈八为土匪们的激情感染，旋即也讲出了些激昂的话。最后，他宣布下山的人不再是以前的那种性质的人了，是"扶夷人民抗日救国军"的战士了，是新的队伍了……

屈八这么一讲，又有人打断他的话，说他们明白，你讲的是改编、招安，不过改编、招安得有饷发啊，不知道长官带了饷来没有？

此人如此一讲，白曼立即摸出了竹制的白箭，那人一见白箭，赶忙缩头噤声。白曼说，去打日本鬼，不准讲什么饷不饷的，有饷要打，无饷也要打！只准向前拼命，不准临阵逃跑，和日本鬼拼了命的，就是好汉！说毕，将那竹制的白箭往前一扔，喊一声：

"出发！"

九

老春带回了打探到的消息。

老春说，新宁城里，有好几百中央军，正在加固城墙，修筑工事。武冈城里，也是好几百中央军，和新宁城里的差不多，只是那工事，修到了城外十里之处。东安的日本兵，正准备向新宁进发；全州的日本兵，好像也要开拔……

老春这个负责打探消息的联络官，自然不可能知道详尽的军事部署。但他说的这几点，大体准确。

新宁和武冈的守军的确分别只有几百人，皆为一个营，都是第四方面军司令官王耀武属下第七十四军五十八师一七二团的；七十四军军长是施中诚，副军长张灵甫；五十八师师长是蔡仁杰，湖南常德人；一七二团团长为明灿，湖北浠水人。

七十四军有"抗日铁军"之称。从淞沪会战开始即成为日军的主要对手之一，两次被最高统帅部授予飞虎旗。常德保卫战死守常德的就是该军第五十七师，师长余程万率全师八千将士面对日军第十一军数万凶悍兵力，死守常德十六天，击毙日军一万余人，最后仅剩下师长及两个团长、官兵八十余人。七十四军在抗战全面爆发后，和日军打的几乎全是以硬对硬的阵地战。张灵甫和老搭档蔡仁杰、老部下明灿等在淞沪会战中取得罗店大捷，死守望亭；在万家岭大捷中奇袭张古山继而死守张古山，令史迪威都赞叹不已；在被誉为抗战以来"最精彩之作"的上高会战中死守云头山……上高会战后，原本由杂牌军组成的七十四军为蒋介石钦点为华中四大战区的主力攻击军……以后由鄂西会战等直打到雪峰山会战。

守新宁县城和武冈城的兵力之所以仅各为该军的一个营，一则这是国军在抗战中形成的主要战法，即以守城兵力牵制住日军，配合外围部队进行围歼；二则顾虑到日军的火炮厉害，诸如新宁、武冈这样的小城布置过多的兵力恐成为日军火炮的靶子。守城的少量兵力只要拖延住攻城日军，对会战来说就是一个胜利。七十四军其他部队皆在雪峰山东麓占据有利地形，构成决战主阵地。

从全局来说，中国军根据地、空侦察，已判明日军分三路进攻，其中路主攻隆回、洞口，左路进攻新宁、武冈、绥宁，右路进攻新化、溆浦，其意图：一是左右包抄我第四方面军，二是穿越湘黔公路，突进安江，攻占芷江。中国军已作出部署，依托雪峰山天险，第四方面军王耀武以七十四军和一百军各配属一个炮兵团，分别于洞口以南的武冈、绥宁和洞口以北的龙谭、溆浦一线正面阻击，在我南北两翼的靖县和新化，分别配置第七十三军、胡琏第十八军和第三方面军汤恩伯的第二十六军、九十四军，一旦日军进至雪峰山腹地，即以十八军和第三方面军分别杀出两翼，南北对进，合围日军。

新宁守军的主要任务，就是拖延日军对武冈的进攻。

对于国军第七十四军的威名，作为老百姓的老春他们不知道。我叔爷则略知一二。他是在衡阳听第十军的弟兄们说的，因为驰援常德最先抵达常德德山，救出余程万师长等八十余人的就是第十军。

当时老春把打探到的消息一说，我叔爷、和合先生异口同声叫了声"啊呀"。

"啊呀，日本人是要合围我们新宁！"

"啊呀，日本人是要两路夹攻。"

我叔爷、和合先生之所以如此断定且断定得准确，因为东安在新宁之东，全州在新宁之西，两地皆毗邻新宁，亦是新宁人出外的两条通径，叫做上东安、下全州。我叔爷有一定的军事常识，且他打过的衡阳之战，日军正是四面合围。和合先生则属于乡里那种知天文、晓地理，古书、古文读得多的智谋之士。

"日本人从东安来犯，我们白沙，正是当衢必经之地。"和合先生又补充一句。

"日本人肯定是一路先侵犯我们白沙旋攻新宁，一路从崀山而来合攻新宁，转而攻打武冈。"我叔爷也补充一句。

听着和合先生和我叔爷这么说的人，尽管是从白曼带来的几十号人，及杨六带来的三十多个瑶民猎户中挑选出来，即将担任各种不同职务的"准领导"，还是立即有人惊恐紧张起来。

"哎呀，那我们怎么办？"

"是啊，我们白沙既然是必经之地，岂不是又要最先遭难！"

"兵来将挡，水来土掩！现、现在我们还怕什么？"昂首阔步走进"会议室"的屈八听到这些惊恐紧张的话，立即大声说道，并将手一挥。他说话尽管有时还略微有点结巴，但大致已经听不出。

"对！我们现在要枪有枪，要人有人，还怕个鸟？"杨六把胸脯一拍。

"杨副司令说得对！"

屈八一喊杨副司令，杨六忙嘿嘿地说，屈司令，别这样喊我，不习惯，不习惯，还是喊杨六。喊我杨六好答话，喊什么杨副司令反而不知道喊谁了。

众人都笑起来。

这一笑，气氛又轻松了。

已有了将近百把号人、几十条枪、几十杆鸟铳，心里高兴不已的屈八却严肃地说：

"大家不要笑，我们现在召开的就是如何保卫家园的军事扩大会议。我们现在是抗日的部队了，部队就得有部队的纪律、部队的样子，不能再像老百姓那样。"

"说得也是，说得也是。我们是部队了，是开军事大会。大家不要笑。"立即有人附和屈八的话。

这人一附和，多人便跟着说：

"不要笑，不要笑，我们是开军事大会，不是扯淡、讲白话。"

"这开……开会是得有个开会的样子。开会，那是不能笑的。"

如此说的人大抵是觉得这开会有味，因为从没参加过什么会，也不知道什么叫开会。十年后，我老家成立农业生产合作社，工作组的同志要大家做好准备，明天发言。还有人以为是发盐，带了盐罐来到会场，急急地问，在哪里发盐？

主持会议的和合先生干咳了一声，示意静场，说：

"现在正式开会，请屈司令讲话。"

屈八扫视了一下与会人员，说：

"首先，我宣布我们扶夷人民抗日救国军的编制、有关任命和纪律。第一，我们救国军设立司令部，司令部由屈八任司令，杨六任副司令，林之吾任参谋长。"

屈八刚讲到这里，就有人插话：

"编制是什么？林之吾又是哪一个呢？"

"编制就是谁当什么，谁管什么。就是司令、副司令、参谋长他们。"有人抢着回答。

"林之吾就是和合先生啦！"

"就是和合先生呵！屈司令你还是喊和合先生好些，我们都知道。喊林之什么吾拗口，也确实不知道。"

又有人要笑，但拼命忍住。

屈八对随意插话的实在不满，但也没有办法。

他继续宣布：

"林满群任军事教官。"

"林满群是不是群满爷啊？"

"对，就是群满爷！"屈八简直要无可奈何了。

"那还是喊群满爷好些。群满爷当教官，那当然，人家是吃过好多次粮的，我晓得。"

"屈司令编织（制）得当。"有人奉承起来。

"司令部下面设有宣传科，由郑南山任科长。郑南山你站起来，让大家认识。"

郑南山就站起，对大家点头。

"嗬，是教书先生呵，认得，认得。也'编织'得当。只是，我们要宣什么传什么呢？"有人要请屈司令讲个道道出来，好让他知晓。

屈八只得说：

"这个宣传问题，是个很重要的问题，郑南山科长知道，以后由他跟你们讲。现在时间急迫，先不谈这个。"

"对，对，现在还是先讲如何对付就要来到我们白沙的日本人。再也不能像去年那样受他们的害了。"

"讲得好，你这就是宣传嘛，就是要让所有的人都知道，不能再像去年那样光由日本人杀我们，我们也要给他们点厉害看看，把来犯的日本人从我们的家乡赶出去！"

"这就是宣传呵！那我们晓得去宣，晓得去传。去年我们白沙人、四乡的人，哪个家里没被日本人害惨啊！"这人说完，又兀自嘀咕一句，"其实就是个'传'，把话语传开，日本人又要来了……"

这被日本人害惨的事一经提出，可就炸开了锅，纷纷争着说。

"去年那神仙岩，惨啊！一洞的人，全被用烟熏死啊！"

"是啊是啊，我幸亏没进去，要是进去，也就完了。"

"我们老街的铺子，全被烧光，好不容易重新修起……"

……

"军事扩大会议"眼看着又要走题，屈八赶紧说：

"你们控诉得好，你们也要对自己分管的部下这样讲，对所有的老百姓讲，就能激励士气，就能让老百姓都支持我们，这就是宣传的重要性。等有了时间，我还会亲自去讲。现在，我们有了自己的武装，绝不能让日本人再在这里逞凶。至于如何对付即将来到我们白沙的日本人，等下还要由有关人员专门研究。先听我把话讲完。"

"先听屈司令讲，别打岔，别打岔。"

屈八说司令部下面还设有作战科，作战科的科长由参谋长和合先生兼任，作战科的人员有教官群满爷、联络员老春等。作战科拟定好作战计划后，交由他司令批准。司令没批准的作战计划，不准实行。

屈八干脆还是喊和合先生、群满爷、老春，免得又有搞不清他们真姓大名的人问是谁。

屈八把作战科放在宣传科后面，是因为他当过红军宣传队员。这一是他对宣传工作有种偏爱，二是对那作战，实在不太里手。他虽然还在军部当过工作人员，其实就是打杂。

屈八又将部队分为两个支队，第一支队以杨六的鸟铳队为主要力量，由他自己亲自兼任支队长，副司令杨六兼任副支队长；第二支队以白曼的人马为主力，支队长就由白曼担任，女学生江碧波任支队文书。每个支队下设三个分队，各任命了分队长。他本来还想设立支队政委，可没有一个共产党员，尽管他自己认为自己还是个共产党员，但也知道早就是不被承认了的。"以后再说吧，"他心里想，"只要碰上个真正的共产党员，先恢复自己的党籍，再发展党员，设立政委。"他不相信偌大一个新宁县，在抗日期间就没有一个真正的共产党人。"等和日本人打响了，自己部队的名声出去了，只要本地有真正的共产党人，肯定会找上门来。"

屈八对这两个支队的设立是想了又想的，鸟铳队是真正的基本力量，清一色的猎户，阶级可靠，并且是可以迅速转化并依赖的革命力量，得由自己亲自掌握；让白曼的人马单独做一个支队，一则是因为若是将他们分散安插，肯定不行，那些人目前只听白曼的，任何人都休想指挥得动，而白曼是自己的妹妹，无疑会听自己的，也就等于亲自掌握一样；二则可让那些人放心，下山抗日不是要吃掉他们；三则，也是最主要的，对他们必须保持警惕，因为土匪毕竟是土匪，谁也不敢保证那匪性会不会复发，万一匪性复发，可以叛变惩处。将江碧波安排去当文书，一个年轻女子，不会引起他们注意，其实是安插一个监督、情报人员，可以随时掌握有关情况。对自己的妹妹，他不是不放心，但万一出了问题，他担心妹妹也不一定能控制得住，毕竟是个女人嘛。至于若是真的发生了反水的事，该如何去平定，能否平定，他还没去顾及。不过他已经想好了一招，那就是要让这第二支队多跟日本人干仗，多"考验考验"，至于这一"考验"是否会使白曼首先被"考验"掉，那就管不得那么多了，与日本人战死，他这土匪妹妹就成了英雄……他就是女英雄的哥哥，而不再是女土匪的哥哥……

屈八接着宣布部队的纪律。那就是必须服从命令听指挥，所有的人都必须听从司令部的指挥命令。司令部当然就得听他司令的。

对于他宣布的这个核心纪律，大家都表示应该是这样，既然是要打仗嘛，还能不听指挥命令？！那三国演义，诸葛丞相一声令下，谁敢不听？不听，军法从事。那魏延有反骨，孔明先生临死之前定下妙计，死后都斩了他。

屈八宣布完纪律后，就要司令部的人、宣传科、作战科的科长、教官、各支队长留下来商讨这第一仗该如何打。其他的人去做战斗准备，随时听从命令。

杨六问了一句，我这个鸟铳队的副队长参不参加？屈八说，你是副司令啦，还能不参加！杨六说忘了忘了，总是只记得我那个鸟铳队。大家便笑。屈八说，不要老记得个鸟铳队，是第一支队。这时白曼也说了一句，白曼说我也老是只记得个箭字军。

白曼这话让屈八很不高兴。屈八本想说，还什么箭字军、箭字军，你那箭字军是土匪！可他忍住了。偏我叔爷跟着说，我们这队伍若是叫箭字军还威风些呢！屈八就火了，厉声斥责我叔爷胡说，损了抗日救国军的名声。我叔爷则嘿嘿笑，低声说，救国军的牌子还是大了些，护乡队还差不多。

我叔爷是个兵油子，屈八的斥责于他无所谓。白曼可就受不住了，讲箭字军是损了抗日的名声，不就是讲她还是土匪？她本来是蛮高兴的，见这些人议事有说有笑有风趣，更没人对她讲过或问过半句她在山上的事。我老家人是从不在人面前揭人疮疤的，背后叨咕那又是一回事。她的亲哥哥却当面说出了这样的话，若是按她在山上的脾气，她会拍案而起；若是另一个人这样讲，她会拔刀相向。但在这里，她还是按捺住了，把心里那口气憋了下去。

商讨如何对付日本人的会议正式开始。会议由屈八主持。屈八讲了些这是我们和日本人打的第一仗，必须打好的话后，要作战科的先说。

和合先生说，作战要知己知彼，打探了消息的老春怕要请来才行。屈八说那就要他来，列席。就把老春又喊了进来。

和合先生问老春，你说东安的日本兵就要向我们新宁进发，这消息是从哪里得来的？老春说他是从东安逃难过来的难民那里听到的。和合先生又问他在哪个地方碰到的难民，难民有多少，往哪个方向去了，问了多少个难民，难民说的话都是一致吗？和合先生问得特仔细，最后问得老春跺起脚来，说日本鬼若不往我们这里开来，将他的脑壳砍了，甘愿受那个什么军法。

和合先生便微微一笑，说他问完了，还有人要问么？

老春说：

"你们这是审问我啊？轮流来。"

屈八说：

"情况是要问得越清楚越好，情报是得准确再准确。"

我叔爷便问：

"老春，你讲新宁城里只有几百中央军，可确实？"

老春说：

"我亲自进了城呢，亲眼看见了呢，我有个远房亲戚在城里，又问了他。"

"晓得是哪支部队么？"

老春摇头，说不知道，反正是中央军，不占民房，不侵商铺，只要人帮他们加固城墙。

"你看见他们戴了胸章或挂了臂章么？就是左胸前缝了一块布，上面写有字；左手臂吊了一个牌牌样的东西，上面也写了字。"

我叔爷这么一说，老春一拍大腿巴子，说，晓得是哪支中央军了。老春说他看见那些老总们都戴了那东西，但没看清上面写的什么，因为他是远远地看的，看不清楚。为什么没有走拢去看呢？老春说怕走拢去后，人家要他去修工事。这帮忙修工事本是应该的，可他身负使命啊，还要赶快到别的地方打探消息啊，若被拉去修工事，推辞嘛，那是不助抗日，自己心里也过意不去；去嘛，误了我们自己的大事，所以就没有拢去……

我叔爷听他讲了这么多，还是没讲出是哪支部队，不得不打断他的话：

"老春，你既然没看清，怎么又说晓得了？快讲你晓得的。"

主持会议的屈八说：

"讲简单些，知道就知道，不知道就不知道。"

老春说：

"群满爷那么一提醒我，我当然就晓得了啦。我虽然没看清，可有小把戏在玩打仗的游戏，胸前贴了张纸条，唱，我是七十四军，你是日本鬼子……"

"那就是七十四军了！"我叔爷兴奋起来，"我的个乖乖。"他讲了句学来的外地话。

我叔爷说他在衡阳的第十军，就是救过七十四军的，那七十四军守常德，打日本鬼打得那个勇猛，和他第十军守衡阳差不多。可守常德的最终还是来了救兵，他守衡阳硬是没来一个救兵。他第十军救过七十四军一次，这一回，他又要救他们去。

听的人不解，问，你怎么去救他们？

我叔爷说，我得去通风报信啦，告诉他们日本人会东西夹击，要他们快做准备，增派援兵啦！就那么几百人，岂不会被日本人包了丸子。

关于我叔爷要去报信救七十四军的事，有不同意见。以司令屈八为首的一种意见说人家是正股八经的中央军，到处派有侦探情报的，还用得着你去报信？以我叔爷为首的则说这信是应该要送的，不管人家的侦察兵怎么样，我们得到了情报就要快点送去。人家是为了我们新宁呢，我们不是要保卫家园吗，有了情报都不送，那就等于见死不救。

屈八说自己这边的事还没布置好，就忙着去干那些没用的事。他搬出了纪律，说必须服从司令，不去。我叔爷见他搬出了纪律，就换了一种说法，讲他此一去，不光为了报信，更主要的是问七十四军要几支好枪。我叔爷说他是第十军的老兵，只要他一去，保险背几支好枪回来。再说去城里就那么二十里路，他半天工夫就能回来，误不了自己这边的事。这叫报信为虚，要枪为实。

屈八听得能搞几支好枪来，就同意我叔爷去报信，但要再跟一个人去。屈八说的是怕那几支枪我叔爷背不动，跟个人去好帮着背枪。其实是对我叔爷不放心。

屈八一说怕我叔爷背不动枪，我叔爷就来了火，说：

"屈司令你是看我这副样子像个老人了吧，我群满爷比你还小几岁呢！你快三十了，我才二十几，我就一个人去，没背回钢枪来，军法从事！"

"好，大家都听清楚了，林教官群满爷同志没背回钢枪来，军法从事！"

"君子一言既出，驷马难追。我群满爷怕死就不立军令状！"

我叔爷说得激昂，心里却好笑。鸟军法，老子没搞到枪的话，不晓得开溜啊？！还送个脑壳把你砍！你许老巴算老几？

屈八说：

"行，这事就这么定了，下面研究我们如何跟来犯的日本鬼打好第一仗。群满爷等这事定了后再走。"

屈八要参谋长和合先生先讲。屈八说参谋长你开始问完情况后微微一笑，我就知道你已经定好妙计了。快把你那妙计拿出来。

和合先生赶紧说，别喊我参谋长，别喊参谋长，不习惯、不习惯。还是请军事教官先讲，这里只有林教官真正和日本鬼打过硬仗。他最熟悉日本人的那些名堂。

我叔爷没有说喊他军事教官不习惯，他以非他莫属的得意口吻讲了起来。他说既然城里有七十四军的队伍，我们这些人马要想真正学会打仗，只有去参与守城。这第一，你去帮他守城，他还能不发给你好枪，他一发给你好枪，这鸟铳队不就立马变成钢枪队了。这第二，只要跟着七十四军的队伍打那么一仗，等于练兵偷学，射击啊、投弹啊、防守啊、进攻啊，全学到手了，咱这队伍，不就是兵强马壮了……

我叔爷说要去参与守城，是想起了他在衡阳的守城之仗。那衡阳守城之仗，就是因为没有援兵，最后城破人亡。这新宁守城之仗，若无援兵，境况又可想而知……他是再也见不得孤军守城之事。他讲出的那两点，是为了以"自身利益"说服众人前去守城。

果然就有人说，群满爷讲得有理、有理。

我叔爷正准备讲第三点，屈八已站了起来，说不行，去参与守城绝对不行。

屈八知道若去参与守城，定是恶战，那一仗下来，自己这支队伍也许就完了。他可不愿意将自己的人马去帮国民党立下守城之功，他得保存实力。但他接着说出来的一句话，则立使群情激奋，几乎齐声赞同。

屈八说我们的队伍是在白沙成立的，这第一仗就得为保卫白沙而战！否则对不起白沙的父老乡亲。

屈八这话不仅激昂，更符合"乡情乡理"，顿时有人喊：

"屈司令讲得对，这第一仗要打就在白沙打！"

"先在我们白沙打出了威风，再打到城里去，打到武冈去！"

……

我叔爷却笑了起来。他本要讲的第三点是，你去参与守城，人家那中央正规军，其实是不会要你真刀真枪在前线干的，充其量就是帮着运送弹药啊，抬伤兵啊，那城真要守不住时，人家会要你最先撤退。就算没要你最先撤，你不晓得先溜啊？你虽然打了个什么什么军的旗号，在人家眼里，根本就不是什么军队，你先开溜，也不犯什么军纪。我叔爷早把退路想好了，他是最善于保护"自己"的。你帮着运送弹药啊，抬伤兵啊，人家那钢枪钢炮也许不会发给你，认为你不会使不会用，但只要战斗一打响，有的是枪炮任你捡，再趁着黑夜去摸日本人丢下的枪支弹药，那可全是日式装备。我叔爷和他的弟兄们在衡阳守城时，后来靠的就是用鬼子的枪炮打鬼子。不过此时，他尚不知道国军第七十四军的装备，已经超过了日军，几乎全是美式。我叔爷想到的是，去参与守城，一是可称为援兵，那城守住了，援兵的功劳该多大；二是捞到了钢枪钢炮，把这鸟铳土枪一换，那就是真正的队伍了；三是这伙人见识见识枪林弹雨，胆量就壮了，也知道什么叫打仗了；四是尽管有风险，参战哪能不伤亡人呢，但风险不是特别大，就算城破了，带着武器往近旁的金芝岭一跑，钻进深山老林中，日本人奈何得个鸟……

可没等他说出这只有赚而不会蚀本的道道来，要在白沙和日本人"决战"的趋势已定。于是他懒得再去"拗"，只是觉得好笑。他笑着说，真的要在白沙打我倒也没意见，不过就凭着我们这个鸟铳队、箭字军（他又说出了这个屈八忌讳的名字），要和日本人面对面地干，那是因为你们没和日本人打过仗。

我叔爷收敛了笑容，说："你们知道日本人的火力吗？知道他们的战斗力吗？知道他们的重炮山炮小钢炮吗？知道他们枪法的准确吗？……我们这些人呢，立正、稍息、左转右转，站个队都站不齐，我把话说到前头啰，枪声炮声一响，要是没吓得尿裤子的，将我群满爷军法从事啰。"

我叔爷这话不但又惹怒了副司令兼鸟铳队副队长杨六，还惹怒了白曼。杨六说他鸟铳队若有一个胆小的，他甘愿受军法。白曼说她手下若有临阵退缩的，她先废了他。两人都说保证和日本人拼个你死我活。

我叔爷则说杨六你要保证也最多能保证你那些猎户，还有编入你们队的啦，你别枉自被军法砍了脑壳哩。至于箭字军嘛，那就全靠白支队长了。但要真的像你们讲的拼个你死我活，那这一仗打完，也就没什么会开了。

我叔爷没有说出那个"全军覆灭"的话来，那太不吉利，是临战前的大忌。说没什么会开了他认为无所谓。

"既然屈司令不同意去参与守城，我服从司令。不过我再讲个最实在的，绝不会蚀本的打法。"我叔爷说，"我们只能搞些浑水摸鱼的勾当。待中央军和日本人打响，等打得差不多了，日本人必定伤亡惨重，我们再从后面去偷袭，这是打法之一，但施行此种打法时，守城的部队也必定伤亡惨重，以我们的力量，想解县城之围，是不可能的，但总归是援助了他们，对得起良心；还有一种打法，那就是守城之仗一打响，我们就从外面东打一下，西打一下，日本人一来对付我们，我们就往山里跑，日本人一回头，我们又去打一下，这叫骚扰，也是支援了守军。总之，不援守军，日后良心难安；若在白沙和日本人对干，得量力而行。作为军事教官，本人得为弟兄们负责……"

我叔爷所讲的绝不离支援守军，是他在第十军守卫衡阳之战中饱尝了无援军的恶果，若是有援军，他也不会在弹尽之际去夺日本人的炮而被炸瞎那只眼睛了。

我叔爷说的偷袭、骚扰、为弟兄们负责，和屈八想的保存实力却不谋而合了。屈八当即说，林教官讲的这番话，倒是值得格外重视。他不好收回保卫白沙的话。

这时候和合先生说话了。

和合先生的话首先仍是"和合"，他说杨六、白曼及诸位的话显示了我们新宁人的血性，这血性就是天地之正气。"天地有正气，浩然在人间"，他背了两句文天祥的《正气歌》。这文天祥的《正气歌》在我老家是认为可以避邪驱秽的，凡识字人家，多藏有石印本或手抄本；不识字的文盲，亦能诵得几句。他背完两句《正气歌》，迅疾把话转向我叔爷，说群满爷不愧是从衡阳血战出来的勇士，然诸多勇士有勇无谋，群满爷则是有勇有谋。

和合先生之迅疾转话，是怕讲了他人的血性，惹恼了我叔爷的脾性，虽然他那话中有"及诸位"，那"及诸位"当然就应该包括了我叔爷，但明显是为了给杨六、白曼的激情加油，以免熄火，士气只能鼓而不能衰。他和合先生尽管不是熟读兵书，那正史野籍却不知读过多少，倘若连这一点都不知晓，也就枉为了智谋之士。

和合先生说群满爷讲出了许多精妙战法，正是讲出的这许多精妙战法，使得他有了一个既能支援守城将士，又能在白沙打响第一仗，显我保卫本土之威风，且定赢不输的办法。

和合先生如同说书，暂按下不表了。等人催促。

屈八第一个说：

"快讲快讲，参谋长快讲。"

"快讲快讲，你老人家快把锦囊妙计讲出来！"

"你老人家是口干了么？喝茶喝茶。"

我叔爷因为和合先生夸赞他有勇有谋，又讲妙计是从他那精妙战法中得出的，心里高兴，便也只等着"参谋长"快讲。

和合先生端起递过来的一碗茶，略略喝了一口，放下，不紧不慢地说：

"日本人从东安进犯，目的是犯我县城，然欲犯县城，必先犯我白沙，欲犯我白沙，必从一险要之地经过，你们知道那个险要之地么？"

老春脱口而出：

"盘湾岔。"

"对，就是盘湾岔。"和合先生仍是不紧不慢地说，"那盘湾岔，不光地势险要，岩陡林深，利于藏兵，且岔路纵横，便于疏散……"

"在盘湾岔打他娘的伏击！"我叔爷顿时兴奋起来，"集中兵力，埋伏于险要之处，出其不意，攻其不备，猛地打他个措手不及，待他组织强攻时，迅速转向岔路，隐没于丛林之中，他若收兵前行，我从侧面袭击……"

和合先生呵呵而笑，说这虽谈不上是围魏救赵，却也是拖延了日军攻城时日，令其锐气大折，这既是支援了守军，却比之直接援城更为有效，况且可视战况，尾追日军至城外骚扰。总之可灵活运用，令其不得安生。至于具体如何布置，还得由群满爷指点，由屈司令决定。

我叔爷来了劲火，正要谈他的具体布置，和合先生却又迸出一句：

"盘湾岔之仗只要打好，还能保我白沙不受兵燹之苦。"

他又暂时按下不表了。

自然是又纷纷催促。

和合先生伸出右手中指，沾碗中茶水，在积满灰尘的破桌上画了起来，众人齐探脑而视。

和合先生画了个盘湾岔简易地图，地图伸出几条弯弯曲曲的路线。他端起茶碗，移放于一条线路之端。说：

"这茶碗，就是我们白沙老街。"

老春已经看出端倪，正要说，被我叔爷抢了先。

"只要在盘湾岔此处一堵，日本人必将改道前往县城。"他用右手中指，猛地在一条灰线上画了个横杠。

"好计好计！我们就在盘湾岔狠狠地打，打他娘的伏击！"

一见盘湾岔之战还可让自己的根基之地——白沙不要"走日本"，群情更是激奋。

"到底是和合先生参谋长，到底是群满爷林教官，服了服了，不服不行。"

……

这场面，把个司令屈八给晾起来了，他再不把和合先生及我叔爷的说法变成自己的主见，果断决定，下达命令，那还行么？可他正示意安静，他要说话了时，我叔爷又毫不知趣地抢先说了起来。

"各位，各位，"他因为正在兴头上，说话打起了正规军长官的官腔，"本人认为，盘湾岔之战必胜的原因还有以下几点，第一，山林作战，日军的火力施展不开，那攻城用的最凶猛的远程重炮、火炮无用武之地；第二，日军善于攻城，但不善于山战，我军正是全都善于山战之士，来得快，跑得快；第三，这是以我之长，攻敌之短，所以，盘湾岔之仗必胜。"

我叔爷毕竟只是吃过多次粮，当过多次兵的老兵，像长官那样讲话还是不行，分几点这么一讲，觉得还是费力，便索性不要"点"了：

"所以，我们根本不必害怕（他还是担心枪炮一响，日本人哇哇地叫着那么一冲，这些人就会吓得不知所措），本来，新兵一上战场，怕的是大炮，可鬼子的大炮已经派不上用场，你们就不必怕了。最要防着的一点，倒是鬼子的小钢炮，那玩意，在山地上也能随时架起，随时开炮，落点又准，所以，我们一是先要集中火力，打完后便立即分散，换个地方再集中火力，打完后又立即分散，让鬼子的小钢炮找不到目标；二是要准备几个神射手，趁鬼子的小钢炮正在架时，干掉炮手；三是得寻机去夺那小钢炮，只要夺得几门小钢炮，他娘的，就要炸得鬼子人仰马翻……"

我叔爷在衡阳第十军里当的就是炮兵，炮弹打完了才去干步兵，他爱使的就是炮。这次，他决心要夺鬼子的钢炮，以报在衡阳为夺炮而被炸瞎一只眼睛之仇。

我叔爷对盘湾岔之仗的兵力部署是这样的：将杨六鸟铳队的三个分队合为两个，埋伏在第一线，第一分队的鸟铳一齐发射完后，第二分队再发射，因为那鸟铳打完一铳，便要重新装填弹药。白曼的箭字军埋伏于第二线，当被打懵的鬼子清醒过来向鸟铳队进攻时，鸟铳队立即撤退到第二线的后面，由箭字军向追来的鬼子打第二次伏击……他认为白曼的土匪战斗力要比杨六的鸟铳队强，强的要放到后面，相当于预备队。那些没有枪的，拿马刀、梭镖、弩弓的人，听他的指挥，伺机去捡鬼子的枪，夺鬼子的炮……

我叔爷说：

"战况预计是这样的，第一线的伏击一打，毫无准备的鬼子肯定伤亡不小，但那死伤的鬼子仍在他们的队伍中，枪支难以捡到。鬼子向第一线发起进攻后，那就是有准备有指挥的了，但绝不会想到我们还有第二线的伏击。第二线伏击一打，那就有钢枪可捡可夺了。估计鬼子向山上进攻的兵力不会很多，因为那鸟铳一打后，他们晓得不是正规军，用不着花大兵力，这又是轻敌，轻敌之兵一进入我们的第二道伏击线，箭字军的真枪一打，炸弹一扔，鬼子会以为中了正规军的伏击，必然大乱，那就是捡枪夺枪的大好时机。枪一到手，我带的这些人就从后面截断这伙鬼子，前后夹攻，收拾完他们，火速转移，再抄山路，赶到鬼子前面埋伏去……"

我叔爷说他讲完了，最后请总指挥屈八司令定夺。

我叔爷在兴奋地讲着战术时，和合先生曾附耳委婉地提示他，要他注意别抢屈司令的话头。他低声回应说，什么司令啰，叫个地方自卫队的队长好不得，硬要编排个司令出来。而其他人也老是喊那个"扶夷人民抗日救国军"喊不习惯，事后还是说鸟铳队、箭字军，有的干脆说土匪也跟着我们打。这也就是"扶夷人民抗日救国军"在我老家的资料上几乎不见提及，而只有一些口头回忆、经人记述的文章里有以瑶民为主的鸟铳队、土匪打日军的原因。

屈八还未开口，听我叔爷讲得兴奋不已的人却嚷了起来。

"布置得好，就按群满爷说的这么打！这一仗，就由你群满爷来指挥。"

"不一定要等夺得枪后再抄鬼子后路，我的大刀保险刀刀见红！"

"群满爷，我和你去夺那鬼子的小钢炮，我的弩箭百发百中，我射死扛炮的鬼子，夺过来由你开炮。"

……

和合先生要大家别嚷，听屈司令安排。嚷的人便说：

"对对对，听屈司令安排。"

"请屈司令下命令，下命令。"

屈八先是被我叔爷抢了话头心里不快，待听到有人乱叫由群满爷来指挥更是恼火，"毫无组织常识、毫无组织常识！"但我叔爷讲的那些又确实讲得不错，他知道自己暂时还没有那个战术布置能力，作为司令，他也知道就是得先让别人讲，然后再把别人的意见变成自己的主见。因而他尽管不快，尽管恼火，讲出来的话却着实像个儒将司令。

他首先肯定这个战法很好，参谋长和教官都动了脑子，对敌对我对地形进行了详尽的研究，研究得透彻。同时说明我们用人得当，各部门恪尽职守。现在天时、地利、人和都在我方。他说这个天时就是日本的气数已尽，注定要完蛋了。他一是有军事战报为据，"德寇正在瓦解、日寇亦将土崩、苏联英美中法、保障战后和平"（他有意把《湖南人民抗日救国军布告》说成军事战报，这军事战报，可没有几个人能看到的），苏联和英国、美国、中国、法国都在准备保障战后和平了，你说日本还有多久？他现在的进犯，就是疯狂地最后一扑。二是有本地民谚为据，"日本打到广西——日落西山"。民谚是很准的啊，"日落西北一点红，半夜起来搭雨棚"，这观天的民谚准不准？信不信？不信？保管半夜大雨来临。这地利就不用说了，除了盘湾岔，崇山峻岭间还有的是打伏击之处，要日本鬼有来无回。人和呢？人和就是我们上下同心同力，刚才大家表示的杀敌决心，就已经说明了一切……

"现在，我宣布，第一，盘湾岔阵地指挥，由林教官群满爷担任。"

这第一点刚宣布，我叔爷就说，我当指挥不行、不行，指挥还是要屈司令亲自指挥。

我叔爷在这里并不是故意推脱，更不是明知道屈八指挥不行而有意将他的军。他是一门心思只想在伏击中缴获鬼子的炮，再用那炮来报他的独眼之仇。

我叔爷一推脱，其他人就以为他是谦虚、客气"讲礼性"。便纷纷说：

"群满爷，你可别讲客气，你不行还有谁行呢？"

"是啊是啊，你群满爷应该指挥，你老人家不能客气。"

……

我老家的人是凡受人器重去办什么事，总要先谦虚客气两句的，如"这么重大的事你老人家要我去办，就这么放得心啊？"或"我尽力、尽力，若没办成，你老人家可别怪我呵！"这生死之搏打仗的事，他们也如是以为了。当然，他们几天之前还是些乡民，他们现在依然还是乡民。

屈八见状，觉得又好气又好笑，好气的是，本是实在没有办法，自己对那战场指挥确实还没有经验，才不得已给个指挥权给那群满爷，他竟然还推辞不要；好笑的是那些劝的人，哪有那么去要人接受指挥权的。

正因为我叔爷不要指挥权，屈八放了心，反而非要他指挥不可。

"林满群，这是命令！命令你都敢不执行吗？亏你还是在正规部队打过仗的，不执行命令，还怎么打仗制胜？！"

"你指挥，我帮你参谋也是一样的啦！"我叔爷根本就没把这看成支部队。

"就这么定了，执行！"

屈八宣布第二个命令：

"第二，盘湾岔之仗，第二支队进入第一伏击线，和第一支队对换。"

这第二道命令一下，杨六又不干了。

杨六说，你是讲要我的鸟铳队不打第一轮，让箭字军先打啊，那不行不行！群满爷先就讲了，我们是打头阵的呢。你要把我们换到后面去，得讲出个理由，不要以为我们打头阵不如箭字军。不讲出个理由来，不行！

屈八要箭字军打头阵，本是怕自己的骨干队伍吃亏，怕一接火就伤亡过大。因为毕竟是从没和鬼子打过仗的，倘若见了鬼子那阵势一下慌了神，怎么办？他必须保存自己的这部分革命力量。至于白曼的队伍，反正原本是些土匪，死掉一些也不要紧。个中深意，杨六自然不可能理会，屈八也不好跟他明说。

屈八没想到杨六会抵拒这道命令，一下火了。但他却把火发在"箭字军"这个称呼上。

"什么箭字军、箭字军，不准再喊箭字军！一喊箭字军，让人想到的是以前那支队伍，那个性质。是第二支队！我们扶夷人民抗日救国军的第二支队！"

"好哩，是第二支队就第二支队哩，喊箭字军顺口些啦！"对于屈八发的这个火，杨六无所谓。耿直的杨六要的就是打头阵，打第一枪。他还以为屈八把箭字军换上来打头阵，放在最前面是要妹妹身先士卒，做出表率。

杨六低声接受了屈八关于不能喊箭字军的批评后，仍然要屈八讲出换他们的理由来，否则坚决不换。说司令的命令也得讲理。屈八只好想出个理由，说第二支队的火力强些，有真枪真弹，一开打嘛，火力就要打得猛。

屈八的这个理由不为杨六所服，杨六说他们第一排鸟铳打出去，就是齐声的十多铳，那响声，比十多支步枪打出去还要吓人得多，铁砂击中的面更宽，保险日本鬼哎哟哎哟倒下一大片，紧接着又是第二排十多支鸟铳打出去，那火力还不猛啊！

杨六说完，和合先生说了一句。和合先生说若是把第二支队换到第一伏击线，有可能会暴露我们的实力，日本鬼以为碰上正规军打伏击，会集中大兵力进攻，那第二次伏击有可能落空，请司令考虑。

和合先生说完，我叔爷又咕噜了一句，说我这阵地指挥还刚接受任命，阵地部署就被换了。

"那就这样，第一支队和第二支队不换了，还是由第一支队打第一伏击。第二支队拿出六支枪来交给司令部，由司令部发给第一支队，加强第一支队的火力。"屈八改换了命令。

屈八是迫不得已改换的命令，但若把原来的命令全部收回，太失面子。要箭字军交几条枪出来，既可挽回点面子，又加强了自己骨干队伍的实力。

第二支队长白曼本是在静静地听着有关分析、部署，和她哥哥下达的命令。对于要她在第二线伏击也好，打头阵也好，她都可以，没有看法，反正是打，反正一定要打好。她也知道最后得听最高头儿的。她在山上当头儿时，谁不听她的话就不行。所以要是按屈八的组织纪律，她表现最好。

然而，这要她交几条枪的命令一出来，表现最好的她也要抗拒了。

她正要开口，身旁的一个人先嚷起来。

"把我们的枪拿走，我们拿什么打啊？他们要加强火力，我们就不要加强火力？"

屈八一听，喝道，你是谁？

"我是谁？我是月菊。"

屈八上山找白曼时就认识了月菊，也知道她是白曼的贴身女侍，但没注意到她什么时候进了"会议室"，到了白曼身边。

月菊是随时不离白曼左右的，她本在外面候着，但候着候着就忍不住溜了进来。她倒不是担心白曼的安全，而是习惯了，一下也离不开。

"谁叫你进来的，出去！这里不是你讲话的地方！"

屈八这话不仅令白曼大为不满，与会的其他"干部"也觉得太过火了一些。都是自己队伙里的几个人，要人家出去也可以客气一点啦。

白曼当即顶了她哥哥一句，说月菊讲的意思就是我的意思，我这个支队的枪本来就不够，再拿几支出去，我的任务怎么完成？

屈八本是要坚决执行"纪律"的，月菊如果不立即出去，就要喊人将她押出去，关禁闭。他眼前立时浮现出在红三军军部时的情景，谁敢和首长顶，谁敢违背首长的意思，抓走……至于那几条枪，非得要交给杨六才行。否则，自己的每一个命令不是都打了水漂么？他想着这枪是给杨六支队的，杨六肯定会支持他……

杨六果然说话了。可杨六说的是白队长和月菊讲得有理，他们的枪若给了我们，他们的火力确实就会大大减弱。只有像群满爷教官讲的那样，从鬼子手里去夺。也只有从鬼子手里夺来的枪，用起来才得劲。

"那枪，我们不能要。"杨六说，"我们第一鸟铳队，保证打赢头阵！保证打完盘湾岔，鸟铳换钢枪！"

杨六这生性耿直的瑶民汉子，根本就没有屈八想的那么多，无论在什么时候，打猎也好，放火烧荒种苞谷也好，他是绝不会占别人一点便宜的，当然，人家也别来强占他应有的那份。这明摆着是让白曼吃亏，让他占便宜的事，他会要么？更有一点，他就是要凭自己鸟铳队的本事，打出个样子给大家看。若有了人家给的枪，那本事，还真不能完全显现出来了。

白曼之所以不愿意把枪拿出去，想的也不是保存自己的势力，那抽调枪支是自己哥哥的决定，哥哥还会害她？她是知道打仗的凶险的，少一条枪，很可能就要多死一个人，仗就可能打输，那一输了，可是自己这支队伍下山的第一仗，这第一仗若丢了箭字军的脸面，那以后……

我叔爷在心里嘀咕，说屈八没事找事，多出好多事。又在心里慨叹，书生用兵，书生用兵。

杨六坚决不要白曼的枪，屈八的命令又只能作废了。可他立即找到了给自己圆场的话。

屈八哈哈大笑起来，说：

"好，好，我们杨六支队终于表示了用鸟铳换钢枪的决心，我也相信，杨六支队一定能做到！'将不激不行啊'！"

屈八说他这是用的激将法。

这"激将法"一出，和合先生嘘了一口气。和合先生担心这为了抽调枪支的事，杨六和白曼闹出矛盾，仗还未打，自己内部先生出些事来，岂不犯了大忌。亦担心屈八不好下台。他本来也是认为屈八随意调换人马、调配枪支是不懂战术、自找麻烦，非司令所应为，这一下，话语一转为"激将"，成了一"法"，心里不由地赞叹实在转得好，转出了司令的水平。

"屈司令这激将法用得好！"他特意鼓起掌来。

"屈司令原来是在用激将法呵！"其他人跟着鼓掌。

屈八在掌声中"下了台"。

屈八在掌声中"下台"后又说了一句，看和合先生还有什么要大家注意的吗，如果没有，就按计划准备行动。

和合先生说他没有什么说的了，大家抓紧练兵，练枪法，听候出发的命令。

我叔爷在站起来准备离开时，说了一句，他说再多派些探子出去，专探东安方向；从全州来的鬼子反正先被县城挡住，县城一打响，我们就知道，从东安来的则一定要探准再探准。

他这话，不知屈八听到没有，也不知管不管用。

倒是有人逗趣地对他说，群满爷你还要上城里去啊，你一个半边瞎子，人家中央军会接见你么？

我叔爷到白沙老街码头借了一条船，溯扶夷江而上，往县城撑去。

他撑船一是为了省脚力，二是想着守城的七十四军若给他枪，给他子弹、手榴弹，他也确实难背；有了一条船，再多的枪支弹药，也能不费力地载回去。

我叔爷当然知道不可能有要用船装的枪支弹药给他，他是一种浪漫的想法，他才二十多岁，正是浪漫的时候，二十多岁的他，便已经多次替人顶壮丁吃粮，当过步兵、侦察兵、炮兵……陆军的各兵种几乎干遍，最后一次在衡阳真的和日本人拼死相搏上了，落了个瞎子的残疾。二十多岁的他就死里逃生数次，连个老婆都没有，且想找老婆也万难了，谁会嫁给个半边瞎子？若按旁人看法，他实为可怜，他自己却全不以为然，反而认为自己委实命大。去见七十四军，他有种兴奋的躁动，他老是想着自己在衡阳打仗是第十军的人，第十军曾经救过你七十四军，这当年救你的第十军的人来了，况且又带来了重要情报，能不是座上之宾？

"先到他们那里吃餐好的再说！"我叔爷抹了抹干燥的嘴巴皮，放下蒿杆，捧一捧江水，喝下。

到了县城码头，他拴好船，刚走上岸，就听得一个放哨的士兵喊道：

"老乡，不要进城，要打仗了，还是回去吧！"

我叔爷睁大那只没瞎的眼睛，一看那士兵，嘀，头上戴的是钢盔，脖子上吊着小巧的无柄蛋形手榴弹，手里端的是卡宾枪，腰间栓满子弹匣……军装崭新，却绝不是新兵。

"兄弟、兄弟，你从上到下全是美式了啊！比我在第十军时强远了。"我叔爷笑呵呵地说。

"什么第十军？"

"国民革命军陆军第十军啦！去年六月守衡阳的第十军啦！前年年底你们守常德时，第一个前来解围的第十军啦！"

"你是第十军的兄弟？"那士兵看着我叔爷那副样子，不相信。

"怎么，不像啊？把你那身军装给我穿上啰，立马就是堂堂第十军军炮兵营炮兵、预十师步兵林满群。兄弟，不要看我现在这个样子啊，我这只眼睛，就是在衡阳被鬼子炸瞎的……"

我叔爷正要大讲在衡阳城的血战，那士兵又说道：

"老乡，光这么讲不行啊，你得拿出个证明来啊，有第十军的符号吗？"

"什么老乡老乡，我不是老乡，早告诉你我是第十军的。衡阳城破，我的弟兄们基本死光，老子是被鬼子的炮火炸瞎后晕死在地，侥幸逃得一命，哪里还有什么第十军的符号，若留得那符号，在逃走的路上被查出，还有命？兄弟，你是没见过那种阵势，没遇到过那种凶险吧，少给我在这里盘问过来盘问过去，老子带来了重要情报，快点带我去见你们长官，耽误了大事，看你有几个脑壳！"

我叔爷耍起了老兵的脾气。

"好好好，你要见我们长官就见我们长官，我带你去。"

那士兵倒不是被我叔爷耍的"大爷"脾气镇住，而是听说有重要情报。这重要情报，不管他是第十军的老兵送来也好，是百姓送来也好，都不能耽搁。

那士兵对另一个士兵交代了一句，便领着我叔爷往连部而去。这所谓的"领"，却是要我叔爷走在前面，他走在后面，形同"押"。这令我叔爷很不高兴。

那士兵一边指点着往左往右，一边对我叔爷说：

"哎，你是说你叫林满群吧？"

"大名没错，地方上都喊我群满爷。"

"群满爷。"那士兵笑起来，"群满爷你脾气蛮大啊！"

"这算什么脾气，在第十军时，哪个不晓得我群满爷。告诉你，兄弟，我在第十军原本是步兵，是我们师长亲自点名让我到军炮兵营，去昆明接收美式山炮，我以前干过炮兵啊！我们师长知道啊！我就由步兵变成了炮兵。他妈的，从昆明接收回来那十二门七点五口径的美式山炮，一到桂林，被那狗日的炮兵旅长扣留了六门，害得我们只带了六门山炮回去，那一回去时，鬼子已将衡阳城包围，我们弟兄是冒死冲进城去的，你知道我们弟兄是如何冲进去的吗？我们弟兄是高喊'人在炮在，人亡炮亡，挡我者死'，踩着鬼子的尸体和我们自己倒下的兄弟的尸体冲进去的。桂林那狗日的炮兵旅长，当时还要将我们第十军炮兵营收编为他的一个营，不让我们回衡阳了，是我们营长给蒋委员长发电报，蒋委员长亲自回电：'着第十军属炮兵营即刻归建，参加衡阳之战'，那狗日的旅长不敢违抗委员长的电令，才让我们走的。可他妈的硬是扣了我们六门炮，扣了一半炮弹。若是他妈的不扣我们的炮，不扣我们的炮弹，那小鬼子，能攻破衡阳？兄弟，那可都是美国大炮啊！可惜只有六门、六门。唉，我们守衡阳的弟兄们惨啊！……唉，不像你们，如今全是美式装备了。你们这美式装备若是在去年全给我们第十军啰……"

我叔爷这么一说，那士兵已经完全相信他是第十军的人了。

"兄弟，"那士兵喊他兄弟了，"那只怪你们第十军时运不济。我们现在可不光全是美式装备、从上到下崭新一身，那伙食，也非从前可比喽！美国罐头，兄弟，你吃过吗？"

一听美国罐头，我叔爷不由地吞了口口水。那玩意，的确没吃过。他妈的这次要他们犒劳犒劳。可他回答的是：

"什么时运不济！内无粮草弹药，外无一个援兵，那鬼子是越打越多，越围越多，唉，你们七十四军当时为什么不来援救我们？你们七十四军不是到了城边又溜走的吧？"

那士兵忙说：

"我们七十四军怎么会到了城边还离开呢，我们肯定是没接到增援命令。我们若接到增援命令，那肯定是逢山开路，遇水搭桥，鬼子能挡住我们？那肯定就解你第十军之围了。"

七十四军到底作没作为援军，我叔爷也搞不清。反正听说是来了好几支援军，但还未接近衡阳就开溜了。他想了想，记得最清楚的是有个第六十二军，到了衡阳城外又跑了，城里派出特务营杀出城去接应，到了约定地点，鬼都不见一个，反而害得特务营在冲出杀回中死了几十个弟兄。

"兄弟你贵姓大名？"我叔爷没记起中途开溜的到底有没有七十四军，若是有，他这情报也就懒得去送了。可硬是没记起，便转了话题。

士兵说他姓岳。岳飞岳家军的岳。

我叔爷说：

"岳飞岳家军的岳啊，好姓好姓。我是水浒里面豹子头林冲的林。"

那士兵立即说：

"岳飞和林冲是共一个师傅的，师傅姓周，名侗。周侗。"

"呵呵，岳兄你读了不少野书，晓得不少嘛！"我叔爷其实不知道周侗，"那就等于你我也是共一个师傅啊。岳兄，我俩既然共一个师傅，原来又是友军，你这么在后面押着我，不够意思吧，岳兄你得在前面引路。"

岳兄士兵笑起来，赶上一步，但依然不到前面，只是和我叔爷略略平行。

我叔爷看着他端着的枪，说：

"岳兄你这美国的卡宾枪，比我们原来的枪强在什么地方啊？"

不待回答，他又说：

"我们第十军炮兵营的炮，在没有那六门美式山炮之前，就是些老式日造三八式野炮，现在你们的炮是些什么新式的美式炮啊？用来守城的多不多？"

岳兄士兵立即回道：

"你是来送情报的还是打探情报啊？问这么多。"

岳兄士兵这话哽得我叔爷一噎。

"得得，见了你们长官再和你理论。你们长官说不定还要向我请教守城之法呢！"我叔爷也知道自己问多了，这火力什么的是不应该问的。可被哽的那一下又确实不舒服，便又补上一句：

"你知道你们要抵挡的是哪路日军吗？那东安有日军，全州也有日军，他们的指挥官是谁？"

我叔爷是自己不知道，却故意这样反问。这一则可说明他的确是来送情报而非"打探情报"，二则可从这士兵嘴里得知要攻城的究竟是日军的哪个部队。

岳兄士兵没吭声。他也许是像我叔爷一样不知道，也许是懒得搭理。

见岳兄士兵未搭腔，我叔爷便说：

"岳兄，你是还不真正了解我群满爷，我群满爷也体谅你的职守，不和你计较。到时候，岳兄你若有了什么难处，记住我群满爷啰，我群满爷会来的。"

我叔爷说的那什么难处，是指危难；说他会来，是指来救这位岳兄。但战还没打响，不能说忌讳的话。他这个老兵是不但知道而且颇讲究那些忌讳的。

懒得搭理他的岳兄嘀咕了一句，什么鸟群满爷？到我们七十四军这里来吹牛皮。

"你说什么，说什么？"我叔爷没听清，赶紧问。

"我是说，你把情报送到后，我们连长会奖赏你。"岳兄士兵忍不住笑了一声。

"对，对。你们连长不奖赏我是不行的。"

岳兄士兵将我叔爷"押"到连部，喊道：

"报告连长，我带来一个老乡，他说他是原第十军的同志，名叫林满群，说有重要情报。"

这"同志"在我叔爷第十军的老兵们之间极少使用，在七十四军却喊得多。

一听说是来送重要情报的，连长忙请我叔爷坐，并亲自为他倒了一茶缸开水。

我叔爷咕嘟咕嘟把一茶缸水全喝光，他是已经饿了，但又不好开口先要吃饭，特别是要那美国罐头。

放下茶缸，我叔爷开口了。但他开口讲的并不是情报，而是先证明自己确是第十军的，他把军长方先觉、主力预十师师长葛先才，其他两个师的师长、参谋长，自己预十师的三个团长、自己团的营长、连排长的名字，以及军炮兵营营长的名字全给说了出来。

这位连长对于他到底是不是第十军的根本不在意，这位连长要的是他快讲情报。

我叔爷说：

"我若不是第十军的，若不是守过衡阳，知道守城之难的，我就不会跑二十里路来送情报了。我们那儿就有人说过没必要送，那是因为他们没打过仗，不知道情报的重要！"

连长便说：

"对对对，林满群同志你说得对，没有情报，怎么能战胜敌人？"

得了连长的表扬，我叔爷高兴起来，没有再讲别的啰嗦话，就直接把老春打探到的消息，加上他自己的分析，说鬼子会从东安、全州两路夹攻。要连长迅速向上报告，早做准备。

这重要情报一讲出来，连长笑了。七十四军五十八师一七二团已经往东安、全州方向派出警戒部队，我叔爷这情报等于是他们已经知道的，无多大价值。东安日军必攻新宁，已无疑问，但全州日军会与东安日军夹攻新宁，则还是由我叔爷嘴里说得这么肯定。因为全州日军尚无明显行动，一七二团判断他们也许另有图谋，并没有认定他们会夹攻新宁。而后来的战况则完全证实了两路夹攻，东安日军在攻打了新宁县城三天后，全州增援日军到达……

连长当时虽觉得这情报没有多大价值，还是感谢我叔爷这么远地赶来送情报，说新宁的老乡好，配合国军。

我叔爷说：

"我不是老乡呢，我是第十军的老兵！"

连长说：

"好，好，你是第十军的老兵。老兵好。"

连长说完，又似乎自言自语地说，东安日军是敌第六十八师团的主力第五十八旅团，全州日军是第三十四师团……

"你说什么？日军的第六十八师团、三十四师团？都是横山老狗的人马！"我叔爷一听，立时吼了起来。他没想到，要攻打新宁的，就是去年衡阳之战的死对头，就是他和第十军弟兄们的仇敌。

连长自然不会理解我叔爷的突然激愤，他说了一句，对，就是横山的部属。然后问道：

"你怎么如此肯定日军会两路夹攻？"

"我是死守衡阳的老兵啦！横山老狗的六十八师团就是我第十军不共戴天的仇人啦！我的眼睛就是被他们炸瞎的啦！夹攻、合围是鬼子的一贯战法啦！衡阳就是被鬼子四面包围，断我粮草武器啦！"

"夹攻、合围是鬼子的一贯战法不错。"连长说，"可此地这么一座小城，他们难道也……"

连长还没说完，我叔爷就说：

"连长，我是本地人，对本地地形熟悉不过，鬼子是要先拿下新宁，再攻武冈；我们新宁至武冈有条大道，名唤新武大道，鬼子不沿新武大道去攻武冈，他会去钻山林啊？他若钻山林，那战车、大炮、辎重，如何翻山越岭？他不拿下此城，如何进得新武大道？他若一路人马攻此城受阻，能不两路夹攻？倒是我军，应该迫使鬼子无大道可走，逼他们去翻山越岭！依我之见，应将新武大道挖断、炸毁……"

连长听了我叔爷这番话后，赞扬道，讲得好，讲得好，你这位老兵的情报和建议，我会报告上去的。

这位连长究竟将没将毁掉新武大道的建议报告上去，不知道。反正后来日军就是在攻下新宁城后，沿新武大道猛攻武冈。但武冈城在五倍于我的日军三面合围之下，坚守了整整十天，直到反攻，创造出小城保卫战的奇迹。只是那一个营的守军也伤亡过半。

这位连长也许根本就没有向上面报告，因为他的职责就是守卫县城某一阵地，新武大道究竟该不该毁，不在他的职责之内，也非他的权限所能。也许报告了上去，上面认为无所谓，因为七十四军此时可谓人强马壮，其装备、火力已经胜过日军，士气更盛，不在乎日军利不利用新武大道，而留下新武大道，亦可为自己的反攻所用。更何况自己握有制空权，日军沿新武大道而进，正好让空军来轰炸。

我叔爷不知道此时的中美空军势力，若无空中优势，毁了新武大道，自然可延缓日军进攻武冈的时间，让武冈守军的准备更充分，减少武冈守军的伤亡。

我叔爷得了连长的赞扬后，自是得意。他一边愤愤地骂着横山老狗，骂着狗日的六十八师团，一边在心里想，这连长，该犒劳他一餐好饭吃了吧，该让他尝尝那美国罐头了吧。

但连长却没有要犒劳他吃饭的意思，倒是那位岳兄，在示意他可以走了。

不赚餐饭吃，不尝尝那美国罐头的味道，我叔爷认为那就白来了。他霍地来了个立正，对连长举手敬了个军礼，说：

"报告连长，第十军老兵林满群还有要事相求。"

"还有要事？你说。"

"报告连长，守土抗敌，人人有责；贵军即将与鬼子大战，我虽已不在正式军队之列，但岂能袖手旁观。故特请连长给我几条枪，我要带些强壮乡民，给鬼子些厉害看看。"

我叔爷不说屈八的抗日救国军，也不说鸟铳队、箭字军，只说是他要带领乡民打鬼子，才能显示出他自己。

"老兵勇气可嘉，乡间民情可用。"连长赞叹起来。可看着面前的这个瞎了一只眼睛的人，他还能摆弄枪吗？但若一口回绝，又恐冷了他的心。他若回去一讲，国军根本就不需要民众，岂不又伤了民意，淡了民情。

连长想了想，说：

"林满群同志，你是从国军出来的，你知道，国军怎么能随意发放枪支弹药……"

连长的话还没讲完，我叔爷就说道：

"什么随意发放？这是去打鬼子。行，你不给就不给，第十军老兵林满群就赤手空拳去夺鬼子的枪来给你看看！我若是夺枪死在鬼子手里，临死我都要说是你不肯给枪！"

我叔爷做出既愤怒又委屈至极的样子，甩手要走。

"林满群同志，息怒息怒。这样好不好，枪支我实是无权给你，我给你几枚手榴弹，你也便于使用……"

"嗬，原来你看我是个半边瞎，以为我不能使枪了，可我被鬼子炸瞎的是左眼，射击瞄准，谁不把个左眼闭上啊？我正是省了闭眼的工夫。不过，你说得也有理啰，枪支登记得清楚，确实不太好给，手榴弹嘛，也行。"我叔爷用手一指岳兄士兵，"得要他脖子上挂的那种。不是美式的不要。"

连长笑起来，说，识货、识货，我就给你两枚。连长没说他们现在都是那种手榴弹。

"四枚，给四枚。"我叔爷如做生意般讲起价来。

……

连长只好给了四枚。

我叔爷喜唎唎地接过手榴弹，说，这一下，不愁夺不到鬼子的枪了。我带人到小路上打鬼子的伏击，夺了枪，鬼子攻你们守的城，我从后面打鬼子的屁股。

我叔爷虽然得了手榴弹，可那餐饭，那美国罐头还是没有着落。

连长要岳兄士兵送我叔爷走，我叔爷连声说不要送、不要送，搭帮连长，搭帮连长，我要去告诉乡亲，是连长支援了我们保卫家园的武器……

他刚走两步，忽然往地上一蹲，做出副难受的样子。

"怎么了？怎么了？"连长着急地问。

"报告连长，实在是不好意思，清早出来就没吃饭，又赶了这么远的路，饿晕了。连长，你们开饭还没到时候，我也不能再麻烦你，有美国罐头，给我吃一个就好了。"我叔爷捂着肚子说。

"疏忽，是我疏忽了。"连长立即命令拿两个罐头来。

我叔爷接过两个罐头，又说：

"连长，我想代表老乡们说句话，只是有点不好意思说。"

"你说，你说，没有什么不能说的。"

"连长，这美国罐头，我那老乡们也想尝尝，我总不能只顾自己吃吧……"

连长一听，说，对，对，你也带两个给老乡们尝尝。

连长命令又拿来两个罐头。

我叔爷得了四个罐头，感谢不尽。又说了对岳兄士兵说过的话，说连长你若有了什么难处，记住我林满群啰，我林满群会来的。

后来，我叔爷果然带了人来。但这位连长，已经殉国了。我叔爷大喊来迟了，来迟了。其实他来得再早，也无济于事。

我叔爷总是记得这位连长，好多年后还说到这位连长给他手榴弹，给他美国罐头的事。说那手榴弹，威力如何大；说那美国罐头如何好吃。说那连长，如何如何地对他好……

十一

我叔爷回到白沙，先将进城的事大肆渲染一番，说送去的情报得到营长（他把连长升了一级）大力赞赏，专门派了个连长接待他，连长陪着他寸步不离，光警卫员就前后左右站了四个。为什么站四个呢？主要是为了保护他。说营长要他转告各位，感谢民众对七十四军的支持。说他还专门讲到了老春，讲情报是老春上全州、下东安打探到的。陪着他的连长就说等打了胜仗，要给老春颁奖。

我叔爷特意编了段讲老春的话，他是要让老春成为自己的得力帮手。他一心想着的是夺鬼子的小钢炮，可不是光去夺几条枪。老春不但身高力大，而且胆量过人，夺钢炮非他相帮不可。再说，夺了钢炮后，也好让老春扛着……

说了一番自己在城里得意的事，我叔爷又夸起七十四军的装备来，说七十四军那枪、那炮，全是美国的，那军装，哔叽呢的，笔挺，想要它打折都打不起。"小鬼子碰上咱中国有这样的装备，这样的火力的军队，这回算是倒霉喽！咱们起事也正起得是时候，七十四军吸引得鬼子猴急火急地往县城赶，咱们正好打伏击，打了他的伏击，他又不敢分兵过多来打咱们。正是该着咱们趁势长威风喽！"

这话，说得众人越发斗志激昂，都说要快点打就好了。

在我叔爷讲得正得劲的时候，屈八插了一句。屈八说，林教官群满爷同志，你上城去送情报，当然，为了共同打败日本侵略者，友军自会热情接待，可你说还有四个警卫员跟着，是不是牛皮吹得太大了点？

屈八这样说，一是因他讲的话中全没有提到他这个司令，只提了个老春，心里有点不舒服；二是他把七十四军夸得那么神，心里更是不舒服，国民党的军队，有什么了不得呢？怎么能那么夸呢？想当年，红三军就常把他们打得一败涂地，若不是来了个夏曦，肃反肃得连段德昌都杀了，也不会被国民党军追得到处跑……一想到在红三军后来的日子，他又觉得肃反还是不能乱肃。可夏曦及保卫局人员的权威，又令他羡慕，一肃反，权威就树立得无人敢去触动，那真是说一不二，指东就是东，指西就是西，没有谁敢偏离一丁点儿，就连贺老总也不能不让他三分……他既羡慕权威，想让自己的权威也尽快树立，又感到不能过急，得慢慢来，就好比肃反，不肃是不行的，肃就要瞅准了，像群满爷这种人，国民党军队里出来的，本性难改，竟在自己面前大吹国民党军队……他若是知道自己当年是红三军的，他还敢这么吹么？只是，在未遇到真正的共产党人之前，自己的过去，不能让人知道；遇到了真正的共产党人后，自己那逃跑的事，也不能让他知道，只能说是队伍打散了，失去了联系……但不管自己是当了逃兵也好，脱党也好，谁在他面前夸国民党的军队，他难以容忍。只是，他若立即斥责群满爷夸国民党军队，这守卫县城的，就是国民党军队，没有别的军队；这即将和日本鬼激战的，也只有国民党军队，别无其他军队。自己组织起的这支救国军，到时候自然要属于共产党的军队，可他也知道，真要放在整个大战中，微不足道，游击队而已。他就是不愿被称做游击队，才取名抗日救国军，才不断训斥那喊鸟铳队、箭字队的人，才严令喊第一支队、第二支队，但乡民毕竟是乡民，随口说出的还是鸟铳队、箭字队……

屈八不能让这个群满爷再夸国民党军队了，便说他在吹上城的事，而且他也确实听出了"吹"，一个连长，不管他是哪个军队的连长，会有四个警卫员跟着？胡扯！

屈八一说我叔爷吹牛，我叔爷蓦地亮出了一个罐头。

"我吹牛？你们看看，这是什么？美国罐头！连长说我劳苦功高，亲自送了我两个，我不肯要，连长说一定得拿着，不拿他就要生气了。这两个罐头本都是给我吃的，可我想着弟兄们，不能一个人全吃了啊，我就吃了一个，留了一个，留给大家尝尝。哎哟，这美国罐头的滋味哟，啧啧。"

我叔爷把四个罐头变成了两个。他自己吃了三个，这剩下的一个本也是极想吃了的，但想着若全吃了，就没有可炫耀的了，只得拼命忍着、忍着。

他撬开罐头，往这个鼻子面前伸一下，往那个鼻子面前伸一下，要他们先闻一闻那香气。最后把罐头交给屈八，说，司令，还是由你来分配，看怎么让弟兄们每人都尝一尝。

一个罐头，这么多人，还要"让每个人都尝一尝"，这不明摆着是他群满爷讨好众人，却让屈八为难吗！可我叔爷接着又说：

"这个罐头是人家给的，算不了什么，要想吃罐头，多打日本鬼，小鬼子有的是日本罐头。"

这话，又激起一片嘀呵声。

"打日本鬼，吃日本罐头！"

"打日本鬼，吃日本罐头！"

他妈的，这家伙用这个来激励士气。屈八虽然对这种激励士气的方法不满，但这部下的情绪硬是被像点火一样点起来了。

屈八猛然想起一件事，这件事可就要让这个林满群跪地求饶了。他记起了这个林满群在会议上说过的话，没弄来钢枪，甘愿军法从事！他那钢枪在哪里呢？肯定是什么武器都没搞到。当然，杀他的头还是杀不得的，但至少可令他再不敢乱说乱讲。

屈八正要说出我叔爷立下的"军令状"，我叔爷却把手一挥：

"你们再看这个！"

他蓦地亮出了手榴弹。

"这是什么？这是美式手榴弹！"

手榴弹一亮出，其轰动可就更超过美国罐头了。齐围拢，要仔细看，还伸手，想摸。

"散开散开！"我叔爷喊，"这可不是开玩笑的，一爆炸，了得！"

"没见过吧，"他又说，"那长把木柄手榴弹，你们都可能没见过，更何况这种新式的美国手榴弹了。告诉你们，这也是那连长送的。连长是送给我专门去夺鬼子的小钢炮的。连长听我说要去夺鬼子的枪，说那枪，你反正是夺得到的，这种手榴弹，日本鬼子都没有，夺都没地方夺。就给了我四个。有了这种手榴弹，见着架起小钢炮准备发射的鬼子，我群满爷扔他娘的一个，'轰！'就把那鬼子连同钢炮全给炸飞了……"

这时杨六插话了。杨六说：

"群满爷，这手榴弹，你说那连长是给你专门去夺鬼子钢炮的，你将小钢炮炸了，还夺什么？"

我叔爷情知说漏了嘴，赶快补一句：

"鬼子的钢炮要开炮了，我还不炸他娘的啊，还等着挨炮啊？！六阿哥，打仗要看情势灵活应变啦！"

说完，他拿着手榴弹，走到屈八面前，说：

"司令，我不是吹牛皮吧。我说了要从七十四军那里搞武器回来，就搞了武器回来。我群满爷说的话，哪一句不兑现？怎么样，表扬表扬！"

见我叔爷拿出了手榴弹，屈八心想，这家伙还真的搞来了武器，用"军法"镇他看来又镇不住了，但还得将他一军。便冷冷地说道：

"兑现？你还记得你立下的军令状吧，你那军令状说的可是钢枪！钢枪和手榴弹，两回事。"

"哎呀司令，钢枪是武器，手榴弹也是武器，都是武器啦。这美国手榴弹不比那老式钢枪厉害啊？有了鸡和肉我还去吃那青菜啊？他给我老式钢枪我不要，我只专要这美国手榴弹！"

"你刚才不是讲七十四军全是美式装备吗？怎么又变成了老式钢枪？"

"司令哎，人家那美式装备舍不得给啦，要给只给老式钢枪啦！"我叔爷忙对其他人说，"你们给评评理，看这美国手榴弹是不是比老掉牙的枪强？"

旋有人说，群满爷你既然讲了要弄来钢枪那就得是钢枪，用手榴弹替换总不在理上。

"对啊，对啊，钢枪是钢枪，手榴弹是手榴弹。"有人附和。

"我只要你们说，这手榴弹的威力怎么样？我现在就扔一个给你们看看。"

我叔爷说着就做出要扔手榴弹的样，吓得众人忙往两边躲。

"扔不得，扔不得！"和合先生喊道，"群满爷你怎么能这样？"

我叔爷说，他们不相信这美国手榴弹的威力呢！我弄来了手榴弹，司令不但不表扬，还要搬出军法来呢！

和合先生就对屈八说，群满爷虽然没有弄来钢枪，但这美国手榴弹也确实不错，总之是弄来了武器，可暂且免罚、免罚。

"看在参谋长讲情的份上，就暂且免了你这一次！"屈八喝道，"还不快将那手榴弹收起！"

我叔爷哈哈笑着说，开个玩笑，就把你们吓成这个样，手榴弹不拉弦，扔出去等于是个石头。

屈八尽管知道那手榴弹没拉弦，但怕继续"斗"下去，这个兵痞真的拉爆手榴弹，后果就不堪设想。"这是个危险人物！得格外防着点！"

"你开玩笑，我可不跟你开玩笑。"屈八说，"你得将功补过，看你立个什么功来。"

一说到立功，杨六喊开了：

"屈司令，快下命令，往盘湾岔出发，到那里埋伏去，早点打他狗娘养的日本鬼！"

杨六因为刚才也被我叔爷没拉弦的手榴弹吓了一下，觉得丢了山里汉子的面子，"他娘的，这个林满群，尽在耍弄我们哩，欺负我们没有真正打过仗哩！"

杨六这么一喊，立即引来一片喊声，要立即出发。还喊的喊夺日本手榴弹，夺日本罐头去。

……

屈八正要下命令准备出发，我叔爷却说：

"不行不行，现在还不能去，去早了容易暴露目标，谁知道那附近有没有汉奸，谁知道鬼子会不会派便衣去那里侦探？如果暴露了目标，让鬼子知道了，前功尽弃。"

我叔爷这话，的确是从全局出发。尽管他差一点似乎就要被处以"军法"，但他照样把屈八那话看作是玩笑话。"不说不笑，阎王不要"。但玩笑归玩笑，真正打仗的事，他不马虎。

和合先生同意我叔爷的意见，说去早了是怕走漏风声。

杨六则喊：

"现在还不去，天天呆在这里干鸟？"

我叔爷说：

"练兵啊，练枪法啊，我告诉你们怎么打钢枪，怎么打得准，怎么扔手榴弹……还有，我这次上城，不但送了情报，换回美国罐头手榴弹，还打探回了可靠情报，那从东安出发的鬼子，是日军第六十八师团，从全州来的鬼子，是三十四师团，他妈的，都是老子在衡阳血战时的死对头，都是那个横山老狗的部下。一开战，尽管那六十八师团的最高头头就被我第十军炸死了，尽管鬼子损兵折将，但横山老狗的部队，都是日军的精锐部队，打起仗来，他妈的凶猛得很，所以我们千万不能轻敌，得作好充分准备……"

有人喊，那横山老狗是个什么样的凶煞恶鬼？群满爷你见过吗？

杨六则说：

"管他什么六十八师团、三十四师团，不就是些鬼子嘛！群满爷，你只管布置好如何伏击就行，枪法不用你教……"

我叔爷回答说：

"六阿哥，鸟铳和那钢枪不一样呢！到时候你就知道了。我当然希望你们的鸟铳比鬼子的钢枪厉害啦！我群满爷正是要报衡阳之仇啦……

142　　　杨六自和我叔爷争论鸟铳厉害还是三八大盖厉害，要和我叔爷比试枪法以来，就一直对我叔爷不服。他这不服是仅仅限于我叔爷看不起鸟铳，对于我叔爷提出的布阵、战法等等，并无异议。用他的话说是该服的服，不该服的就是不服。

杨六鸟铳队的三十多个瑶民，大都是枪法准、手法高的猎人。长年累月和野猪、豹子等猛兽斗来斗去，不仅练出了一手好枪法，而且练出了一身胆，不怕死，加之一年四季翻山越岭，手脚麻利动作快自不必说，若是手脚不麻利动作不快，也就对付不了猛兽，且山熟、路熟、情况熟，哪儿有道弯，哪儿有条溪，皆了如指掌。故而，他们对我叔爷明显地有点轻视当然不服。

"日本鬼不就是两条腿的野兽么，咱们像打野兽那么打他，不就得了？"

"咱们打过四条腿的野兽有多少？数都数不清。还怕他两条腿的野兽？"

"把守在'呛口上'，待它近了，猛地开火，不打死它才有鬼！"

这"呛口"，就是野兽必经的路径。

"挖陷阱啦，布铁夹啦，埋竹签啦……那两条腿的野兽不一样夹得它喊哇哇，戳得它叫天。"

……

"拳不离手，谱不离口，又有几天没打野兽了，枪法还是得练。"杨六说，"到时候好更显我们的威风。"

于是鸟铳队的便拿着鸟铳打树干，打叉芭，必以铁砂集中在目标上的才算打准，零散铁砂打在目标上的算失准。

正打着，我叔爷从白曼那里要了一支步枪，提着走过来，说，来来来，我告诉你们如何使用钢枪。

杨六说：

"我们有鸟铳，先让我告诉你如何放铳。"

我叔爷说：

"六阿哥哎，别跟我犟了，我知道这鸟铳你用起来百发百中，可鸟铳打不了多远啦，装火药又费时啦，你看这钢枪，'咔嚓'，子弹上了膛，瞄准，'砰'，远远地撂倒一个，'咔嚓'，子弹又上了膛……"

他做了两次上膛、射击的动作，又说：

"等到缴获了钢枪，这鸟铳就得换，你难道还不愿意换啊？现在先学会了，到时候省掉好多麻烦，你一铳打出去，打倒了鬼子，他的钢枪扔在一边，你去抓起他的枪，就能射击，不比你装火药快得多啊？若缴获得几挺机关枪，了得，'哒哒哒哒'，几十发、几百发子弹扫射出去……这些，都得先学一学。现在虽然没有机关枪，我先做个样子，把些要紧的告诉你们，等到你们以鸟铳夺得机关枪，第一功劳就是你们的啦。"

这么一说，杨六才松了口。

"要得啰，那你就先教啰。不过我看管他什么枪，都和鸟铳差不多，还不是把子弹装进去，一扣扳机，关键还是瞄得准……"

我叔爷笑起来，说：

"不错，不错，道理都是一样的，所以我先给你们讲，你们一点就通。"

这"一点就通"，等于夸奖了杨六他们，杨六憋着的那股气立时消了。便认真地听我叔爷讲起各种不同武器的部件、使用要领来。

我叔爷这个老兵油子，是绝不会和任何人拗到底，也不会自己闷气的。他一是只要达到目的，譬如搓餐饭吃，尝一尝那美国罐头，要连长给武器，他会想尽一切办法，反正是油着脸皮缠，自尊不自尊的对他无所谓。二是想了他能想到的办法，而目的依然没达到，事情没办成，他也绝不会懊恼、生气，转背他又是乐呵呵地。这要杨六练钢枪，学会使用别的武器，他也一样，总之只要讲得你照他的去办就行了。若硬是不照他的去办，他甩手拍拍屁股，毫不介意地走开。仿佛这事，原本就与他无干。

我叔爷以步枪示范,讲了注意事项,射击要领,又把步枪假设为机关枪,讲了又讲,再讲如何投掷手榴弹,还讲了战场上的哪种响声最可怕,譬如"啾—啾",那子弹是贴着地面来的,该如何躲……此外应如何冲锋,如何撤退……

我叔爷根据他自己的实战经验,把战场上可能遇到的问题都考虑了进去。这鸟铳队的猎人本就艺高胆大,再加上这么一训练,打第一伏击大概不会出现什么意外情况了。

山里的瑶民,和汉人山民、乡民、街上人一样,家家户户都设有神龛,只是汉人家里设的神龛,供奉的是祖先牌位、菩萨;瑶民供奉的是木雕的法师神像和梅山九郎神像。汉人信的当属佛教,瑶民信的是道教。瑶民每逢初一、十五都要给法师神像和梅山九郎烧香、供茶、化纸。那梅山九郎更是猎户人家必拜之神,每次上山打猎,均要在梅山九郎神像前跪拜、磕头,请动梅山九郎暗中相助。打回猎物,先要敬了梅山九郎才能剥皮开剖。吃前还得先供奉了梅山九郎。

这初次参战的瑶民猎户,既然把打鬼子看作是打野兽,也就在战前同样要拜梅山九郎,请动梅山九郎暗中相助。这要拜梅山九郎在出发前便拜也不打紧,偏在进入伏击阵地后,鬼子大队人马出现时,有人才想起没拜梅山九郎……

我叔爷在认真地当了两天教官后,去问屈八,派出的探子回来没有,东安的日军到底出动没有,到了哪个地方?

屈八司令正亲自带着教书先生宣传科长郑南山在做宣传工作。两天来,他尽情地发挥了自己在红三军当过宣传队员的特长,他在宣传形式上把当年宣传队所搞过的一切全搬了出来,在宣传内容上则以湖南人民抗日救国军布告上的话为宗旨,化为说书一样的语言,还编成快板由郑南山边敲竹板边唱,郑南山还即兴朗诵诗歌;他面对着较多的"听众"亲自宣讲,面对着一两个"听众"也亲自宣讲。他想着那时的红军宣传队多厉害，嘴巴子胜过枪弹，每到一个地方，一宣传，一鼓动，"扩红"就成功。他的身体力行让郑南山感动不已，他的宣讲口才令郑南山佩服不已。然而，头一天收效不大。听的人听得蛮有味，但听完也就完了，走了，散了。不过"听众"蛮讲客气，一见他们站着讲，就有人要他们坐着讲，说太难站。就有人拿来凳子，请他们坐，还有人端来茶水，要他们喝，说吃碗茶、吃碗茶，讲得口干哩。在有个地方还没讲完时，人都散得差不多了，但有一个老太太始终守在旁边，不走。即使只有一个听的，屈八也坚持宣讲，直到全部讲完。全部讲完后问老太太，为何你老人家能一直听完？老太太说，你老人家，我还要把凳子收回家去哩。

第二天，郑南山不打快板，也不朗诵诗歌了，改说去年鬼子在白沙，在新宁的暴行。这一改，听的人不用他讲了，全是自个儿抢着讲了，这个没讲完，那个已讲开，先是大都边哭边讲，讲他（她）家被鬼子杀了多少个人，是怎么被杀的，被烧了几间房，被抢了多少东西……

"实在是没撩他没惹他啊！这么狠毒啊没良心，要遭天打雷轰啊！"

待听说鬼子马上又要来时，起了一阵慌乱，"那怎么办？怎么办？又只有逃难了，可往哪里逃呢？"

这个时候屈八站到凳子上把手一挥，说我们已经成立了扶夷人民抗日救国军，我们已经有百把个人，几十条枪，我们誓死保卫家乡，绝不让日本鬼再来我们白沙烧杀抢掠！为了保卫家乡……

屈八还没说完，人群中已经有人喊：

"有钱的出钱，有力的出力，有武器的拿武器，帮着打鬼子，参加打鬼子，报仇！"

"是啊，是啊，一命要用一命偿！报仇！报仇！"

……

当即有二十多个男人要求加入抗日军，但要求加入的人中也有人说，救国军还是太大了点啰，要我到外地方去救国我还是不去，我也没那个能力，我只在自己这地方和鬼子拼。

紧接着有女人也要参加。说自己的男人已经死在日本鬼手里了，只有为男人报仇了。留在家里也不妥，逃难被日本鬼追着打，还不如去打日本鬼。便有人说你们女人参加能干什么呢？立即回一句，当火头军还不行啊，烧火做饭、送饭，打仗不要吃饭啊？还有，你们的衣服破了不要人缝啊？打仗也要穿得齐整精神些哪！

……

屈八司令和宣传科长郑南山这次的抗日宣传工作在我老家可谓自"走日本"以来的宣传第一，取得的成果也是第一。就连县城里的学校，在抗战期间，也只有从衡山迁来的衡山乡村师范学校，也就是郑南山读过书、艾青教过书的那个学校，曾经组织过学生成立宣传队、张贴标语、展出图片、发表演讲、宣传抗日，还组织过剧团演戏。

我叔爷找着屈八问派出去的探子回来没有时，屈八正在心里总结宣传工作的经验，也正在宣传工作成效显著的兴头上，听我叔爷那么一问，说道：

"什么探子？侦察人员就是侦察人员，你怎么老是改不了那些不正规的喊法。"

屈八本要说那些旧的习惯喊法。但觉得"不正规"几个字对曾在正规部队搞过的群满爷更有教育说服力。

果然，我叔爷就忙说：

"对，对，是侦察人员、侦察员。侦察员回来没有？按理说，日本兵也该快到了。"

屈八说：

"侦察员老春是你从城里回来那天中午出发的……"

我叔爷说：

"我没问他哪天走的，我是问他回来没有？"

屈八本是要从侦察员老春出发的时间说起，分析老春当天应该到了哪里，次日到了哪里，此时应该到了哪里，可还没开始分析就被他的这位属下教官打断，况且这位教官经常如此，毫无领导与被领导、首长与下级的观念，这若是在平时老乡之间也就罢了，可这是在战时，是在正式的队伍，他能不予以严厉训斥？当然，目前依然还是只能批评教育。

"群满爷林教官林满群同志，我是你的上级，你能这么对上级首长讲话吗？能这么随意打断领导的话吗？你在中央军正规部队干过，那中央军是这么把你教出来的？你在那里敢对你的长官如此说话？不过，我们这是人民抗日军，没有必要像中央军那么样搞得等级森严，但部队就是部队，部队不能没有规矩，这你是完全知道的。既然知道，作为老兵，你更得以身作则，起模范带头作用。如果……"

"司令司令，你训斥得对。"我叔爷又打断了他的话，"我保证带头、带头。侦察员老春到底回来没有？"

屈八算是暂时拿着我叔爷这老兵油子没辙了，人家一开口就承认了错误，又作了保证，还能拿他怎么样呢？这队伍……目前……也只能这么先维持了，待到把骨干人员培养出来后，再大力整顿。屈八心里有数，暂时还少不了这个"从反动军队里出来的人物"。

从我叔爷个人角度来说，倘若屈八这支人民抗日救国军真成了气候，我叔爷绝对是第一个被整顿的对象。那"被整顿"，百分之九十九是会被一枪给崩了，因为他除了出身是一无所有、比贫雇农还贫雇农的"无产阶级"外，兵贩子、国民党兵痞、投机革命队伍、以反动军队的旧习俗腐蚀革命队伍、目无组织领导、拿美国手榴弹威吓革命同志、准备引爆……等等，哪一条都可以崩了他。但真要崩掉他，又是百分之九十九的不可能。我叔爷是何等精明狡黠，却又无所求之人，第一，他进了这屈八的队伍后，主要是为了报在衡阳被日军火炮炸瞎一只眼睛之仇，他一心要夺小钢炮，就是要以炮报仇，才算报了仇；而在他得知进犯日军就是围攻衡阳的日军后，雪峰山会战（尽管他不知道），他是打到底了，而屈八不可能在与日军作战时"整顿"他，屈八亲历了红三军"火线肃反"造成的败局。从这点来说，屈八比夏曦要聪明。当然，是从夏曦那里得来的经验。第二，不待屈八的人民抗日军成了气候，他就会溜之走也，因为他这人从无什么想当官、谋个职务之求。他绝不会因自己抗日打鬼子、为这支队伍立下了汗马功劳，队伍壮大了，正是可以功劳而得提拔、升迁，便怎么都得留下来享受功劳之所应得。若有了这个想法，当然就跑不脱。而他一辈子图的仅仅是个有口饭吃、不受管束便行。他是无所求便无所谓（畏）。别说"留"他不住，不待你"留"，他早就不见了踪影。故而屈八不可能"整顿"住他。解放后，历次运动也没整着他，就连"文化大革命"都没揪他斗他，因为谁也没去顾及他，只是有乡民偶尔提到他时，说群满爷是个遭孽的可怜人。他最终只是饿死了而已。

屈八当下没好气地回答：

"没回来。"

"就只去了老春一个侦察员？"

"当然只去了他一个。还能把人都派出去？家里这么多重要事！"

我叔爷一听，急了，说他上城之前，就特意讲了要多派出探子，专门打探东安日军的情况，全州那个方向，则不要管他。

"你什么时候讲的？我怎么不知道？"

我叔爷说就是在你宣布散会，大家往外走的时候，我特意讲的啦！

"搞的什么名堂？在会上不讲，散会的时候讲，我是没听见！你也没有向我报告。"屈八真的火了。

我叔爷预感可能会出漏子，因为只去了老春一个人侦探，万一他没打探清楚，万一他不能及时回来，那……但他又要证明自己确实说了要多派探子的话，便说：

"和合先生肯定听见了的，他没向你报告？"

"他和江碧波筹粮去了。是我派去的，他有他的任务。"

刚说到和合先生和江碧波，这二人就来了。

江碧波喜滋滋地对屈八说，她首先做通了她父亲的工作，她父亲不但愿意出钱出粮，而且要去说服别的大户出钱出粮。

"粮食问题是不成问题了。"江碧波以老成的口气说，且不无娇嗔地补上一句，"司令，这下你就可以放心了。"

"你是怎么动员你父亲拿钱拿粮出来的？"屈八很感兴趣。

江碧波就说她是如何为了粮食问题去见她父亲的，见了父亲后怎么开场，开场后又怎么说，哪几句话起了最关键的作用。说得详详细细，最后说主要还是用司令你跟我们讲的那些抗日救国保家的道理。

屈八听得心里高兴，呵呵地笑起来，说：

"不错，不错。可我并没有要你直接去找你父亲啊！"

江碧波说：

"司令你跟我们讲了的，'实行统一战线，团结一切好人，工农商学各界，军队地方士绅，不分阶级党派，皆愿相见以诚，一致联合对敌，展开民族斗争，取缔贪官污吏，扶持好人正绅'，这顺口溜，我都背得了。我就想要我父亲做个'好人正绅'，得到'扶持'。再则，我父亲带了头，其他的大户就好做工作了。"

屈八说：

"那不是顺口溜，那是……"

他见我叔爷、和合先生都在场，觉得还不适宜将那"布告"讲出来，转而笑呵呵地说：

"我什么时候这样念过啊？小江干事。我可只是阐述了内容而已。当然，没错没错，就是这个意思。"

"我听见你背过这'顺口溜'呢！"江碧波闪动着大大的眼睛，斜睨着屈八，"这'顺口溜'，可真的编得好，编得有水平，让所有的人都信服，也好发动所有的人……"

江碧波认为这"顺口溜"就是屈八编出来的，只是屈八谦虚，不愿说是他编的。她对屈八更加敬慕不已。这敬慕里，其实已有着她那少女的爱恋，只是她不敢做过多的表示，她虽然是上洋学堂的学生，早已为自由恋爱鼓动起双翼，但她却有点怕这个屈八，她只能在独自一人时，展开那浪漫的相思，而在具体表现上，就是尽心尽力完成屈八交给的任务，要她干什么就干什么，无论干什么都要干好，以得到屈八的表扬，以让屈八格外注意她……

屈八见江碧波还在说那是"顺口溜"，真想告诉她，这是威名赫赫的王震、王首道将军发布的湖南抗日人民救国军布告，这是共产党的政策，是指导抗战的纲领。但他又觉得现在还不是告诉她的时候。他想，这个女学生，既单纯又热情，应该是个组织发展的对象，可恨自己还没有和组织接上头……他又想，自己虽然还没有和组织接上头，但为组织发展党员，又有什么不对呢？！……至于这个江碧波对他的意思，他也不是完全不知，但他是大丈夫，"大丈夫处世，当以建功立业为重"！大功告成之时，什么会没有呢？

屈八在和江碧波继续谈着"顺口溜"的内涵和外延时，我叔爷在为老春的还没有回来，又只有老春一个人去当探子，敌情不一定探得准确、日军可能会突然出现而急得不行。他想问和合先生，怎么没有派出更多的探子出去？可他又怕和合先生也说没听清他讲要多派几个探子的话，那么，他在屈八面前就等于说了假话，就更没有面子了。

我叔爷尽管怕丢了自己的面子，终究还是忍不住打断了屈八和江碧波的谈话。

"屈司令，眼下要紧的事，还是先对付可能突然出现的敌情，还是请你赶快下命令，立即向盘湾岔进发为好。"

"怎么，我早就说过要到盘湾岔去，你说不能去，现在侦察员还没回来，你又催着要到盘湾岔去，你这是什么意思嘛？等侦察员老春回来再说！"

我叔爷忙解释。他解释的意思是彼一时，此一时也，彼时尚有时日，敌人还离得远，此时已经过了几天，敌人很可能会突然出现，此地非拒敌之处，呆在这里危险，去盘湾岔则安全，即算不能打上伏击，也可保队伍不受损失……但他毕竟不是军事参谋人才，表述得不清楚，讲不透彻，反而是越讲越让屈八恼火，觉得他是如同算命先生一样在胡诌，什么那时不去盘湾岔稳妥，什么现时不去盘湾岔危险……全是在找理由为他自己辩护。偏这时和合先生又未及时帮他讲话，而是说出了一件筹粮的让屈八不知该如何才好的事。

和合先生说许家寨的"寨主"这次也答应出粮。

和合先生许是见屈八和我叔爷为"彼时去盘湾岔、此时去盘湾岔"拗上了，要"和合"一下，故而先不发表对"盘湾岔"的看法，而是讲筹粮的又一成果。但他又没有直接说出答应出粮的是屈八那吝啬至极的父亲，他只说许家寨的"寨主"讲要请人挑粮，也会送粮食来。

一听说许家寨的寨主也会送粮来，听的人几乎都惊讶了。

"你说的是谁？谁？是许家寨的……"

"许家寨，那，那不就是司令的爷老子么？！"

……

"许老巴——屈八的父亲，他连自己的亲生女儿——许伶俐——白曼都舍不得出钱去救，这次又怎么舍得送粮来呢？"说这话的人对着和合先生的耳朵，轻轻地问。

"这有什么特别奇怪的？"和合先生说，"他那寨子，去年在日本人来时，被占了……我这次听人说，他那后娶的女人，也被日本人那个，那个糟蹋了，他和后头女人生的崽，才几岁，被日本人扔进火里……唉，他去年也遭了大劫呵！幸亏他的谷子藏得好，没被日本人搜出来。听说我们要打日本鬼，所以……这是司令的宣传搞得好，传到了他那里……"

和合先生一边轻声地说，一边盯着屈八，看屈八的反应。

此时的屈八，仿佛愣了。半晌，才说了一句：

"那个'寨主'，他不会自己来吧？他不知道我吧……"

和合先生说那就不清楚了。

屈八又愣了半晌，对和合先生说：

"如果他来了，由你处理。不要带他来见我，也不要告诉白曼。"

屈八说完，又嘀咕一句，不就是送几石谷子来嘛，那几石谷子，只怕也尽是瘪壳壳。

和合先生本是想趁着这机会，劝说屈八——许老巴——白曼——许伶俐和许家寨"寨主""和合"，因为他这一辈子做的就是"和合"之事。可见屈八如此，他把那劝说之词又咽了回去。应道，好，好，我照司令的意思办。

和合先生认为，只要屈八收了他父亲的粮，这事，就大有回旋的余地，只是不能着急，得慢慢来，慢慢"和合"。

屈八也许还是想见他父亲的，也许真的横了心绝不愿见。总之无人能揣测到他的内心。他听和合先生答应了照他的意思办后，便再没就他父亲送粮的事说什么，而是喊江碧波跟他到"司令部"去谈宣传工作。屈八说郑南山已在"司令部"等着，正好到一起好好总结总结这次的宣传经验。

"好呢！总结经验去呵！"江碧波甩动着学生头，跟在屈八后面，往"司令部"走去。她尽管想让自己显得老成、老成，但还是止不住脚步一跳一跳。

江碧波的这一跳一跳，若是在平时，我叔爷至少都会说一句，看那女子，跳大神呢！不过跳得有趣。可此时，他全顾不得什么有趣的女子，而是立即对和合先生说，你怎么不帮着我催屈八立即去盘湾岔，反而讲什么他爷老子要送粮？这个时候提到他爷老子，岂不会动摇他的军心？和合先生说他一是得先报告交办的事情，二是想做件好事。

"好事、好事，日本人要是一下来了，什么好事都会完蛋！"

我叔爷本想说你不把军事大事放在首位，你算个什么参谋长？！可虑及乡里乡亲的，和合先生又是德高望重之人，就把那直接不敬的话换了一下。

和合先生一听我叔爷这话，立即从"和合"中醒悟过来，说，那我们两个再去找司令，要他下命令，立即开拔。

和合先生刚一说完，又惊喜地叫起来，好了好了，老春回来了。

我叔爷那一只眼却没看清，赶紧问，在哪里，在哪里？眼尖的和合先生说，到了禾坪对面，走走走，接他去。

侦察员老春一回来，并不急着回答我叔爷"日本人到了哪里"的话，而是急着要见司令。

见了屈八司令，老春说出的仍然不是日本人到了哪里，而是一个令人意想不到的消息。

老春说他这回带来了一个顶顶重大的情报。

"什么顶顶重大的情报？"屈八催他快讲。

老春却要先喝一口水，说口干死了，干死了。

屈八就要江碧波快给老春倒碗水。

我叔爷说，口再干你也先把那顶顶重大的情报讲出来啦！

"先喝水，先喝水。"老春说。

江碧波舀了一杓子生水，老春接过杓子，一口气喝个精光。

江碧波舀一杓子生水并不是对老春不尊。我们老家人，从小到老都是喝生水，就算到了二十一世纪还是爱喝生水，进得家门，从水缸里舀一杓水就喝，哪怕是寒冬腊月也大多如是。我们老家人说那扶夷江里的水好喝，从山上引下来的泉水更好喝，清甜！若是讲喝生水不卫生，则答曰，喝了几十年哩，点事都没有！当然也有开水煮的茶、泡的茶，但多是用来招待客人。

老春喝光一杓子生水，撩起衣袖抹抹嘴巴，这才开始说。

老春说他走到哪里哪里，碰上了一个什么样的人，那人可不是个寻常之人……

那个非寻常人是怎么跟他搭上腔的呢？老春讲得详细又详细。讲得屈八也不由地催促，要他只讲主要的、主要的！

老春说：

"我不把这些详详细细地讲出来，你们不会相信呢！"

屈八说：

"我相信，我们相信，你只要把最主要的讲出来就行。"

老春这才讲出了最主要的。这最主要的是什么呢？原来老春碰上了一个大队伍的"收编人"。那个"收编人"说可以拨出多少多少开办费，将屈八司令这支队伍予以收编，叫做收编扩军，收编扩军后并可以供给什么什么……

"他们到底是支什么队伍？"屈八赶紧问。

屈八第一想到的便是王震的"湖南人民抗日救国军"。如果是这支队伍，那就真是"踏破铁鞋无觅处，得来全不费工夫"了。屈八不可能知道的是，王震的南下队伍没有进入湘西南，已经返回去了。

"他答应给多少开办费？"有人赶紧问。

老春说那人讲他们的司令有话，凡在百人者，拨开办费法币五万元。百人以上，按整百推算，如两百人则为十万。

"呵呀，我们不正是百来号人吗？"

"快算算，五万法币折合稻谷该有多少？"

和合先生立即算了出来，说约合稻谷一千石。

"一千石稻谷啊，啧啧！"

"还有什么？还有什么？"有人催老春快讲。

"那人讲，只要一被收编，所有武器、装备、服装、饷粮均由他们司令拨发。"

老春这话一出，引起一片呵呀。

"呵呀，他们那司令本钱就大啦！"

"呵呀，那只怕就真的是个大救国军啦！"

屈八听着这些"呵呀"，心里很不是个滋味，这不就等于在说本司令无本钱，本救国军微不足道吗？他真想狠狠地训斥一番，什么"本钱本钱"，抗日救国难道还要分本钱大本钱小吗？但他却是冷静地问老春：

"他就没对我们提什么条件吗？"

"对我们提的条件？"老春忙说，"提了，提了，四个字，'就地抗日'。"

"就这么一个条件？就这么四个字？他没跟你讲抗日救国的道道么？"

老春摇摇头。

"只讲给钱给装备，不讲抗日救国的道道……"屈八在心里断定，这不会是他希望的队伍。既然不是他希望的队伍，他就绝不会同意被收编。但他知道，这么大的"好事"，若自己一口拒绝，说不行，难以平息众人那"啧啧""呵呀"之声。

"他那队伍的名称你总该打听清楚了吧？"屈八问。

"那名称、名称，好像是叫什么抗日挺进纵队。"

"到底是什么抗日挺进纵队？"屈八追问。

"这个，这个就忘记去问仔细了。"老春说，"反正是个抗日挺进纵队。这个绝对没错。"

说完，老春又赶紧补充，说自己当时一听有那么好的条件，就急着要赶回来，所以，所以，主要还是怕被人家先抢了那么好的条件去。这就好比做生意，谁先谈成就归谁做啦！老春说他虽然没正式做过生意，但这点生意经他还是懂的。"做生意就得抢机会嘛，对不对？"

"什么做生意、做生意？！"

屈八正要呵斥，郑南山说话了。郑南山说：

"屈司令，你多次说我们是要干大事的，这欲成大事，正需有人相助。这机会倒也是个机会。"

暗恋着屈八的江碧波自然已能揣摩出他的一些心思。尽管她已看出屈八对此事由高兴而至迟疑，还是忍不住说：

"屈司令，管他是哪支队伍，只要他给钱给枪，我们就先得了他的钱和枪再说。"

和合先生也是希望接受这收编的，但他不忙于言语，他得等到问他时再说。

果然，屈八开口问他了。屈八说：

"之吾参谋长，你觉得此事如何？"

和合先生说：

"这被收编当然有被收编的好处，这好处老春已经讲了，就是有钱有枪。只是，还得先弄清他的真实意图再说。"

和合先生的话正合屈八的意思。可有人迸出一句：

"既然他说要我们就地抗日，就总不会是坏事。"

"说得对，不会是坏事，借他人之力，先壮大我们自己，何乐不为？"有人又补上一句。

屈八转而问我叔爷。

我叔爷则是对此无所谓，随他哪支队伍，随他收编不收编，他反正没做什么大事不大事的打算，他只要快点狠狠地打鬼子一顿，为死在衡阳的弟兄们报一下仇，为自己那只被炸瞎的眼睛消消心头之恨。他着急的是屈八总是不提去盘湾岔的事……于是他立即回道：

"他收编也好不收编也好，不关我群满爷的事，我群满爷现在只想着一点，我们若不快去盘湾岔，日本人如果突然出现，你想要他收编也无甚可收了，你要接收他的武器票子，只怕也无人去接了。"

我叔爷这话帮了屈八在收编这个问题上的大忙，他当即说，林满群教官说得对，军情急迫，此事以后再议，现在我命令，立即往盘湾岔出发！先打好这个伏击仗！

　　我叔爷见屈八爽快地做了决定，松了一口大气，赶忙问老春，是否打探到日本兵究竟到了哪里？

　　老春说：

　　"我只顾忙着带这顶顶重大的消息回来，日本兵究竟到了哪里，可就没顾得上了。"

　　我叔爷连声说："唉，唉，你是聪明一世，糊涂一时。你怎么能糊涂了呢？"

　　不要责怪侦察员老春，也不要笑我老家这第一支民众抗日队伍。二〇〇九年七月，当我回到老家，来到当年和日寇激战过的地方，住在一户易姓老人家中，和他讲到"走日本"时，他说日本兵进了村，他家的酸菜坛子、水缸里全被拉满屎；日本兵在宰鸡杀鸭时，根本没有什么防备，他们这些躲在村外山上的人，只要有胆大的端了鸟铳猎枪，就能打他们一个猝不及防……唉，那时的人，真蠢，胆子太小……

　　与这"真蠢""胆子太小"相对应，我老家的这支民众抗日队伍，就算得上真正的英雄好汉了。

　　这易姓村民的家就在新宁崀山风景区隔壁，四面群山环绕，看到的除了山还是山。我去时尚只有一条小路可通，需翻过一道又一道山坳。当时的闭塞更可想而知。而日本兵就连这样的地方都来了，并且通过这样的地方突然出现在守军面前。这个地方，名叫黄沙江，属广西和湖南新宁交界之处。这支日军，就是从全州前来增援围攻新宁的一支队伍。

　　屈八命令杨六的第一支队，白曼的第二支队向盘湾岔进发后，他带着司令部、直属支队正要出发，急急地赶来了一个人。

　　那人边走边喊，我要见你们司令，见你们司令，我有话要和他讲。

　　我叔爷一听，以为是来了送情报的山民，他心里最挂记的仍然是日本人究竟到了哪里？他赶紧对屈八说，司令、司令，来了个要见你的人，只怕是有关鬼子的事。

屈八停下脚步一听，一看，立时显得有些手足无措。

那声音，虽然隔了十来年，但他不会忘记，也不会听错；那越来越近的身影，那走路的样式，他照样不会忘记，也不会看错……

屈八愣了一下，旋即说，走！不要管他！

来人却已经到了队伍面前。问，你们的司令是哪个、哪个？我要和他说句话。

有人为他指了指。

屈八想躲避也躲不及了，他父亲，到了他面前。

他父亲一到他面前，眼睛直了、呆了。

当父亲真的站在屈八面前时，屈八反而镇定了。

屈八正要以平静的口气说你来干什么时，他父亲已经叫了起来：

"天啊，你是我的许老巴啊！我的儿啊，我的崽啊，老天有眼，让你回来了啊！"

对着屈八带着哭腔喊叫的父亲，已经是个头发苍白、满脸皱纹、连背也弯了的老人。老人扎着裤腿，因常年劳作，裸露的小腿上暴着一根一根拇指粗的青筋，那拇指粗的青筋随着小腿的颤抖，不时如同泥鳅般蠕动。

我叔爷后来说，屈八父亲，那么样的一个哈宝地主，吃舍不得吃，穿舍不得穿，还当不得我这个卵打精光什么都没有的人，起码我还吃了几餐好的，还吃过美国罐头。

看着父亲的那个样子，屈八心头不能不泛起一股酸楚。这是他的父亲吗？这是那个吝啬得餐餐只准吃霉豆腐、餐餐嚼苞谷粒粒，把粮和钱看得比女儿的命还要重的父亲吗？那时的父亲，虽然吝啬，虽然把钱看得比命还重，但有一副结实的身板，有一身用不完的力气，打赤脚走路都踩得三合泥地面发响，脾气一来，手把子一挥，他屈八都不敢上前……可眼前的父亲……

屈八虽然心里泛起一股酸楚，却只冷冷地说出一句：

"我是许老巴，但不是以前的许老巴，我现在是屈八。有什么事你就快说吧，不要耽误了我的军机大事。"

他父亲立时以足顿地，说：

"我做了孽，我遭了报应……可我这次是给你送谷子来了，那谷子就在后面，你去打日本鬼，你要好多谷子我给你好多，我只要你帮我狠狠地打那日本鬼，帮我报仇……"

他父亲后来娶的那个女人，也就是屈八没见过面的后妈，被日本鬼蹂躏后，又用刺刀捅死；她那才几岁的小孩，被扔进火里活活烧死……

"惨啊，惨啊！你没有见到那个场面啊！"他父亲老泪纵横。

"什么我没见到那个场面？"屈八说，"你以为只有你遭了劫？这全白沙，全新宁，全中国，有几家没遭劫？你不要再说了，再说就耽误我去打鬼子了。"

他父亲连忙说：

"好，好，我不说了，不耽误你去打鬼子了，我等你打完鬼子回来再说，崽啊，你打完鬼子回来可就不能再走啦，我就只有你这么一个崽了啊！我毕竟是你爷啊，做爷的以前再有罪过，你这个崽也要回来啊！……"

屈八要和合先生处理一下送来的粮食，处理完后立即赶来。

看着屈八带领队伍走了，这位父亲一边抹着眼泪，一边絮絮叨叨，我的崽回来了，我的崽回来了，八字先生说过，我的崽，我的许老巴，三十岁后要走大运的，他这还不到三十岁啦，他就当司令带兵了……带兵好，带兵好，带兵就不怕鬼子了……

念着念着，他双脚忽地打跪，栽倒在地上。倒在地上他还在念，我的崽回来了，回来了，我又有崽了……

等他爬起来时，屈八，已经走远了。屈八队伍，也看不见了。

这位父亲没想到的是，他的儿子这一走，是再也回不来了。

十二

当屈八父亲突然栽倒在地上时，和合先生慌得忙喊许家大爷、许家大爷。和合先生见过太多的这类事，老人太激动、太兴奋，往往一下就倒到地上……倒到地上怎么办呢？只要掐住他的人中，过一会就没事。可这回他竟慌了神，他慌神倒不是怕许家大爷起不来，而是觉得大不利，这去打鬼子伏击的队伍刚出发，作为司令的父亲就栽倒在地，那不是如同古时大将出征时风折帅旗一样么？绝非好兆，绝非好兆。

和合先生正为此慌神，见许家大爷自己一下又爬了起来，忙在心里说，还好，还好，他是自己爬起来的，该主此战虽有挫折，但无大碍。

和合先生的这些想法，是在盘湾岔之仗后，他自己说出来的。而盘湾岔之战一开始果然就没打好，几乎变成了遭遇战。

屈八命令队伍往盘湾岔进发后，开始是杨六的鸟铳队走在前面，白曼的箭字队随后。可走着走着，不知是白曼下了命令，还是箭字队的人觉得走在鸟铳队后面不耐烦，他们突然加快脚步，和鸟铳队暗地里比开了走山路。鸟铳队的猎户们走山路自然是健步如飞，那是打猎练出来的，打猎时追猎物特别是追被打伤的猎物时速度最快；箭字队的人走山路却是"猎获"财物时练出来的，夺得财物时便"逃"。那"追"和"逃"便有一定的差距，若逃的不如追的快，岂不早就"入人囊中"？故而在经过一段时间的"较量"后，箭字队走到了鸟铳队前面。杨六知道在这样的山路上，自己的人再想超过去难，便对着白曼喊，白队长，你是不是急于去抢功啊？白曼回答，我去抢什么功啰，我们只是先替你去哨探哨探，那第一枪只能归你们打，军令谁敢违抗？紧跟着白曼的月菊则对着鸟铳队的人喊，赶上来啊，赶上来啊，跟我们来赛一赛啊！

白曼是深知自己这支队伍的"地位"的，她率队下山后，尽管乡人都讲礼性，没有人在她面前说过"匪"字，即使有人一不小心说到这个忌讳之字时，也赶紧换成"绿林"。但她还是心里有数，队伍上的人是碍着她哥哥司令的面子。她认为总是有人看不起她的，对她的人马也是不放心的。故而她要处处争先，显示出她和她的这些人马的力量，特别是狠狠地打鬼子，打出个样儿来让人瞧。她无论如何没有想到的是，对她和她的人马不放心的其实就是她的哥哥——屈八司令。

白曼队伍中有一个人却落了伍，那就是屈八特意安插进去的"间谍"：宣传干事、白曼支队的文书江碧波。

江碧波怎么能跟上箭字队的速度呢？鸟铳队她也跟不上。她很快就落在后面，掉队了。

江碧波是个不甘落后之人，她不愿意被人看作是从箭字队掉队出来的人，她一落伍后，就索性不往前赶，而是站到路边，见人就故意问司令在后面吗？以说明她是在等司令并有事报告。而且，她这一等司令并有事报告，就又能和屈八在一起了。待到司令部、直属队来了，她就赶紧去告诉屈八，白曼带领箭字队越过鸟铳队，走到最前面去了。这个情况报告本没有什么实际意义，但正是屈八对她交代过的任务：随时报告箭字队的动态。

屈八听了报告，说毫无行军纪律、毫无行军纪律，必须按预定队形前进！屈八要派人前去传达命令，命令箭字队让鸟铳队先行。可无人可派，司令部、直属支队的人皆为乡人，走山路无论如何也走不过天天在山上的"山人"。谁还能追得上？这时我叔爷自告奋勇，说他和老春去传达司令的命令。

我叔爷的"自告奋勇"并不是真的想去传达什么谁必须在前、谁必须在后的命令，而是对鸟铳队不放心。一些从未打过仗的人，扛的又全是鸟铳……他得和鸟铳队的人到一起。

本来屈八要我叔爷这个林教官跟在他身边，是为了便于他指挥整个战斗，先由这个林教官说出该怎么怎么，再由他发布命令。虽说在会议上曾确定这个林教官为此次伏击战的指挥，但就这么百把个人，又是出征的第一仗，他司令不亲自指挥还行？只是我叔爷一"自告奋勇"要去传达他的命令，他就点了点头，爽快地表示同意。他以为离战斗打响还早得很，这战斗得等到他带领的司令部、直属队赶到，把阵地布置好，然后等着日本人到来……

我叔爷自然也不可能预料到很快发生的事，但当过侦察兵的他，因为老春并没有带回日本人到了哪里的确切情报，心里一直不踏实。

战场上的事情就是变幻莫测。一些偶然的因素，往往能决定成败。正是因为箭字队未按行军纪律抢到了最前面，才使得接下来发生的一切有了戏剧性的变化。否则，如果仍然是鸟铳队在最前面，如果我叔爷仍然和司令部、直属队在一起，远远地落在后面，盘湾岔之仗可能就是以最惨重的代价收场。

箭字队和日军在山间小路迎头相遇。

双方都大吃一惊。

日军没想到在这样一个他们特意挑选的很少有人走的路上会碰上中国民众武装；箭字队没想到这么快就碰上了日本鬼。日军的注意力全在中国正规军的警戒部队上，猛一见到有枪的山里人，反应不能不迟钝了那么一下，他们还没碰到过会向他们开枪的山里人。这样，尽管双方都是大吃一惊，占先机的却是箭字队。箭字队的人毕竟是打过仗的，白曼毕竟是开枪杀过人的，所以并没有惊慌失措。加之箭字队前面正好有一个转了一点点弯的坡道屏障，视线有利。

当下白曼一见那长长的带刺刀的步枪、晃动的猪舌子帽（日本兵的军帽后面吊了一块布），什么都来不及想，命令都来不及发，抬手就是一枪，那一枪也不知打中没打中，而几乎和她的枪同时射出子弹的，是紧跟在她身边的月菊。白曼和月菊的枪一响，箭字队齐齐开枪，仍然打了日本兵一个猝不及防。不待日本兵还击，箭字队的人已钻进了树林刺蓬丛中。

枪声一响，我叔爷被那枪声一惊，脚下竟也像生风，飞快地追上了鸟铳队。老春竟然被他拉在了后面。

"停止前进！上山，上山！"我叔爷大声喊。

他这么一喊，鸟铳队的猎人们立即离开原路，上了山坡。

杨六赶紧问，那箭字队怎么办？我们不去救啊？

我叔爷说，箭字队如果和日本人硬打，等到你去时也没有用了，只能白白搭上。如果他们往山上跑开，那就问题不大。他要杨六派人速去找到箭字队的人，通知他们撤退到这里来，仍按原定计划不变，要他们守到鸟铳队的后面。

"鸟铳队做好战斗准备！"我叔爷下了命令。

我叔爷断定日本兵仍然要到这里来，因为别无他路。

鸟铳队在做战斗准备时，出现了一个令我叔爷哭笑不得的问题，竟然有人说还没拜九郎神，因为出发得太突然了，没来得及拜。这和打猎一样，打猎前没拜九郎神，那就没有阴兵阴将暗中相助……

我叔爷急得在心里喊，我的爷哎，这个时候了还要拜九郎神！他对杨六说：

"六阿哥，六阿哥，你要他们快点隐蔽啊，日本人说到就到，枪炮不认九郎神啊！"

杨六喊道：

"九郎神已经显了灵，已经助了我们，才没有让我们直接撞上日本鬼，大家不要拜了……"

杨六这么一喊，聚集到一起跪着拜九郎神的才迅疾隐蔽起来。

盘湾岔这一仗，倘若不是箭字队而是鸟铳队最先和日军遭遇，从没打过仗、战前要拜九郎神的鸟铳队，其后果可想而知。而日军懵里懵懂地因几秒之差，挨了箭字队的一顿乱枪，还搭帮了山里的一种火麻草。

火麻草叶子有手掌那么大一片，且厚、长着嫩嫩的绒毛。这支日军在进入盘湾岔之前，先休息了一会。一休息，自然是撒的撒尿，屙的屙屎。屙屎的士兵们见着大而厚、密布嫩嫩绒毛的草叶，遂摘下当手纸来揩屁股，孰知往屁股上一揩，不惟是屁股麻辣辣的刺痛，摘草叶的手也麻辣辣地刺痛起来。原来这火麻草看似鲜嫩可爱，却是连山民都不敢碰的植物，它如同蝎子一样螫人。山民要采摘它时，必以铁钳夹之。这螫人的火麻草若和肉蒸熟，是一味能祛湿除毒的草药。

火麻草螫人的那种刺痛，比蝎子螫人犹过三分，日本兵的屁股、手很快红肿起来，却又无药可解，只能破口大骂"巴嘎"，骂蛮子山里的草也咬人。那骂归骂，再行军时，屁股连档处火辣辣的痛，手也火辣辣的痛，且影响了士气，都怕了蛮子山里的草。就在他们心里窝着火，小心翼翼地唯恐再触及什么咬人的草时，和白曼的箭字队相遇了……

箭字队一顿乱枪，打死打伤了几个日军。日军朝两边山上胡乱扫射一阵后，抬着尸体、伤兵继续前进。他们知道碰上的不是正规的"重庆军"，他们认为只是偶然相遇的蟊贼。自打通大陆交通线后，日军对中国军队就泛称"重庆军"，他们认为在南方战场碰到的中国正规军，都是从重庆方面调遣过来的。而对于自己官兵的尸体，是不能留在中国的，火化后得运回日本。只是在雪峰山会战中，他们想将官兵尸体运回日本也不可能了，崇山峻岭，没被打死的只顾仓皇逃窜，死了的就留在大山里了。

箭字队一顿乱枪打完，跑上山后，白曼根本未待我叔爷要杨六派人来通知，就命令抄近路往后撤，他们才不会和日军死打硬拼！后撤途中正好碰上来通知的人，于是很快就进入了第二伏击阵地。日军在挨了一顿乱枪后，仍然沿着原路前进。

"来了，来了！他娘的，那么多鬼子啊！"

鸟铳队的猎人不但眼尖，而且凭那树枝树叶的碰动声响、摇晃程度，就知道来的是什么，有多少。他们也明白了群满爷教官为什么不要他们去援救箭字队，说去了等于白白搭上。原来和打猎是一个道道，得避开直冲而来的野兽。

沿着山路而来的日军虽然多，已经隐蔽、做好准备的猎人们却毫不害怕。他们一则凭的是打野兽练出的胆量；二则是已经占据了非常有利的地形，隐蔽得严严实实，且有便于脱逃的退路，林深草茂，万一实在抵挡不住了，撒脚丫子往林木丛中一溜，料定日本人追不上；三则九郎神已经显灵，保佑了他们，没让他们直接和鬼子撞上。

日军越来越近，越来越近，进入了鸟铳队的火力范围。

杨六充分运用了打野兽的打法，他集中了二十多支鸟铳，余下的则二三人一伙分散躲藏在茅草和刺蓬当中。

"砰通！"

杨六瞄得准准的，也没喊打，射出了第一铳。

"砰通""砰通"……

用不着杨六这个队长喊打，集中的猎户们都对准"野兽"开了枪，二十多支鸟铳放出的第一枪，弹无虚发，统统命中，那枪管里喷射出去的铁砂弹，散开后又不知撞中多少鬼子，虽然不是每枪都能致人死命，但只要中了铁砂弹的，就不能不痛得呜哩哇啦。

日本兵倒下了一片。呜哩哇啦的叫痛声在鸟铳声消失后，响个不绝。

这是什么武器？日军可还从来没遇上过这种武器！"砰通、砰通"，响声怪异，满是烟雾，打在身上的又不是子弹，但分明就有人脑袋开了花，没死的甚至不知道自己到底被打中了什么地方，只觉得身上到处中弹……

日军开始还击，朝山坡冲来。

鸟铳得重新上铁砂火药，这二十多个猎人拖着空枪迅疾往两边撤离，把空档让出给埋伏好的箭字队。

日本兵往山坡上冲时，分散躲藏的猎人可就从他们的侧背开火了。于是这里几铳，那里几铳，又响起一片一片的呜哩哇啦叫痛声。

日军终于发现了这种"新式武器"，见那开铳的人将鼻子往枪管上一嗅，"砰—通"，枪就响了。

"嗅枪，嗅枪！"日军乱喊乱叫起来，认为碰上的是支嗅枪队。

日军在忙于应付这些零散的嗅枪时，白曼的箭字队开火了。

白曼的箭字队一开火，杨六他们的鸟铳重新上好了铁砂火药，于是中正式步枪和短枪的响声、"嗅枪"的"砰通"声，令日军不知道碰上了一支什么部队。

"哒哒哒""哒哒哒哒"，日军的机枪扫射起来。茅草、树叶被打得四处乱飞。

我叔爷躲在一棵几人合抱的古树后面，手里攥着美国手榴弹，喊，老春、老春，你看见鬼子的小钢炮么？

鬼子若是发射钢炮，我叔爷当然是一听那炮声就知道，他就是想缴获小钢炮。至于这机关枪的扫射，就是对着他藏身的古树打，也伤不着他半根毫毛。

我叔爷在喊着老春时，没听见老春回答，却听到身边有人在哭。

这人是被那枪声吓得捂住耳朵在哭。这人一哭，我叔爷吼道，哭你妈的×呵，我一个瞎子都不怕，你怕什么？你再哭，鬼子专朝哭的人开枪。那人就不哭了。那人虽然不哭了，但长裆吊脚裤湿了一大截。

"老春，老春，他妈的你怕死啊，躲到哪里去了？"我叔爷又喊，他是想着非得要老春这个帮手在他身边，他才好夺钢炮，因为他那一只残存的眼睛看不远，看不清楚。他不信这股鬼子没有小钢炮。

"林教官，老春，他、他好像绕到那边去了。"

一个伏在草丛里的人抬起头，伸手指了一下，又赶紧把头埋进草里。

"郑南山，郑科长，你用不着伏到草里边呢！有这么大的树挡着，你怕个鸟啊？"

我叔爷一把抓起郑南山，见他抖抖索索个不停，笑了。

"教书先生，怪不得，头一次。"

原来那吓得捂着耳朵哭、尿湿了裤子的人，是直属支队的。他和郑南山一起赶到。当屈八听到枪声后，命令司令部和直属支队跑步前进，赶了上来。用我叔爷后来的话说，他带领的这些人赶不赶来都无所谓，因为除了屈八有一支由白曼送给他的短枪外，其他人手里拿的是些长矛、马叶子刀。这些人一听到枪响，都有点恐慌，故而一进入阵地，多跟着我叔爷跑，认为跟着打过多次仗的群满爷教官最保险。

"你抖什么？"我叔爷又对着郑南山说，"你念'火把'啊，把火把举起来烧他娘的日本鬼啊！"

"林、林教官，这个时候了，你，你别开玩笑。"

"好，不开玩笑，不开玩笑，这是壮你的胆呢！你给我看看，小鬼子的钢炮在什么地方？"

郑南山虽然不敢去看，可那身子，不抖了。

鬼子的机枪，突然响得更厉害了。

我叔爷从鬼子机枪的点射到连射，断定鬼子是找准了箭字队的伏击地。不把这机枪干掉，箭字队就是撤都撤不了。

"他娘的，这伙鬼子可能没有钢炮，老子只有炸他的机枪了。"我叔爷一边嘟囔一边对郑南山说，"教书先生，你像我这样，看鬼子的机枪在什么地方？"

我叔爷伏到古树根旁，那古树露在地面呈虬龙状的老根，又粗又大，简直就是天然的掩蔽工事。

郑南山学着我叔爷的姿势伏下，按照我叔爷手指的方向，发现了鬼子的机枪。

"看到了，看到了。"他叫起来。

"别叫，大概有多远？"

……

我叔爷连着扔出了两枚美式手榴弹。

"炸中了！炸中了！"郑南山又大叫。

两枚美式手榴弹一炸响，日军往后撤了。他们许是认定山上还埋伏有正规军。他们不能在此恋战，他们的任务是奔袭新宁县城，他们得转道而往。

盘湾岔一战，究竟有多少鬼子中了鸟铳的铁砂弹，只能是估计；究竟有多少鬼子被击伤，也只能是估计，没个准数；留下的尸体则是十三具，另有八支三八式步枪、被炸毁的机枪一挺。

屈八的队伍，完整无缺，仅有几人受了点轻伤。

这支日军一退走，白曼、月菊和箭字队的人立即冲去收捡战利品。我叔爷对杨六喊道，六阿哥，六阿哥，你们也快去捡啊！接着又对白曼喊道，白队长，你得派人去警戒，防止鬼子杀回马枪。只这两句话，不但提醒了杨六迅疾去捡战利品加强武装，而且使得杨六自此视我叔爷为靠得住的弟兄。他认为这胜仗是我叔爷安排（指挥）得好，这话又是明显地帮着他。

白曼则回了我叔爷一句：

"林教官，警戒该派你们司令部的人去。"

月菊立即跟着说：

"对啊，该派你们司令部的人去。"

我叔爷笑呵呵地说：

"派司令部的人我派不动，没那个权，得由屈司令派。"

白曼和我叔爷的话都是因为大获全胜而高兴说的，屈八则听了很不高兴，认为白曼和我叔爷都是无视军纪，一个带队去抢战利品，一个要别人快去捡战利品，一个说警戒得派司令部的人去，自己不愿去，一个说什么派司令部的人派不动……他当即喊道：

"都不许去捡战利品，战利品由直属支队统一收捡！箭字队去负责警戒！"

他这话并没起多大作用，除了白曼不太情愿地硬喊了几个人去警戒外，箭字队的人和鸟铳队的人已经在兴高采烈地分享战利品。他派去的直属支队的人，只是仍然有点紧张地在高兴地看着。

杨六不但"抢"得了一支三八式，而且剥下了一个日军尸体上的衣服。他把自己身上那身破烂的衣服一脱，一丢，穿上日军的衣服，将日军帽子上的帽徽撕掉，戴到自己头上，端着三八式，仰天哈哈大笑。

我叔爷则只要手榴弹。他说，手榴弹给我，给我，你们不会使，放到你们身上爆炸了不得了。他把要来的手榴弹用日军衣服像捆包袱一样包好，正要找人来帮他提时，老春到了他身边。

"你知道这些鬼子是哪个部队的吗？"他问老春。

"从东安过来的啊！"老春说。

"我是问他们是哪个部队？"

"那就不知道了。"老春摇头说。

"就是我和衡阳那帮弟兄们的死对头、第六十八师团的啦！我算是为那些弟兄们报了下仇，但没缴获小钢炮，也没打死他们的军官，不算不算。"

我叔爷一说完，便问老春到哪里去了？说一打起仗来不见了你的踪影，仗打完了打赢了你就来了。老春说他到箭字队的伏击阵地过瘾去了，箭字队有人负伤，他就拿了那人的钢枪一顿猛打。

"不知打中了几个鬼子？"老春说，"也来不及去细看。"

"你还敢去细看啊？你若是抬头去细看，只怕脑袋就被鬼子的钢枪爆开了花。"

老春说，所以我还是有点战斗经验的嘛。我叔爷说，你有个鸟的战斗经验，你是害怕，埋着头只管胡乱开枪。老春就笑了，说，你怎么知道我是埋着头开枪？我叔爷说，我是什么人？我是身经百战的老兵！老兵还能不知道你们新兵的这些玩意？老春立即说，你第一次打仗时肯定也这样，要不你怎么晓得？我叔爷不置可否地笑了笑，突然用手指着老春：

"你违抗军令！"

老春说：

"我违抗了什么军令？"

"我说过要你紧跟在我身边的，可你没有我的命令擅自离开，那就是违抗军令，等于临阵脱逃！"

"对，我的罪名是'临阵脱逃'去打鬼子！请林教官群满爷惩罚。"

"当然得惩罚啦，这手榴弹，你老老实实地给我提着。"

"是！接受教官的惩罚，我保证老老实实地帮你提着。但我得清个数，免得到时像提红薯坨坨一样少了一个，你怀疑是我偷吃了。"

本来不善言笑的老春因为打了胜仗，也高兴得来了幽默的话。

我叔爷说你提着手榴弹要时刻跟着我，再不准开溜，下次看我夺鬼子的小钢炮。老春说夺了钢炮得记上他的一份功劳。我叔爷说行行行，有你的功劳但也只能是小功劳。老春就争。两人正争得高兴，有人对着我叔爷喊：

"群满爷，群满爷，你讲鬼子身上有日本罐头，怎么没找到一个？"

"没有日本罐头？不可能吧，日本人怎么没有日本罐头呢？你再好好搜搜。"

那人便又真的仔细去搜，完了还是说没有，说群满爷是不是骗他们。

"我怎么会骗你们呢，我在衡阳血战，就是专从死了的鬼子身上搜罐头打牙祭。"我叔爷胡诌起来，"如果硬是没有，那就是鬼子将罐头统一保管了起来，我们没打着他的后勤供应部队。下一次啰，下一次我带你专打鬼子的后勤部队，那好吃的东西，就会多得不得了！"

一听说好吃的东西多得不得了，那人就喊，去打后勤鬼子，去打后勤鬼子。

这时屈八司令走了过来。那人一见司令过来，说，司令，下次该带我们去打有好吃的鬼子了吧。屈八似乎没听见，只是对杨六喝道：

"杨队长，把鬼子的皮脱下来，扔掉，看你像个什么样！"

屈八要杨六脱下那身鬼子衣服，杨六不高兴了，说：

"我没得衣服穿呢，有这现成的好衣服还不穿一穿。"

"什么好衣服？穿上鬼子的军装不吓坏老百姓啊？！脱下，扔掉！这是命令。"

我叔爷忙走过去，说：

"扔不得，扔不得，留着鬼子的衣服有用。"

我叔爷把那衣服的用处说出来，说到时候可以迷惑鬼子。屈八说什么迷惑鬼子，迷惑老百姓还差不多，老百姓一见，以为是鬼子进村了！再则，我们又用不着化装混进鬼子队伍里去，你混进去干吗啊？一句日本话也不会说，一开口就露了馅……我叔爷就说，屈司令你说的那"干吗啊""露馅啊"，是地道的外地话，司令你毕竟是在外面混了那么久的人，外地话说得好。

我叔爷是觉得屈八那话说得也还在理，但又不愿收回自己的话，便故意插科打诨。可杨六将那鬼子的衣服一穿到身上就不肯脱了，只是说，司令、司令，我保证鸟铳队的其他人都不穿鬼子衣服，我已经穿上的这一身，你就别逼着我脱了……

鸟铳队的其他人其实根本就用不着杨六"保证"，谁都不愿去扒那血糊糊的鬼子尸体上的衣服。

只是，谁也没有想到的是，就是这身衣服，后来送了杨六的命。

十三

　　盘湾岔之战，使得想抄近路进袭县城的这支日军不敢再走山间小路，怕再遭伏击，因而整整多走了一天半，才到达新宁城外。这支日军的判断是正确的：打了胜仗、得了战利品的鸟铳队和箭字队从一条只有猎人才知道的小径赶到白渡桥，又设了一次伏。他们把木桥桥柱砍断，使桥面架空，想让日本人走上桥时垮塌；他们挖了陷阱，埋下夹野兽的铁夹……然后躲在山上，以鸟铳、步枪、缴获的三八大盖、手榴弹，以及长弓弩箭，等着日本人来。他们这次显得很镇定，因为有了经验，因为断定日本人要想赶到这里，没有几个时辰不行。但等来等去，几个时辰过去了，一晚上过去了，未见日本人的踪影。他们这才知道一计不可二用，反叹息把那桥给毁了。

　　四月十二日，从东安分路出击的日军聚集新宁城外，对小小的新宁县城开始猛攻。

　　为了迅速突破国军第四方面军雪峰山主阵地，冈村宁次任命的芷江攻略战总指挥——日军第二十团司令官坂西一郎将司令部迁至邵阳，这位毕业于日本陆军大学的高才生、又曾留学德国的日军知名骁将亲自坐镇邵阳，督阵指挥攻打芷江的主力——中央突击队。

　　亲自督阵的坂西一郎中将指挥作战的风格不但与冈村宁次一边钓鱼一边指挥的儒雅截然不同，就和他那日本陆大高才生、在德国留过学的学历、经历也难以挂靠，他是一边喝酒一边指挥，似乎酒越喝得多，那胜仗就越有把握。颇有点类似中国的猛张飞。在这之前，这位"猛张飞"的确打过不少胜仗，因为常打胜仗，那本为军中所忌的战将喝酒反为军方称道，不说他喝酒会误事，而是说他的指挥才能就在他的海量和豪饮之中。

然而，作为芷江攻略战总指挥的坂西一郎，那酒，却让他成天醉醺醺的了，暴躁不已，动辄怒骂部下。

坂西一郎坐镇邵阳，以集结于邵阳、永丰地区的第一一六师团、第四十七师团为中央突击队，是要利用湘黔公路运输之便，配属坦克、炮兵部队，在左右两翼攻击部队的掩护下，以优势兵力先夺安江，再取芷江。然而，传到他耳里的战况是由四路同时出击的中央突击队四路受阻：

由邵阳沿湘黔公路向西进攻的第一路日军于四月十三日出发，在岩口铺、桃花坪等小镇即遭顽强阻击，直至二十六日才抵达洞口第七十四军雪峰山主阵地前，虽一再增兵猛攻，却遭受重创，未能前进一步。

第二路日军于四月十一日由邵阳公路北侧向西进攻，十七日便因伤亡惨重，无力发起攻击，转取守势以待增援。

向西北进攻的第三路日军则被阻于邵阳与新化之间，无法前进。

第四路向北进攻的日军攻抵新化城下，但除了伤亡惨重外，别无所获。

中央突击队的坦克，仅在湘黔公路上，就被摧毁三十多辆；冈村宁次从东北调过来助战的飞机，根本就不是陈纳德的对手，许多还没起飞就被炸毁；起飞的一到空中，就遭遇数倍的中美飞机拦截，没被击毁的仓皇逃窜，龟缩不出。

不惟是他的中央突击队，左右两翼更是进展迟缓。

以左翼攻击队而言，六十八师团一部数千日军猛攻一个小小的新宁县城，竟然连攻三天，城池未破。

对于中央突击队遭到中国部队大纵深地带的节节阻击，以致每前进一步都付出重大代价，每争夺一个要点都经过反复拼搏，前进迟缓的状况，坂西一郎尚可容忍，因为他不容忍也不行，这是他亲自督阵指挥的；对于左右两翼的战况，他就绝不能容忍了。他认为就是左右两翼攻击部队的迟缓，攻击不力，才导致了中央突击队的被动。故而当新宁县城守军一个营居然抵挡了六十八师团一部数千主力的三日强攻时，他就不能不醉醺醺地破口大骂了。

坂西一郎不仅是破口大骂左翼攻击部队，更多的是把酒疯发在身边的参谋身上，以至于参谋们个个心惊胆颤。

"他妈的伴雄健（第三十四师团师团长）到了哪里，到了哪里？"

"他妈的再不拿下新宁，叫他提头来见！"

"砰"的一声，他将酒瓶子砸在地上。

第三十四师团一部正在向新宁增援。

诚如我叔爷向守城那位连长所说的那样，日军会夹攻合围。

四月十五日，增援日军到达新宁城下。

守城之营又和两路夹攻的日军激战近两天，因伤亡过大，于四月十六日下午撤出新宁。

接到战报的坂西一郎不但未感到高兴，反而又将左翼攻击队大骂了一番，因为攻陷一个小小新宁县城的代价，是伤亡累累。

"立即进攻武冈，给我拿下武冈！"

十七日晚，攻陷新宁的日军沿新武大道向武冈进犯。

从新宁到武冈这九十里路，日军却整整花了十天时间才进达，平均每天前进仅为九里，几乎处处遭到第七十四军所部的坚强阻击，及民众武装的骚扰抵抗。

二十六日黄昏，日军一部二千余人终于攻抵武冈附近，旋发动猛攻，七十四军一七四团一个连据险击敌，苦战三日，全连壮烈牺牲。

二十七日，另路数千日军从三面包围了武冈县城。武冈守军，依然只有一个营。这个营，是七十四军五十八师一七二团一营，营长葛道遂。

九十里路，十天时间，坂西一郎气得摔桌打椅，将身边的人一顿乱骂后，给围攻武冈的六十八师团五十八旅团下达了死令，立即拿下武冈，否则军法从事！

下完死令，他咕噜咕噜灌完一瓶酒，瘫倒在椅子上。

坂西一郎本来就对芷江攻略战信心不足，认为冈村宁次低估了中国军队的力量，是冒险而进。当他被任命为攻打芷江的总指挥时，他只有莫可奈何地接受任命，只能用上那句军人以服从为天职的话。他对大日本帝国的命运，似乎比别的将军更看得透彻……此时的战况，已经在应验着他的担心。他不能不将此战的命运和他自己的命运联系到了一起。然而，有什么办法呢？他除了"打肿脸充胖子"，继续炫耀日军的武力外，只能以暴饮来慰藉自己。

然而，他身边的人却不理解他，暗地里说他只会酗酒骂人，毫不了解真实战况，老是认为从新宁到武冈有新武大道可走，六十八师团拥有坦克、战车、重炮，直抵武冈应该是长驱直入。殊不知大道两边，尽是山岭，阻击日军的第七十四军所部火力、战斗力之强，早已超过了他的六十八师团，士气之旺，更是日军所不及。而山民对中国军队的支持、援助，零散的伏击，使得日军草木皆兵。加之已完全掌握制空权的中美空军，协同地面部队，随叫随到，展开地毯似的轰炸，许多日军阵地刚一构筑完毕，就被飞机炸得稀烂，阵地上的日军，成建制被炸弹埋葬。

进犯武冈的日军只能采取迂回、钻隙前进……

终于合围武冈县城的日军亦有骄横不可一世之人，关根旅团长在接到坂西一郎下达的死命令后，就认为凭他的坦克、重炮，一天就可以攻下武冈。长着一脸络腮胡子的——七大队队长永里堰彦更是狂妄地宣称"几个小时就可攻下武冈，到时候在武冈城里刮脸"。

这些骄横之将认为在抵达武冈时的进展迟缓，是因为天上有飞机轰炸，导致新武大道无法顺利通行，迂回钻隙耽误了时间，此刻到了武冈城外，飞机帮助不了城内守军，是他们攻城施展身手的时机了。他们根本就不知道武冈城和守城防线的坚固。

武冈早在西汉文景年间便正式置县，县城三面环山，一面临水，近代曾置州，管辖三县，新宁即属武冈州所辖，故新宁老人多喊武冈州，去武冈叫做上州。其东与邵阳，西与绥宁，南与新宁、城步，北与洞口毗邻，素为湘西南军事重镇，城墙以近千斤一块的方形青石垒筑，且有内壁外壁青石两层，中间夯填沙石，砌有碟垛，又分内城外城，并经历代加修整固，长达六公里多，高七米，仅城墙顶部厚度便达三米，兼之护城河宽阔，故而太平天国石达开部曾两次攻城，第一次攻了七天七夜，未能攻下；第二次又攻七天七夜，照样未能攻下；桂系军阀曾以七千众攻城三天三夜，也未能攻下；右江起义组建的红七军从广西进达新宁后，欲取武冈，亦攻城三天三夜，依然未能攻下……可谓尚无人能攻下之城。七十四军葛道遂营奉命守卫武冈后，即紧急加固工事，又修建了三道城外防线。

这城外三道防线最后一道防线的坚固，是日军无论如何也不可能想到的，它是武冈百姓的军事构筑杰作。

守军一开始构筑防线，即有百姓献计，说将糯米煮熟，捶烂，配以卵石、三合土粘筑，可坚固无比。且举出实例，这实例就是当年修筑武冈城墙，就用了此法；且武冈所辖的新宁县有一条接龙岭，那接龙岭就是用糯米饭粘合瓷片所构筑。构筑后的那个结实，用锄头去挖，锄头立即卷刃，用四齿耙头去挖，耙齿弯曲……之所以叫接龙岭，乃是乾隆皇帝游江南，见新宁已现龙脉，恐取代帝王之位，下旨将龙脉挖断。当地百姓为接龙脉，想出了这个办法，那山脉因此也叫做了接龙岭。挖龙脉之事不知确否，接龙岭却是实实在在，那糯米饭粘合瓷片所接的一条"龙脉"，迄今尚在。

守军采用了百姓所献之计。又以此计将城墙加固。

糯米饭粘合卵石、三合土构筑的防线，加固的城墙，在武冈保卫战中发挥了巨大的作用，日军的大炮都无法将它轰塌。只是在采用这条计时，守军担心从哪里去搞那么多糯米？武冈百姓一听打日本鬼建工事要糯米，纷纷将留在家里准备过年打糍粑、酿甜酒的糯米拿了出来，踊跃参与构筑防线、加固城墙……

四月二十七日，日军在坦克和近百门火炮的配合下，从城北、城西、城东南三面向武冈城发起强攻。

七十四军五十八师一七二团一营营长葛道遂指挥全营，凭借城外防线和坚固的城墙，与面对十倍于己的日军展开了激战。

一天过去了，武冈城岿然未动。关根旅团长宣称一天之内攻下武冈的话化为泡影。

两天过去了，武冈城依然未动。关根气得哇哇大叫。

三天过去了，日军除了突破城外的两道防线、丢弃下大量士兵尸体外，关根只能望城兴叹。他不明白，中国军队在城外那最后一道防线是用什么构筑起来的，为什么皇军的大炮直接命中都炸它不垮？那武冈城墙为何又如此坚固？他唯一看出来的是，守城的不仅是支那官兵，还有百姓。

关根不敢如实向上面报告战况。可坂西一郎的命令来了：

"两天之内再不攻下武冈，从旅团长开始，所有军官全部军法从事！"

在这命令下达之前，参谋们就已经向坂西一郎报告了武冈之所以还未攻下的一些原因，如进抵武冈迟缓，除了天上遭飞机轰炸，地上遭顽强阻击外，还有山民处处骚扰；那武冈城虽然只有一个营的兵力，但城内有百姓助战，外面仍有山民武装捣乱……

"山民、山民，他妈的湖南山里蛮子可恨！……"

未待参谋说完，坂西一郎又狠狠地砸碎了手里的酒瓶。他大骂了一通山里蛮子后，又大骂关根旅团长无能之极，十倍于敌的兵力、近百门火炮，还有坦克，居然攻不下一座山区小城。

坂西一郎其实清楚得很，他亲自督阵的中央突击队，刚开战不到七天，坦克、装甲车就被阻击的中国军击毁惨重。那么关根的坦克、火炮呢？

坂西一郎不愿意去知道，关根旅团的十余辆坦克已被守军派出的敢死队用汽油弹报销，那近百门火炮，也被摧毁得差不多了。昔日曾和日军多次进行过死战的七十四军，装备火力已胜过日军，更何况，还有山区百姓的大力支持。

关根是知道坂西一郎之凶狠的，知道他这命令绝不是喝酒喝醉了乱下的。那命令中已经直接将他这个旅团长列入了军法处置之首。若不能在两天内攻下武冈，等待他的，真的是只能掉脑袋了。

然而，在坦克、火炮尚齐全时都未能攻下这个武冈城，此时又如何去攻呢？关根思来想去，也只有组织敢死队这一招了，让敢死队员身上捆绑几十斤重的炸药包，冲到城墙边拉响炸药，将城墙炸开。

武冈之仗，中日双方各派出了敢死队，中国军的敢死队是以汽油弹炸日军的坦克，日军的敢死队则是捆绑炸药以自杀方式去炸城墙。只是日军的敢死队称"特攻队"而已。

然而，又是一个然而，素以武士道著称的皇军，在关根旅团长亲自号召士兵志愿加入敢死队时，响应者却寥寥无几。这一是因为日军兵力早已捉襟见肘，参加雪峰山会战的日军士兵，有很多是从日本国内征集来的青少年，武士道精神不足；二是面对猛攻不下之城，死亡惨重，士气已经低落。

关根在无奈之际，采用了抽签的办法，凡抽中者若不去，格杀勿论。

五月一日，关根将三面围攻改为一点，集中兵力火力，直扑武冈城西门。顿时，只见数百敢死队员身上捆着大炸药包，头缠涂了太阳徽号的白头巾，手上端着上了刺刀的三八大盖，在炮火、轻重机枪的掩护下，哇哇地吼叫着直往城墙而冲。

一个又一个、一片又一片的敢死队员被城上火力击毙。但前面的倒下，后面的继续冲个不停，因为掩护他们的火力，不但是对准城上，也时刻准备对付他们。关根早已有令，凡畏缩不前、后退者，一律射杀。

终于有十几个敢死队员冲到了城墙边，他们拉响了捆绑在自己身上的大炸药包。

随着"轰隆""轰隆"的巨响，敢死队员被炸得尸骨全无，城墙也被炸出了十几个洞口。

日军阵地上，发出一片欢呼声。但还未等到他们发起冲锋，那些被炸开的洞口，已为沙袋堵死。

守城的士兵和自发参战的百姓早已准备好了数百个大沙袋，防着关根的这一招。

抽签抽中的敢死队员，等于白白送了死。

气急败坏的关根看着那依然完整无缺的城墙，只得以人海战术强攻。

一拨一拨的日军如潮水般往西门城墙涌去。后面的日军踩着前面日军的尸体，冲到了城墙下。

有士兵攀附着绳梯，爬上了城墙。用望远镜看得清清楚楚的关根，忍不住叫起好来。只是他的叫好声尚未停，从望远镜中看到的，是城上守军以美式喷火枪射出了猛烈的火焰。

绳梯，被火焰烧断；绳梯上的士兵，惨叫着掉下；未烧死的，在地上翻滚起一团一团的火球。

……

五月五日，武冈城仍然未能攻破。但守军葛道遂营也伤亡过半。

葛道遂发出了紧急求援的电报。

第四方面军司令官王耀武要第三方面军第四十四师立即增援。

五月六日，四十四师之一部从距武冈较近的梅口疾驰武冈，援军突然杀到，日军大乱，武冈守军从城内杀出，内外夹攻。关根虽严令抵抗，但下级军官已带头逃跑，全军大溃。关根也只得往东北方向而逃。四十四师和葛道遂营则穷追猛打。日军败逃途中又遭民众武装袭击，直逃到靠近绥宁一线方止。

十四

杨六，就是穿着那身从鬼子身上剥下来的军衣，在和溃逃的一股日军突然相遇时，遭遇不幸的。

盘湾岔之仗对于屈八这支队伍来说，无疑是个大捷。既然取得大捷，在白渡桥伏击又没等来鬼子，队伍就有了安全修整的时间和地点，既然修整，就得好好总结总结。

当屈八召集司令部的人和各支队长，说要好好地总结总结时，杨六问，总结是干什么，又是开会要每个人你讲几句我讲几句吧？我叔爷说，总结你也不知道啊，就是看在这次战斗中谁的功劳最大，打得最好，谁怕死，违抗军令……我叔爷这么一说，杨六就笑了，说，就是论功行赏、按律责罚呵，那我先说、先说。

杨六说：

"若论功劳，当然就是屈司令啦！如果没有屈司令组织起我们这支人马，那不就只有挨日本鬼的枪杀，哪里还能让他们尝我们的鸟铳、子弹。"

杨六之所以先讲屈八的功劳最大，是怕自己霸蛮穿上的这身日本军服会被"总结"得不让再穿，他想着只要多说屈八几句好话，屈八就不会计较要他脱下、扔掉这身衣服的军令了。

杨六这么一说，屈八心里当然高兴，但他立即说：

"我是司令，司令不在评功之列。说说你们自己，这一仗，谁打得最好，为什么打得好？谁不听指挥，或指挥还有些什么失误。好好总结总结，以利于下战。"

与会的人员便去想谁打得最好，谁不听指挥，可觉得大家都打得好，也没有什么人不听指挥。

见无人开口，屈八就要和合先生先讲。和合先生说还是由司令讲，司令讲，我还没总结好哩。

屈八说你是参谋长都没总结好啊，那就由宣传科长郑南山先讲，宣传科应该抓住这次大捷，大做宣传工作，大造宣传舆论，使我们扶夷人民抗日救国军妇孺皆知……

郑南山本是善于做出总结的，可想着自己在盘湾岔实在表现得不怎么样，抱着脑袋趴在地上不敢动……而自己的这一切，林满群一清二楚，便推脱说，还是请司令先讲，不过我觉得这次胜利，除了司令全盘指挥得当，就是林教官临阵指挥得好，若没有林教官的临阵指挥，那……

郑南山把我叔爷夸赞一番，是为了堵我叔爷的嘴。其实，我叔爷对新兵第一次上战场的害怕，认为是理所当然，根本就不会说他吓得要死的事，就连那个吓得尿裤子的人，他也不会提及。

"你们还是像当百姓一样时那样讲'客气'啊？！"屈八笑着说，"那我就先讲一讲啰。"

因为首战大捷，屈八兴奋异常。没有批评这些抗日"干部"依然如同乡人那样，要论个什么事时推来推去地讲"客气"，而是说了句有点幽默的话。

屈八说：

"我认为这次盘湾岔之仗，杨六队长打得最好，他真正发挥了鸟铳队的威力……"

屈八还没说完，杨六就打断了他的话。杨六说：

"司令、司令，要说我打得最好，我可不敢得这个头功，我不是还违抗了你的命令吗？"

"你违抗了我什么命令？"屈八一边问，一边在心里想，这个杨六，真有点不识好歹。

"司令你不准我穿这身鬼子衣服啊，可我还是穿在了身上。"杨六说，"司令，我就将功抵过，那功劳，我不要了，这衣服，你也别叫我脱掉就行。这鬼子穿的家伙，到底比我那套烂衣服强远了，有好远强好远。"

杨六这么一说，听的人都笑起来。还有人说，司令，司令，你刚才也说了鸟铳队，没说是第一支队。你也忘了不要说鸟铳队而要说第一支队的"命令"。

大家又开心地笑。

屈八也不由地跟着笑了，说：

"这是我的口误、口误。但杨六队长的功劳是功劳，衣服是衣服，两回事。这样吧，既然你当着大家的面承认了错误，又居功不傲，而且有实际情况，你原来那身衣服的确太烂，就将功抵过，准许你别脱了。"

此话一出，杨六高兴得直喊，司令、司令，下一仗该怎么打，你快下命令。

……

总结会上，杨六通过"计谋"，保住了穿在身上的那身鬼子衣服，却没想到，自己就死在这身鬼子衣服上。

总结会上还出现了争执，我叔爷说白曼的箭字队应该是功劳第一。因为箭字队最先和日军遭遇，这打仗最怕的是突然遭遇，可白曼在遭遇战中仍然打了鬼子一个措手不及，那就是连他群满爷都要佩服的人。屈八说白曼不按规定行军，擅自抢到最前面，是不听指挥，这不听指挥的人，不处分她就算好了，还能是功劳第一？我叔爷说幸亏是白曼抢在了最前面，若是鸟铳队仍然走在最前面，那就麻烦了，不光鸟铳队可能损折，后面的伏击也可能根本就打不成。屈八说军纪就是军纪，要是以后各支队都自行其是，那仗还怎么打？两人的争执最后还是由和合先生"和合"，白曼照比杨六，功过两抵。

屈八和我叔爷的争执使得屈八的威信得到提高，与会的认为这个司令不偏袒自己的妹妹，公正公道。

　　总结会后，屈八找郑南山单独谈了一次话。

　　屈八对郑南山说：

　　"郑科长，你是大诗人艾青的学生，对吗？"

　　郑南山点点头。

　　"艾青的《火把》，你仍然背得吧？"

　　郑南山又点点头。

　　屈八说：

　　"我想要你把那《火把》再背一遍给我听听。"

　　郑南山不明白屈八这是什么意思，怎么突然说起这些来。他想着自己在盘湾岔曾被枪声吓得失态，作为司令部的宣传科长，确实丢了司令的脸，但屈八并没有在会上点他的名，他认为是司令顾他的面子。这一下，司令单独找他谈话，突然说起他曾慷慨激昂朗诵过的《火把》来，他觉得司令是要以这《火把》来启发教育他。他是为人师表的老师，是专门启发教育别人的，这让他不能不有点难堪。但他还是背了几句：

把火把举起来

把火把举起来

把火把举起来

让我们每个人火把的烈焰

把黑夜摇坍下来

每个人都举起火把来

　　"好啊，这《火把》好啊！"屈八说，"郑科长，不知我的理解对不对啊？《火把》应该是一首激情燃烧的革命诗歌吧？那大诗人艾青，应该也是一个大革命者吧？那么，你作为艾青的学生，应该接触了不少革命者吧，那么，就应该有个组织吧，当然、当然，你那时还是个学生……不过，你当年所在的那个学校，应该……"

郑南山立即明白了屈八的意思。

"屈司令，我知道你想要问什么了，你只管问。凡是我所知道的，我一定告诉你。"

屈八要问的，就是他曾加入其中、却又逃离、逃离后又日思夜想的中共组织。对于他自己的"加入、逃离、日思夜想"这"三部曲"，他不知回顾、反思、憧憬过多少次，"加入"，是他人生最辉煌的第一个时期，虽然短暂，但精彩；"逃离"，是他最不愿回顾而又不得不回顾的噩梦，可当时不逃离又怎么办呢？不逃离，那就早成了自己人的刀下冤鬼……自从看到王震湖南人民抗日救国军的布告，他就如同重新被燃烧起来了的火把，他盼着湖南人民抗日救国军的到来，可他的盼望，落了空；回到家乡拉起队伍，他盼着的就是能和组织接上头，只要组织来了人，凭着自己的这支队伍，日后那一切的一切……然而，他的盼望到今日仍然落空。他已要江碧波带着人到处宣传盘湾岔大捷，这由百姓组成的抗日队伍打了胜仗，他所盼望的地下党的同志能不闻讯赶来？他不相信自己的家乡会没有他所盼望的人，只要有，他相信就一定会来找他的。这种盼望几乎成了对他的煎熬，他再也受不住了，他得主动去找组织，去找组织得有最可靠的人，他首先想到的是杨六，杨六是党最可信赖的"阶级"，可杨六只是一个山冲冲里的猎人，显然无法完成这么重大的使命……

他突然想到了郑南山朗诵《火把》，郑南山朗诵时的那种激情，和他当年在红三军宣传队时的一个宣传队员何等相像！有"火把"就有"火种"，郑南山说不定就是个火种。当然，屈八知道他绝不是组织里的人，但屈八决定，如果实在找不到组织，他就来发展组织，这发展组织，郑南山可算第一批的一个，杨六可算一个，有了三个人，就成立支部，尽管他这个支部书记肯定"底气不足"，发展的党员也不知到时候算不算数，可"发展"总是个好事啊，是为党在做工作啊，再说，自己那"逃离"的事，这么多年了，也许无人知道了⋯⋯

郑南山等着屈八发问，屈八却没接着问，而是轻声地对郑南山说，你知道我对你们宣传时说的世界形势、中国形势，是从哪里得来的吗？是王震率领的湖南人民抗日救国军的布告！我把原文背几句给你听，"德寇正在瓦解，日寇亦将土崩，苏联英美中法，保障战后和平，世界进步很快 中国岂能后人，愿我三湘子弟，一致义愤填膺，起来保乡卫国，充当抗日英雄"。

"王震是谁？"郑南山问。

"王震是当年红军首长，共产党的高级将领。"

"呵，我知道了。"郑南山若有所悟地说。

"你知道什么？"

"你是王震派来的。"

郑南山这句话，蓦地令屈八心里一震，对啊，我就说我是王震湖南人民抗日救国军派来的啊，我就是上级党组织派回家乡来发展抗日队伍的啊！我怎么就一直没想到这一点呢？我是派回来的，我是派回来的，对，对！⋯⋯

屈八顿时兴奋不已，苦苦纠缠在他脑子里难以解开的麻纱，这一下，找到了麻纱的结头。如果联系上了新宁地下党的同志，就以这个"王震湖南人民抗日救国军派来的"身份接头，如果硬是找不到新宁地下党的同志，我屈八就是新宁领导抗日武装的地下党组织！

"这是秘密啊，南山同志，你得严格保密。"兴奋不已的屈八，对郑南山的话既不点头，也不说对，而是越发压低声音。

"知道知道，我在武冈六师读书时，学校也有人开展秘密活动。"

"你参加过他们的秘密活动吗？"

"没有。"郑南山说，"我只喜爱诗歌，特别是艾青《火把》那样的诗歌。"

"那么，艾青会不会是共产党？"

"这就不清楚了。"郑南山说，"也许是对我保密。但有一点可以肯定，我在新宁当艾青的学生时，没见他组织我们学生开过秘密会议。他就是写诗、画画，在野外、江边到处走。倒是他教书、我读书的乡村师范学校，组织我们演过抗日剧目。"

一说到抗日剧目，郑南山激动起来：

"司令，我到现在还记得演出的一个小剧，这个剧叫做《向抗日伤兵慰问》。"

（白）今天是旧历新年，各位家里一定都在盼望着各位回到家乡去看看年老的爹娘，年轻的妻子，去抱抱可爱的小弟弟，小姑娘。他们哪里晓得——

（唱）你们正在为着我们老百姓/为着千百万妇女、儿童/受了极荣誉的伤/躺在这病院的床上/那是日本帝国主义为达到侵略的欲望/他们是这样地疯狂/自从占领了我们的北方/又进攻到我们的长江……/他们要把中国当成一个屠场/任他们杀/任他们抢/（白）听啊！（唱）飞机还在不断地丢炸弹/大炮还在隆隆地响/我们拼着最后的一滴血/守住我们的家乡。

"这个戏，是让人同仇敌忾。"屈八说。

"当时看了这个戏，恨不得立时上战场。"郑南山说，"只是真的上了战场，才知道，第一次打仗，真的有点害怕。不过，司令，我在这里向你保证，从今以后的战斗，我郑南山如果不像熊熊燃烧的火把一样，奋不顾身，勇往直前，我就再也无脸见你！"

"你表现得很好。"屈八说，"盘湾岔之仗我们取得的胜利，是从未有过的大胜利。这胜利里就有你的一份功劳。我知道。"

一听屈八这么说，郑南山想到了自己的"功劳"，是啊，那个群满爷林教官用手榴弹炸毁的机枪，不就是我给他指明的吗？自己怎么就忘了呢？怎么老是只记得趴在地上吓得哆嗦呢？还是司令了解得全面。他又认为这肯定是林教官向屈司令汇了报，所以屈司令知道。（后来他跟我叔爷提起这事，感谢我叔爷。我叔爷说，什么汇报？老子从来就不打小报告。）

其实，郑南山在盘湾岔吓得该死也好，群满爷要他帮着找鬼子机枪的具体位置也好，屈八都不知道。屈八是急着要从郑南山那里打听到他盼望的事，随口表扬。表扬完后便问：

"那组织演抗日戏剧的，是不是共产党地下组织？"

郑南山说：

"这个，我确实也不清楚，反正是公开演的。"

"你难道不知道一个共产党人？"屈八又问。

"司令，你这么相信我，我不敢对你说假话。真的不知道。乡村师范迁到武冈去后，这新宁，就没有演出抗日戏剧，搞抗日宣传的了。"

"你从武冈毕业后回来当老师，对吧？学校应该是地下党活动的主要地带，你就没看出什么活动情况？"

"我这个人，当了老师后学艾青老师，写诗，到野外、江边走，找灵感……"郑南山有点不好意思地说，"所以，所以没有注意。可我，现在不是碰到你了吗？"

郑南山又激动起来。

郑南山最后那句话，又提醒了屈八，是啊，自己现在就是代表地下党啊！可不能让郑南山看出了破绽。于是他跟郑南山讲了两桩秘密大事，一是他要发展党员，郑南山是第一批发展对象，既然成了发展对象，就得知道党的纲领，党在目前的纲领是什么呢？就是王震湖南人民抗日救国军的布告。他把《布告》从头到尾又背了一遍，要郑南山也背熟，他说只要照着这布告纲领去做，就等于是在党的人了；二是他得和新宁地下党取得联系，这个联系的任务，就交给郑南山，要郑南山去找他的同学、同事老师……屈八相信，郑南山的同学、同事当中，应该会有地下党同志，即算没有，通过他们，也能够找到。

郑南山去执行屈八的秘密任务。新宁县城保卫战已经进入白热化阶段。

远远地传来的密集的枪声、炮声，使得杨六再也呆不住了，对屈八说，司令，我们还呆在这里干什么？人家打得热火朝天，我们在这歇凉啊？歇凉还太早了点，天又不热。

杨六是因为首战告捷，自己得了钢枪，又得了日本军服，鸟铳队的鸟铳也换了好几支三八大盖，所以只想快点再打一仗；那些猎人拿着三八大盖一试，"嘎嘣、嘎嘣"，震得那个响，打得那个远，嘿，这屌玩意是不一样！也纷纷要求快点去打，再打他娘的一个大胜仗，弄几个日本罐头尝尝。"我们早就说过，日本人有什么了不得呢？四条腿的野猪都能打死，这两条腿的还打他不死？"用我叔爷的话说是，这人一打了胜仗，就越发想打，不打心里就有点痒痒。可打了胜仗，就容易轻敌，所以世上难得有常胜将军。

对于杨六的请求，屈八没有答应。屈八只是说，着什么急，着什么急，再好好修整修整、准备准备。

屈八是想等郑南山回来，若是地下党来了人，那就好决定队伍的战略行动；若是没来人，只要带了地下党的意见（指示）来也行。

"还要修整，又不是修塘坝整田塍。"杨六嘟囔着找到我叔爷。

杨六说，群满爷你不是讲过鬼子攻城时，我们正好从后面去打他的屁股吗？怎么还不去打？

我叔爷听着那远远地传来的枪声、炮声，判定鬼子的兵力多得惊人，他甚至从那枪声、炮声中，听出了攻城的的确就是他和第十军弟兄们的死对头、打衡阳的六十八师团。那发起冲锋前密集的炮声，炮声停止后的短暂平静，猛然响起的剧烈枪声，和衡阳战场几乎一样。只是那炮声中，似乎没有远程重炮。

"唔，唔。"我叔爷从专注谛听的枪炮声中回过神来，说，"要打，要打，可命令得由屈八下啦。"

"屈司令说还得修整修整，准备准备。"

"这屈八，打了一仗后倒也有了些指挥经验。是得再修整修整，准备准备，别急。"

我叔爷以为屈八是在以逸待劳，等到鬼子攻城攻得损失惨重时，再从背后袭击。尽管盘湾岔打了个漂亮的胜仗，我叔爷依然认为，若是现在去，这么几十条枪、几十支鸟铳，对于攻城的日军来说，等于是挠痒痒。此外，他还认为七十四军的新宁保卫战，是和国军一贯的战法一样，守城的先死守，以吸引、消耗日军的兵力，外围的援军再来个反包围，内外夹攻。故而他想等到援军来将围城的日军包围后，再趁势去"呐喊助威"、参与胜利。他想着那守城的是七十四军，来援的也是七十四军，真正的自家人救自己人，是绝不会不来的。不像他在守衡阳时，守城的是第十军，盼着的援军是其他部队。

我叔爷的这个判断失误。他不知道七十四军守这个新宁城，只是以其拖延日军向武冈的进攻而已，实在守不住了时，会主动撤离。这也就是雪峰山会战中国军队总指挥何应钦制定的"层层阻击，固守要地，灵活出击，分割围歼"战术中的一着。

我叔爷后来说他错了错了，当时若听杨六的话，立即去支援新宁守军，哪怕是只躲在暗处打几枪，放几铳，扔几颗手榴弹，骚扰骚扰，也不会后悔。因为等到他这支队伍往县城赶时，新宁城已经被日军攻占。给他美国手榴弹，给他美国罐头的连长，在守城之战中阵亡了。

他说他对不起那位连长，也对不起那位岳兄士兵。他曾对岳兄士兵说过，对连长说过，若有难时，他群满爷会来的。

当时杨六想要我叔爷去催屈八立即进军，可这个教官也说别急，再等等。杨六觉得纳闷，怎么刚打了个胜仗，这司令和教官都不急着再打了。

去找地下党的郑南山在第三天回来了，屈八赶忙问他找到没有，联系上没有？郑南山说他的那些同学、同事，一个都没找到，都不知躲到什么地方去了。

郑南山回来的这一天，从全州抵达新宁的日军第三十四师团一部，已会合六十八师团对新宁县城合围猛攻，在两路夹攻下，守军因自身伤亡过大，撤离阵地。新宁城被攻陷。

新宁城遭两路夹攻时，我叔爷听着那骤然猛烈的枪声、炮声，感到这枪炮声不对头，怎么全是日军的？这说明解围的援军未到，攻城的援军反而到了。他情知守军形势不妙，急忙喊上杨六，一道去见屈八。

屈八正在和郑南山议论那"找人"之事。

屈八说，你真的没找到一个？

郑南山说，鬼影子都没见着一个。

屈八说，你那些同学、同事可能待的地方，你都去了？

郑南山说，去了，就连他们的亲戚朋友家，我都去了，家家都是空无一人，有的是"铁将军把门"，有的是连门都没关，都"走日本"走（躲）得不见了。

"他们是不是被困在城里了？"

"不可能！日本人要打新宁的风声一起，学校都停了课，我是和他们一起离开城里的。要不，司令你在白沙也见不到我。"

"你的同学，都是教书的老师？"

"都是教书先生。师范出来的不教书干什么呢？"

屈八不由地说，这和地下党的同志没有联系上，我们下一步究竟该如何办呢？

郑南山脱口而出：

"司令，我看我那些同学、同事，不像是在党的人，即算有在党的，但既然找不到，司令你是上面派来的，那王震布告纲领上的开头两句便是"去岁湖南沦陷，日寇肆虐横行；本军奉命援湘，消灭万恶敌人"，现在日寇正在肆虐横行，正在攻打县城，我们就照纲领上说的，立刻去援助守军，把那万恶的鬼子消灭干净！"

郑南山又激昂起来。

郑南山激昂而言的最后一句，正好被来见屈八的杨六和我叔爷听见。

杨六立即嚷道：

"郑先生科长，我在司令面前怎么就讲不出你那么好的话来呢，你讲得好啊，立刻去，立刻去，把鬼子干他个干干净净！"

杨六在嚷时，屈八心里又为郑南山的话一震，是啊，我是"上面派来的"！"我已经为自己确立了党组织身份"，我按照纲领上的话去做就行了，盘湾岔已经取得了大捷，为什么不接着狠狠地打呢？他当即下了决心。

"怎么，杨队长你又请战来了！林教官你也请战来了！"屈八说，"好啊，众志成城。明天清晨就向县城进发，从鬼子后面狠狠地去打！"

"白天去不行。"我叔爷说，"我们毕竟只有这么些兵力，白天去帮不了什么大忙，起不了什么大的作用。反而把自己暴露在鬼子的火力下。我们只能采取夜袭！"

"夜袭？！对啊！"郑南山第一个叫起好来，"古时作战，就常有这种打法，那《三国演义》里的东吴大将甘宁，不就是百骑夜袭魏营，大破曹兵吗？"

"是摸黑去打吧？！好计、好计！"杨六一拍大腿巴子，"群满爷教官你硬是要得，盘湾岔是伏击，这次是夜袭。"

我叔爷说，这夜袭也是鬼子常用的，打衡阳时，他们攻不下山包时，往往就用这一招，但这一招他们在衡阳使用不灵，我那第十军的弟兄，都会反夜袭。这次我们要鬼子尝尝遭夜袭的厉害。我们熟悉地形，悄悄地摸到他们营地前，集中手榴弹，把所有的手榴弹一下全摔出去，炸他们一个晕头转向，然后所有的鸟铳、钢枪一齐开火，鸟铳打完第一铳，不要再去装火药，每人身上要背一把砍刀，冲进去一顿砍杀，夺武器，特别是要夺取机关枪，夺了武器就撤退，往金芝岭跑，撤退时，钢枪先掩护，对着追来的鬼子，以排枪齐发，再以夺到手的武器掩护拿钢枪的撤退，边打边撤。天黑风高，谅鬼子也不敢穷追，就算追来，我们也已经上了金芝岭……

"好，好！林教官的计策好！"这回是屈八大声叫好，"传我的命令，准备夜袭！这夜袭的具体指挥，就交给你了。"

然而，当屈八的队伍作好夜袭准备，于傍晚抄近路往县城进发，刚到金芝岭下，眼尖的杨六在夜幕渐渐收拢的间隙，看到新宁城上，插着的却已是日军太阳旗。

我叔爷懊恼至极，他又想起了衡阳，他在衡阳就是因为没有援军，他的弟兄们没了，这新宁城又是因为没有援军，城破人亡。他记起了自己曾对那位连长说的话，他群满爷会来的。此时他来了，那城却已经破了，他断定连长和岳兄士兵都已经遇难。城破后他才赶来，还有什么用呢？这不和他在守衡阳时，那些援军到了城外却偷偷溜走的结果是一样吗？他在衡阳曾破口大骂混账的援军，此时该骂的，就是他自己了。

如果在这之前就来夜袭，即使帮不了大忙，但只要狠狠地打了鬼子一下，也就尽到自己的心，尽到自己的力了啊，也就不会后悔了啊！

我叔爷正坐在地上懊恼，杨六到了他身边。

杨六说：

"群满爷、林教官，你发现没有，那城虽然被鬼子占了，可城外依然有鬼子扎了营寨，我们照样可以那个什么夜袭，去偷袭他的营寨。"

"照样去夜袭？！"我叔爷霍地站起。但他只振奋了一下，又颓丧地一屁股坐下。

"城已经没了，守城的官兵也没了，再去偷袭，没什么意思，没什么意思了。"他喃喃而语。

"怎么没有意思？"杨六说，"正是我们的城被鬼子占了，正是守城的官兵被日本人杀了，我们去偷袭鬼子，就是为他们报仇啦！就是告诉鬼子，你杀了他们，还有我们，你占了城，可不得安生。这意思大得很呢！"

我叔爷没想到杨六能说出这么一番话来，对啊，连长、岳兄士兵他们虽然阵亡，但还有我群满爷啊，城池虽然被你们攻破，但我要你们日夜不得安生啊！

"好！六阿哥说得好！照样夜袭，打鬼子的营寨！"

夜袭鬼子营寨的行动，在原有的安排上做了些调整。

我叔爷要杨六从鸟铳队里挑选二十个不但枪使得好，而且会些拳脚功夫的人；要白曼从箭字队里挑选十个同样的汉子，组成夜袭队，由他带领。其余的人由白曼指挥，作为接应部队，阻击追来的鬼子。如果万一出现意料之外的情况，金芝岭庵堂是会合集结地点。

我叔爷布置完后，杨六说：

"群满爷，你安排得好，但有一点不妥。"

我叔爷问：

"哪点不妥？"

杨六说：

"那夜袭队，只能由我带领。"

"为什么？"

"群满爷，别怪我把话讲直了啊。你一个半边瞎子，这乌漆巴黑的，你走路都看不清，还怎么去袭呢？"

杨六此话一出，和合先生急了，这大战在即，怎么能讲些这样没有礼性、专挑人家缺陷的话？就连屈八，也觉得杨六这话过分。可我叔爷却毫不介意，他嘿嘿一笑，说：

"正是乌漆巴黑，大家都看不清，我这半边瞎也就不瞎了啦。那夜袭，还得我亲自去，六阿哥你没有经验。"

我叔爷是想着只有他亲自去，才对得起阵亡的连长、岳兄士兵。

杨六立即说，夜袭队由他带队，如果打得不好，也像群满爷上城搞武器一样，甘愿受军法。而且绝不要人说情。

郑南山、和合先生等都认为杨六带队最合适，群满爷留下来指挥接应。最后由屈八决定，还是杨六带队。

我叔爷要老春把他在盘湾岔收缴的鬼子手榴弹全部给夜袭队，他只留着连长给他、还剩下的两颗美国手榴弹。

"六阿哥，你知道手榴弹该怎么扔了吧，你给他们再讲解几遍。"我叔爷不喊杨六，也不喊杨队长，只喊六阿哥了。他是把杨六看成了在衡阳共生死的弟兄。

"知道，知道，群满哥，你放心，这次要鬼子知道我瑶佬杨六的厉害！"杨六也不喊群满爷，而喊群满哥了。

我叔爷还是不放心，说：

"这次夜袭的成功，全靠摸近鬼子营寨时手榴弹爆炸的威力，只有手榴弹同时在鬼子脑袋上开花，才能冲进去砍杀，才能夺得武器，才能顺利返回，而鬼子肯定有站岗放哨的……"

杨六说：

"群满哥，你没看见我穿的这身鬼子衣服啊，我先去把站岗的鬼子悄悄干掉不就完了，就算他先发现我，一下也搞不清。"

杨六那身硬不肯脱下的鬼子衣服，到这时派上了用场。可一能够派上用场时，大家都觉得吃了亏，当时若把在盘湾岔打死的鬼子的衣服都带上，此时不就能变出十三个假鬼子来么？十三个假鬼子打头阵，那要省掉多少事？！唉，唉，正好比"书到用时方恨少，糠到荒年才知贵"。他们虽然没读过什么书，但"书到用时方恨少"是知晓的，也常挂在嘴上对那读书人说的；"糠到荒年才知贵"则是隔三差五就要实践一次的。

慨叹一阵后，有人还要直统统地说出来，说若是有十三套鬼子衣服，就算有十三个站岗的哨兵也能一下干掉，再将手榴弹齐齐地一扔，接下来一顿乱砍乱杀，黑夜里他分得个鬼的真假出。

"算了算了，世上哪有后悔药吃。"旋有人说，"一套鬼子衣服也足够了，六阿哥去干掉一个，余下的一个交给我，看我用弩箭射杀他，见血封喉。"

说完，又似自问自答：

"鬼子哨兵总只有两个吧？！"

……

子夜过后，日军城外的营寨除了几堆燃烧的篝火，一片死寂。

连日的攻城，日军死伤累累，没死的已经疲惫不堪。上面的命令又已下达，训斥他们攻打新宁县城延误了时日，不准休整，第二天就得往武冈进发。

命令一下，日军官兵除了暗暗埋怨上级不了解战斗实况外，就是赶快抓紧这就要开拔前的一点时间，睡觉。他们做梦也没有想到，会被一些当地百姓偷袭，会被从天而降的他们自己的手榴弹炸得不知所措，许多人在梦里做了他乡之鬼。

杨六的袭击比预计的还简单、顺利。他带着夜袭队，利用夜色和田垄的掩护，沿着常进城卖猎物走过不知多少次的小道，很快就到了日军的一座营帐外面，站岗的哨兵站着打瞌睡，杨六不费劲，如割吊着的麂子那样就把他给割了。然后一招手，夜袭队员蹑手蹑脚地走了拢来。杨六见有两座营帐相隔不远，示意要将这两座营帐一齐炸，夜袭队员分成了两拨。杨六像抬野猪起肩那样低沉地喊声"烟—衣—布"（瑶语：一、二、三），两群手榴弹，每群十多枚，飞向两座营帐，落入了营帐里的鬼子群中。二十多枚手榴弹几乎同时爆响……

其他营帐里的日军被二十多枚手榴弹的剧烈爆响炸醒后，懵里懵懂地以为是遭了空袭的炸弹，纷纷往外跑，四散躲避空袭。等到他们清醒过来时，杨六的夜袭队已经撤离"现场"。

日军只象征性地追了一阵，胡乱地开了一阵枪。夜黑风高，他们确实不敢追，他们摸不清底细，以为是遭遇了七十四军外围部队的袭击，他们得赶紧固守营地。这一晚，不惟是城外营地的日军再也不敢睡觉，城内的日军也被惊醒，统统"枕戈待旦"。

杨六的夜袭队到底打死了多少鬼子，他们说不清，反正两个营帐里的鬼子全部报销，没被炸死的也被砍死。但缴获完整的战利品不多，因为鬼子的枪多被炸坏，鬼子身上的东西则来不及去搜。只是杨六身上不但多了一支好枪，而且多了一把有点变形的指挥刀；那支好枪，是日军哨兵的，那把指挥刀，可能是个日军小队长的。

杨六缴获的那把指挥刀，至今还保存在瑶民杨氏家里。不过说"保存"其实谈不上，因为开始几年还算保存在那里，后来就觉得这刀留着也没有什么用，就变成了砍柴的"柴刀"；当"柴刀"使用时，开始还觉得锋利，后来就不锋利了，砍柴也砍不断了，就随手丢在个放废物的楼上角落里，忘了。大炼钢铁时有人说杨氏家有把日本刀，要杨氏交出来炼钢铁，杨氏懒得去翻寻（也确实不记得放在哪里了），就没被丢进土炉，也没被炼成钢铁。一直到改革开放后到处建爱国主义教育基地，有人又想起了他家那把日本刀，说那把刀有很重要的历史意义和教育意义，杨氏后人就去翻啊翻、寻啊寻，寻出来了，只是早已锈迹斑斑，得小心翼翼地捧着，生怕一下断了、碎了……

十五

夜袭后的第二天，日军除了留下些守城的外，兵分两路，往武冈方向而去。这两路夹攻新宁城的日军指挥官也曾分别向坂西一郎报告，说夜里曾遭重庆军猛烈袭击，请求肃清城周之余敌，确保新宁稳固后再向西进。这个报告、请求实则是因官兵疲惫，士气不振，想在原地休整一两天。故而说"遭重庆军猛烈袭击"。但立即被坂西一郎一顿痛骂，喟其愚蠢至极，只有迅疾攻占武冈，才能将洞口、花园一线的重庆军歼灭。

进占新宁的日军主力开拔后，守城的日军也曾派出小股搜索部队，搜索到了金芝岭下，旋遭屈八队伍居高临下的一顿鸟铳、枪弹、弓弩射击。日军才知道是些蛮民骚扰，但蛮民有"嗅枪队"，那"嗅枪"委实可恶，被"嗅枪"打在身上的铁砂，连军医也束手无策，取不出那么多铁砂，痛得比挨子弹还难受；蛮民又有不少"狙击手"，枪法特准，只要探头往上，还来不及冲，就有可能被自己造的日式步枪击中，遂返城不睬。屈八自然不会，也不敢去攻，两下一时相安无事。

盘湾岔之仗和夜袭的连续两次大胜，使得杨六等人愈发兴奋，不但愈发论证了他们"四条腿的野猪都能打死，两条腿的还打他不死"的"理论"，而且上升到"两条腿的比四条腿的野猪更好打"。于是他们一心想着的是如何再打他娘的一次更来劲的就好。可仿佛一下有劲使不出了。于是有人提出干脆去援助武冈，再到武冈城外来他次夜袭。这个提议旋有人反对，说我们是新宁人，去管人家武冈的事干什么？武冈的事自有武冈人管。

在这暂时相安无事的日子里，屈八要找到地下党的想法愈发强烈。他想着这夜袭打死的日军更多，影响比盘湾岔更大，且自己就扎在离城不远的金芝岭，城里若有地下党的同志，还能不来金芝岭？连日军都来金芝岭试探过，地下党的同志能不知道？看来在这新宁是确实找不到地下党了。

屈八想到了武冈。

他又找来郑南山商议。

屈八对郑南山说，你在武冈就读的第六师范，前身是衡山乡村师范学校，你说衡山师范在新宁时都搞过抗日宣传，组织过抗日剧目演出，那么，乡村师范迁至武冈成为六师后，规模更大了，肯定有地下党。

郑南山认真地想了想，说，司令说得对，应当有。我觉得也有。我想起了一件事，我在六师读书时，所有的班级几乎都是集体加入三青团，就是既不要你写申请，也不找你谈话，就成了三青团员。但立即有人反对，坚决反对，要大家不要加入，集体加入的不算。这坚决反对的人……

"对啊，"屈八立即兴奋地接过话，"那坚决反对的人，肯定就是地下党！"

"我想也是。"郑南山说，"如果不是共产党，他反对三青团干什么？"

屈八突然想到一件敏感的事，问：

"你没有加入三青团吧？"

郑南山赶紧说，我怎么会加入呢，我是一天到晚只想着写诗，什么这个团、那个党的都不加入。

"可你刚才说是集体加入，不用写申请，不用谈话，你不会被集体加入进去了吧？"屈八继续问。

"哪能呢！"郑南山说，"就算被'集体'成了三青团员，他总还得通知本人一下吧。"

屈八想想也对，说：

"你没接到过什么通知吧？"

"没有，连口头通知都没有。"郑南山说，"司令，我现在是一心要加入你所在的党，你是上面派来的……"

屈八算是放了心，说，郑南山同志，通过对你的考验，说明你已经符合我党的标准，你现在就是"在党"的人了！

郑南山自然高兴。

郑南山万万没想到的是，屈八说他"在党"的话，没有白纸黑字，也就是没有档案；而他真的被集体进了三青团，却有白纸黑字，也就是有档案。他第一次得知自己是三青团时，已经到了一九五六年，组织开始是启发他，要他主动交代，说主动交代出来没事。他对天发誓绝没有，他从没加入过三青团，他只加入过共产党，是"扶夷人民抗日救国军"司令屈八介绍他加入的。并且当即背起了"布告纲领"："去岁湖南沦陷，日寇肆虐横行，本军奉命援湘，消灭万恶敌人，实行统一战线，团结一切好人，工农商学各界，军队地方士绅，不分阶级党派，皆愿相见以诚，一致联合对敌，展开民族斗争，取缔贪官污吏，扶持好人正绅，厉行减租减息，改善社会民生……"郑南山说他加入的如果不是共产党，怎么能知道当时党的纲领政策？组织说他太不老实，太狡猾，说他是个货真价实的三青团员，是个伪共产党员。因为组织掌握的武冈六师三青团的名单上，他的名字赫然在列。而他加入的共产党，那个党组织根本就不存在。郑南山为此叫屈连连，把冤屈叫到了我叔爷那里，我叔爷说这个事我也搞不清，我反正什么都不是，我只当过国民党的兵，那是顶壮丁，你只有找屈八。郑南山说，屈司令当年就被鬼子打死了啦。我叔爷说，那我也没有办法了。

当下屈八放了心后，郑南山说：

"司令，我看要找到地下党，只有去武冈了。"

屈八说：

"对，去武冈！坚决去武冈！我们一路打到武冈去，既符合"一致联合对敌，展开民族斗争"的纲领，支援了武冈守军，又好去找到我们的同志。我就不相信，偌大一个武冈州，没有我们地下党！"

打探武冈方面情报的老春回来了，老春说他从武冈方面逃难的难民那里听到，武冈城打得那个凶险，啧啧，日军把武冈包围得铁桶一般，昼夜攻打，可打了这么多天，还是没有打下来，武冈的护城河里，全是鬼子的尸体，那血，把护城河都染红了。武冈城虽然只有几百中央军，可像我们这样的老百姓也参战哩……老春说他就问那人，你怎么不参战呢？怎么跑到这里来了呢？那人说，也不是每个人都敢去打仗啦。老春说他又问，你原来是不是武冈城里的？那人说是的，中央军一准备打仗时，就要老百姓疏散，好多人都不肯走，要帮着守城，那些人胆大，他说，他还是疏散出来了，开始躲在近边的山里，所以晓得情况，后来看那仗越打越凶了，躲在近边山里也怕不保险，就躲到这里来了。

武冈百姓帮着守城的情报，更坚定了屈八去武冈的决心。他想，如果找到帮着守城的百姓，说不定就能找到地下党。

屈八下了命令，向武冈进发！

命令一下，杨六等人反而愣了，旋拍手叫好，说屈司令这回痛快，根本就不用我们去催他。但那些说"武冈的事自有武冈人管"的却不愿意去，队伍已经出发了，他们还嘀咕着不动。和合先生赶忙轻声地对他们说，你们以为这是赶场看戏啊，想去就去想不去就不去啊？这是队伍，队伍有队伍的军纪，快点去跟上，跟上，听我的没错。这几个人才跟着队伍走。只是还在半路上，这些人就开了溜。他们开溜是趁着晚上在山里歇宿时，半夜悄悄地爬起来，一溜，溜进了树林里，不见了。直到第二天清点人数，才发现。

溜走的都是在白沙听了保卫家园的宣传后加入的，都是直属队的人。他们也许就是觉得离开新宁去武冈，已和保卫自己的家园无关，他们要回自己的家园去了。

屈八当即发了大火，要派人去把逃跑的抓回来，就地枪毙。我叔爷知道抓是无法抓到的，这么大的山，山连山，岭连岭，别说派人去抓，就是来一个团、一个师，像撒网一样地去搜捕，只怕也捕不到。但他说了一句话，这句话竟然被他说准了。

我叔爷说：

"他们跑了就算了，反正也是些凑数的，做不了什么用，只是他们这样乱跑，可别在山里撞上鬼子呵！"

溜走的人真的撞上了鬼子。

其时，武冈之围已因援军的突然杀到，关根第五十八旅团遭内外夹击，大败而逃。溃逃的日军已不成建制，官找不到兵，兵找不到官。那情景，正与曾被他们打得溃逃的国军相似。只是现在轮到他们了。山区无甚大路可走，就算有，也不敢走，走到大路上正好成为中美飞机轰炸、扫射的活靶子。溃兵只能朝着大致的方向，在山林里乱窜，碰上同伙，便结成一股，首要目标便是找有老百姓的山村，冲进去，先杀人，后抢东西，将猪、牛、羊、鸡统统宰了，将壁板拆下、家具砸烂，当柴火……吃饱了，强奸妇女……要拉了，以水缸、坛子当便桶，临走时，一把火将木屋烧燃……

溜走的那几个人也是去找山村。一是肚子饿了，得找个人家讨碗饭吃，二是不知道往新宁该怎么走了，得问路。这几个土生土长的白沙老街附近的乡里人，以白沙老街为他们引以为荣的大地方，连上县城都是个新鲜事，这武冈州就更别提了，"上州，哎呀呀，那不是天远地远啊！"一心要溜走时没想到这些，溜进山里后，才觉晓这是武冈州的山，而非白沙老街后面的山，只能自认碰上"倒路鬼"，迷了。

这几个人在山里转啊转，终于看见有处山林的上空冒出了烟雾，有烟雾，那就是有人家，那人家正在烧火做饭呢！

烟雾处的确是有人在做饭，不过是刚将村庄洗劫一空、在炖牛羊的鬼子。

这几个人直奔烟雾处而去，果见一山村，几间杉皮木板屋，颓然立于山坡顶上，且似有人在走动，便兴奋地一边喊，老乡、老乡，一边往上爬，刚爬到村口坡坎上，一抬头，两个鬼子，两支钢枪，正对着他们。

随着"哈哈"一阵狂笑，两个鬼子开了枪……

"可怜我这几个开溜的白沙老乡。"我叔爷后来说，"又没当过兵，又没吃过粮，人生地不熟的，你跑什么吗？要跑也跟着我群满爷跑啦！冤里冤枉地死在鬼子枪下。"

"不值，不值。"我叔爷摇晃着脑袋说，"若是打仗打死的，还能落个好汉的名声。"

那几个开溜的其实逃脱了一个。逃脱的这一个不要命地在树丛里乱跑，跑来跑去，竟碰上了屈八的队伍。

"有，有，有鬼子！"他一见自己的队伍就喊。

屈八本是要枪毙他的，可和合先生竭力说情。和合先生说情的内容主要是两点，一则是乡里乡亲的，他没死在鬼子的枪下，算是命大，若毙了他，死在我们自己的枪下，对乡亲们不好交待，他那家里也遭孽，何必跟地方上的人结怨呢？再说，他逃走时没带走武器。二则，也是最主要的，他带来了有鬼子的"情报"……

不知是和合先生的话打动了屈八，还是屈八想到自己也曾逃跑，他饶了这个老乡。

饶了这个老乡后，屈八说出了几句大得人心的话。

屈八说：

"逃兵虽然可恨，但他们是被鬼子打死的；鬼子打死的虽然是逃兵，但他们原来是我们的人；我们的人即算当了逃兵，但被鬼子打死，我们也得为他们报仇！"

这话，不但使得被饶恕的老乡当即要向屈八下跪，而且使得队伍里爆发出一片喊声：

"司令说得好，也得为他们报仇！"

"只要日本人杀了我们中国人，我们就得报仇！"

"报仇，报仇，干掉这股鬼子！"

"那跑了的陈老三，其实是个好人，人蛮和善的。可惜、可惜……"

"老伍也是个好人啦，他家还借给我几升谷……"

"屈司令你快下命令，你指到哪我们打到哪！"

"对！我们保证听你的！"

……

屈八那几句话的效果，可能连他自己都没想到。"为逃兵报仇"，竟然成了凝聚这支由山民、猎户、昔日的土匪等组成的武装队伍的最强黏合剂。山民、猎户许是想着屈八这话够"人情"；"土匪"许是认为屈八这人够"义气"，因为他们往常也是有点爱"开溜"的；那些本也有点不太愿意来武冈的则变得坚决跟屈八走了。就连我叔爷，也为屈八的话感动，只是他的受感动和"土匪"的心思有点类似，他替人顶壮丁当兵吃粮时，也是经常"开溜"当逃兵的，逃兵被打死，无论在哪种部队里，都似乎是活该！而只有屈八，喊出了为逃兵报仇。

屈八决定，趁着鬼子在做饭，将他们一锅端掉。

"他妈的，"屈八骂了一声，"还要吃我们的牛，吃我们的羊，现在要他们吃子弹！"

屈八正要命令队伍直赴那山村，我叔爷说，尽管知道了鬼子的所在，但怕情况有变，还是得派两个人在前面先行，等于是尖兵，队伍跟在后面。尖兵一发现情况，队伍好随机应变。因为鬼子在山里，我们也在山里，这山路，弯弯拐拐太多，怕的是突然遭遇。

那被饶恕的老乡立即说他走前面，当尖兵，他要立功赎罪。

杨六说：

"老乡，你刚受了惊吓，还是别抢先了，这尖兵，只能是我去。"

那老乡说他已经走了一遭，路熟。

杨六笑着说：

"老乡，别怪我讲直话啊，你是慌里慌张乱走的，只怕连方向都记不清了。我呢，你是知道的，我常年赶山打猎，你以为我只在新宁啊，这武冈州，我是经常越境而来的。为甚？人家不敢越境，那猎物就多啦。在这山里，哪条路能走，哪里可能有路，我心里清清楚楚。再说，我穿的是鬼子衣服，就算迎头碰上，那鬼子还会以为我是他的伙计呢！"

"伙计、伙计，快快的过来。"杨六模仿鬼子的口气说。引得大家都笑了。

"他娘的，老子过去，'砰'地就给他一枪。"

杨六便这样自告奋勇当了尖兵。我叔爷说一个人不行，一个人太单，得再去个人。杨六说，再去个人干甚？他没有鬼子衣服，反而会误事。

于是，穿着日军军装的杨六，手里端着三八式步枪，当尖兵走在了最前面。

盘湾岔之仗，杨六率领鸟铳队打出了威风；夜袭日军营寨，杨六已经堪称英雄。可他一心想着的是还没有夺到鬼子一挺机枪，因为他和我叔爷在争论鸟铳和钢枪的厉害时，曾发誓拼命也要夺挺机关枪。就是这一心想着夺机枪，使得杨六丧失先机而死于鬼子枪下，又被鬼子的机枪疯狂戮尸。

杨六是在黑石界和两个日军突然相遇。这两个日军不是打死"逃兵"的那两个日军。杨六碰上的是另一股日军，这两个日军大概也是当尖兵探路的。

和日军突然相遇的杨六，原本略占先机，两个日军见他穿的也是日军军装，迟疑了一下，而杨六的枪已经对准了一个日军，他如果立即开枪，先打到这一个，而后往旁边一跃或一滚，还能对付另一个。因为他枪口对准的这一个，端的是步枪，另一个是将机枪扛在肩上。可杨六一眼看到了那挺机枪。

那挺机枪，使得杨六不由自主地移动了手中的枪，当他对着那机枪手正要扣动扳机时，日军发现他的帽子上没有帽徽，端步枪的马上对他开了枪。

杨六应声倒下。

片刻后，"哒哒哒哒"，扛机枪的日军端起机枪，把几十发子弹全打在倒地的杨六身上。

当三八大盖的枪声在树林里爆响时，我叔爷还以为是杨六开枪报警。"有敌情！"他要队伍赶快隐蔽。可接着响起的"哒哒哒哒"的机枪声，可就令他喊声不好，杨六危险了。他立即将一颗美国手榴弹攥在手里，要老春等人跟他去救杨六，白曼带人随后接应。

我叔爷他们赶到黑石界时，已不见日军，只有躺在血泊中的杨六，和掉在旁边的那支日式步枪。

杨六，浑身全是被机枪子弹洞穿的窟窿。而他身上那身日军衣服，没了。

我叔爷抓起那支步枪一看，子弹没有出膛。他顿时明白了，那声步枪响声，是鬼子击中了杨六；机枪声之所以过了一会才响，是鬼子在剥杨六身上的日军衣服；将衣服剥了后，再用机枪对准杨六的尸体，疯狂扫射。那支步枪没被拿走，是鬼子不愿增加负担。

随着屈八、白曼赶到的江碧波，一见杨六那被打得像筛子样的尸体，掩面嚎哭起来。

"哭什么哭！"屈八喝道，"不准哭！"

屈八的声音都变了。他虽然是严厉呵斥不准哭，其实是自己看着杨六被打成的那副惨相，已经难以自我控制。在战场上，你打死我，我打死你，不足为奇，屈八见过战场上无数的死人，但像这样死了后还被机枪疯狂扫射的，没有。这是戮尸。

"别哭，别哭。"我叔爷对江碧波说，"鬼子肯定还没走多远，他们跑不了。"

江碧波不能不哭，因为她毕竟还是个女学生；但江碧波马上就不哭了，而是对我叔爷说，那，你把那支枪给我。

我叔爷迟疑了一下，还是把杨六那支步枪给了她。不过叮嘱了一句，要她和老春一样，跟着他。

我叔爷要江碧波跟着他，当然是认为自己这个老兵能保护她，也就是江碧波只有跟在他身边才"保险"，他不愿这个年轻的女学生再遭遇不测。其实论年龄，他比江碧波也只大几岁。而江碧波本是受屈八之命，要跟在白曼身边，随时报告白曼支队情况的，但到了这个时候，看着杨六那浑身被鬼子机枪洞穿的身子，不仅是江碧波把她的"使命"给立马丢了，就连屈八，也把一心要找地下党同志的使命给暂时忘了。此时，只有为杨六复仇的怒火，在燃烧。

我叔爷判定鬼子还会回来，判定这股日军还有指挥官，如果没有指挥官，如果全是由溃逃而汇集到一起的散兵，不会派出探路的前哨；那两个打死杨六的鬼子，一定是返转报告去了，一报告，那就有两种可能，一种是指挥官听说前面有武装，决定另择道而行；一种是虽然听说前面有武装，但不是重庆军，只是些山民而已，大日本皇军难道连小小的中国山民也怕吗？那个中国山民竟然还敢穿着大日本皇军的军装，那不是对皇军的亵渎和侮辱吗？胆敢亵渎、侮辱皇军的山民武装，得统统地消灭干净。这两种可能，第一种绝不可能。我叔爷知道日军即算打了败仗，那狂妄至极的指挥官还多的是。况且在这崇山峻岭间，鬼子要想找出第二条路来，难。

屈八虽然同意我叔爷的提议，就在黑石界埋伏，等鬼子再来。但他旋即一只手朝一棵树皮爆开如一块一块瓦片的参天古树抓去，手掌顺着那树干使劲往下捋。瓦片般又粗又硬的树皮，划破了他的手，血，从他的手指缝里流了出来。

他对我叔爷吼道：

"群满爷，如果打死杨六的鬼子没来，我就要你单独去把那个鬼子抓来！老子也要先刮掉他的衣服，再用鸟铳活活打他满身窟窿！"

屈八连林教官都不喊了，他连自己制定的正规称呼都顾不上了。杨六的死状，使得复仇的怒火将当年许老巴的血性又烧得沸沸腾腾！当年的许老巴，连自己父亲的寨子都能一把火烧了，在路上遇见红军，一抬腿就加入进去，在红三军那么严峻的肃反环境下都敢逃跑……此时，他还会去顾忌别的什么吗？他是要和鬼子拼命了。从此刻开始，他要亲自指挥，亲自冲杀，亲手将鬼子打出满身窟窿。

打死杨六的那股鬼子果然来了。人数不少，长长的一队，走在最前面的日军，长枪的刺刀上依然挂着太阳旗。太阳旗后面不远，走着一个腰挂指挥刀的军官。日军似乎保持着一定的警惕，枪都端在手上，不时往路两边睃视。

日军越来越近了。那个腰挂指挥刀的军官满脸的大胡子都看得清了。屈八一声喊打，鸟铳、步枪一齐开火。我叔爷将攥在手里的那颗美国手榴弹朝满脸大胡子的军官扔了过去，手榴弹响后，他怕不保险，又将最后一颗扔了出去……

接连两声轰响后，满脸大胡子的军官被炸得见天皇去了。他身前身后的士兵也或被炸死，或被鸟铳、步枪击倒。日军指挥官一死，后面的日军有的仍往前冲，有的掉头便跑。我叔爷朝伏在他左边的老春伸出手，要老春快给他日本手榴弹；老春大声说，没啦！在盘湾岔得到的都给杨六夜袭用光啦！我叔爷喊道，那你就快下去捡啊！

这时屈八在大声喊，打中了拿机枪的鬼子没有？给我先打拿机枪的鬼子！那个端机枪的鬼子，因为跟在军官身旁，其实已经被炸死了。

老春去捡手榴弹时，我叔爷对伏在他右边的江碧波说，你就在这里不要动。我叔爷说完也朝被打死的鬼子跑去。江碧波迟疑了一下，端起枪跟在他后面。

仍然往前冲的鬼子被白曼箭字队的火力又打死几个，也就掉头往后跑了。

老春和我叔爷在被打死的鬼子身上搜捡手榴弹时，屈八只是说，仔细看看，仔细看看，有打死杨六的畜生没有？其实谁又知道杨六究竟是被哪个鬼子打死的呢？

江碧波突然"啊"地发出一声尖叫。一个被鸟铳击伤的鬼子爬了起来，摸出了身上的手榴弹，并已举起。

老春他们被江碧波的尖叫惊得回头，一看，几乎呆了。

此时，老春为搜检手榴弹，步枪放在地上；我叔爷手里没有枪；屈八的短枪已插进腰间的枪套。

老春慌得忙去拿地上的枪，屈八忙掏腰间的短枪，我叔爷知道来不及了，只是本能地大喊一声"卧倒"！

就在那个鬼子的手榴弹要出手的瞬间，"砰"地一声，鬼子栽倒在地；紧接着"啪"地一响，江碧波手里的步枪掉在地上。

没能扔出的手榴弹在咪咪地冒着青烟。

卧倒在地的我叔爷忽地一跃，将仍然怔怔地站着的江碧波双脚一拖，拖倒在地。这一跃一拖，是他在衡阳血战时老兵们常用的救人方式，若是扑上去将对方按倒，不但耽搁时间，自己更有可能被炸死炸伤。

手榴弹响了，但是在鬼子身边爆响，鬼子自己被炸得血肉模糊；因在地上爆炸的手榴弹的弹片往上飞，卧倒的、被拖倒在地的，离鬼子又还有一定距离，都无事。

我叔爷将江碧波拉起，江碧波却嘤嘤地哭了。

"我打死人了，我打死人了……"她边哭边叨。

我叔爷说：

"你看看我的眼睛，我的眼睛就是被日本人打瞎的，你再去看看杨六，你就不怕了，你就下得狠心了。"

……

突然，又有人叫起来：

"快来看，快来看！"

屈八走拢去，喝道：

"乱叫什么，有什么好看的？仔细翻找，把打死杨六的给我找出来！"

屈八应该也知道无人见过打死杨六的鬼子，但他似乎不找到绝不甘心。

那人说：

"司令，这个鬼子身上还兜了一身衣服，奇怪，会不会是杨六的？"

一个鸟铳队的队员赶忙走过来，把那件军衣一翻看，叫了起来，这是杨六穿的，是杨六穿的。屈八问他怎么能断定？鸟铳队员说，杨六衣服上请人缝了他的名字，你看，这上面有两个字。屈八一看，果然是杨六二字。

杨六在缴获的鬼子军衣内里缝上他的名字，也许是怕被人偷去，因为鬼子衣服的布料实在是太好了，他从来没有穿过这么好的衣服。那个日军为什么要把从杨六身上剥下来的军衣带在身上，那就不得而知了，也许他是为了纪念自己的同伴，他的同伴，死在了杨六手上；也许，大日本皇军绝不容许他们的军衣穿在中国人身上。总之，战争中发生的许多事，是未经历过战争的人无法想象也无法理喻的。

一见那衣服果然是杨六穿的，屈八喊，把鸟铳给我！他抓过一支鸟铳，"砰通"，把一枪管铁砂全打在那鬼子身上，又抓过一支鸟铳，"砰通"，又是一铳……

我叔爷则在翻弄那个满脸大胡子的军官，想找出点什么来判断他究竟是个什么官？可没找出什么来，这个军官也许早就做好了准备，除了随身挎的那把指挥刀外，别的能证明他身份的东西都毁了。他不愿意在为天皇殉难后，让他的敌人得知他的官衔，以免坏了他一世英名。后来有人说这个大胡子军官就是在攻打武冈时，宣称几个小时攻进城，到城里再刮胡子的大队长永里堰彦。但有关文史资料上没有记载他在溃败时到底被打死没有。

虽然不能确定这个大胡子军官就是大队长永里堰彦，但从日军尸体的符号上，得知这些鬼子是日军第六十八师团步兵第五十八旅团的。我叔爷立即大叫起来，说他为战死在衡阳的弟兄们报仇了，他亲手炸死了衡阳血战的死对头——六十八师团的军官！

我叔爷尽管仍未缴获鬼子的小钢炮，但他认为那是因为鬼子没带小钢炮，溃败的鬼子进了这大山，要翻山越岭，难得扛那小钢炮，溃逃时要跑得快、逃命，把肩上的小钢炮扔了。因而他使劲大叫，他炸死了日军军官，他为战死在衡阳的弟兄们报仇了。

为战死在衡阳的弟兄们报了仇，杨六的仇也算是报了（后来，杨六依然是穿着山里猎户的衣裳，被运回了家乡，埋在了山里。那衣裳，是鸟铳队员给他穿上的）。可屈八接着要立即去把打死他手下那几个逃兵的日军干掉。屈八说，我现在宣布，我那几个白沙老乡不是逃兵，他们只是舍不得离开白沙老家，他们走时，没带走我们的任何武器，他们没拿武器，那就还是老百姓，不是逃兵……

我叔爷后来说，当时他听了屈八的话，感到有点奇怪，屈八怎么突然说出这么一些话，好像要为溜走的人洗清名声，等于说打仗时开溜的人只要不带走武器，就不是逃兵。那以后这队伍还怎么带？我叔爷又说，照他的这个讲法，那我在当兵贩子时经常开溜，也不算逃兵啰。

"屈八的话有点不正常，不正常。是一个不祥的预兆。"我叔爷说，"这人的命啊，是有预兆的呢！"

当下屈八命令，趁着那股日军还在山村里吃牛吃羊，来个突袭，打他娘的一个措手不及。

屈八问，那个村子叫什么村？那个逃得一条命回来的说，这里是黑石界，那个村子应该就是黑石村。

"黑石村就黑石村。"屈八说，"他妈的，还要吃我们老百姓的牛，吃我们老百姓的羊，现在要他们吃子弹！"

他又重复了在杨六要去当尖兵之前说过的话。

我叔爷想着队伍刚打了一仗，暂时"宜静不宜动"，敌我双方都在大山里，日军也是分散的小股部队，极容易突然遭遇，若是在去的路上遭遇一股仍然凶猛顽强的敌人，吃亏的会是自己这方，便说那股日军可能已经走了，不在那里了，因为又过去了这么长的时间。

和合先生也劝，说自己的队伍应该就地扎营休息，这黑石界地势好，只要派些人在周围警戒，发现鬼子往这里来，照样打他的伏击。这叫"以逸待劳"。

屈八说，什么可能转移了，鬼子有牛有羊吃，他们还会就舍得走？不把抢来的东西全吃光，是不会走的！什么"以逸待劳"，作战就是要一鼓作气，乘胜前进！

"出发！看我屈八亲手去宰了村里那些日军！"

屈八亲自走在前面，带领队伍直奔那个山村。

套用古典小说的一句话，就是"元帅不听劝阻，非要亲自带兵，即刻出征，孰料此一去……"

此一去，屈八阵亡，白曼负伤，箭字队几乎全军覆没。

按理说，当时我叔爷劝阻的话，屈八不听，可以理解，他讲那日军可能走了，不在那里了，纯属猜测，甚至可说是乱讲，不足为信。但和合先生说的"以逸待劳"，实在是上策，且和合先生每次在关键时刻讲的话，屈八都是听从的。这一次，他却连商量的余地都没有。因而连和合先生也没了办法，只得赶紧叮嘱白曼，保护好司令的安全。

对于屈八这一执意而行，只能用"也许"来推测，也许，他是因为替杨六报仇这一仗是自己亲自指挥的，打得痛快，打得解恨，又缴获了不少日军武器，轻敌所致；也许，前两次虽然也是胜仗，但他只能是被称为总指挥而已，具体部署皆为别人，他有种因没有实战经验而被"架空"的感觉，而从现在开始，实战已经告诉他，他不能也不可能再被架空，兴奋所致；也许，是那老乡逃兵之死，使他想到了自己当逃兵的事，他要以面对面的搏杀来证明自己是个英雄，刺激所致……但有一点可以肯定，那就是他在作战上突然变得"果断、坚决"，是因为杨六之死而变的。杨六是他这个早已脱党的党员、从一开始就仍然以党的阶级路线来衡量、是最可靠的基本力量的主要成员，是他最器重最倚重的人，他见到杨六被鬼子"屠尸"，便开始不顾一切。然而，杨六的仇已报，他也以"其人之道还治其人之身"了，他怎么依然还是不顾一切呢？我叔爷只能叹息，说这就是命，命中注定有这么一劫，逃不过。就好比庞统庞士元到了落凤坡，必定要死，因为他号凤雏，有个"凤凰"的"凤"字。

黑石村里的日军果然没走，果然还在吃牛吃羊。但村子在山坡高处，日军是居高临下。

屈八带领队伍一到，立即往山坡冲。吃牛吃羊的日军本无准备，只有两个士兵坐在山坡上头的村口子上，一边啃牛羊骨头，一边喝酒。屈八的队伍突然出现，那两个士兵慌得丢掉骨头、酒碗，呜哩哇啦大叫（他俩的枪没在身边），这叫的意思自然是来了敌人。鬼子一叫，白曼要过一支步枪，瞄准，"砰"的一枪，打倒一个。另一个撒腿便往村里跑。

如果不是较陡的坡道，如果这条坡道不长，那么，屈八的冲锋定能成功。可山区百姓的房子多是建在山坡上的，且房子后面就是高山，房前的坡道是他们一锄一锄挖出来的，不可能挖得较平，自然也不可能不长。这些地形，屈八应该知道，他父亲的许家寨子，就坐落在山坡上。他队伍里的所有人，都知道。但他们都想着只要一口气冲上去，就能将鬼子一锅端，更何况，他们的司令冲在前面。而头脑清醒的和合先生及我叔爷，已不可能让冲锋停顿下来。

屈八的队伍若是冲了上去，虽说不能全歼这股日军（他们会往山上跑），但胜仗是肯定的。然而，他们还只冲到山坡半腰，村庄里的日军已经摸起武器，一挺机枪，就封锁了坡道。冲在前面的，顿时被扫倒一片。在这最先被扫倒的人中，正有好几个是将鸟铳换成钢枪的神射手，可谓精锐。

此时，在后面的除了还能以步枪朝日军还击外，鸟铳失去作用，一铳打出去，除了响声照旧，硝烟味照旧，射出去的铁砂弹，到不了目标，散在空中；重新缴获补充的手榴弹，不能扔，若扔出去，说不定骨碌骨碌滚了回来。倒是日军的手榴弹，毫不费力地落了下来。

拥挤在坡道上的人，只有挨打的份。

"快撤，快撤！分散，分散！"我叔爷声嘶力竭地大喊。

撤？！只能沿坡道往回跑；一往回跑，等于让日军的枪弹追着打。分散？！坡道两边，是长满了茅草、不知到底有多深的岩墈。

"老春，你他妈的快往墈下跳啊，滚啊！"我叔爷对跟在他身边，为他提着手榴弹的老春喊道。

老春还舍不得那些从黑石界搜缴来的手榴弹，他拿出两枚，放到我叔爷身边，再将包扎好的手榴弹沿着墈边往茅草丛中一丢，然后抓着茅草，往下一溜，只听得"哎哟"一声，掉了下去。

老春是死是活，自己再跳下去是死是活，我叔爷都顾不得了。伏在地上的他，将两枚手榴弹插进腰带，看了看仍跟着他伏在地上的江碧波。

"照我的样往下溜，面朝岩墈，有藤抓藤，无藤抓草，别怕，不一定死得了。"他对江碧波说。

江碧波却摇了摇头。她不知道屈八已经中弹，但知道屈八冲在前头，冲在前头的凶多吉少，屈八生死未卜。她虽然不敢往上冲，去救屈八（她知道自己冲上去也没用，白送死），但也绝不愿意自个儿"溜走"逃生。屈八于她来说，早已不仅仅是这支队伍的司令……她只是祈祷着屈八无事、无事……至于其他的，包括接下来会发生什么、结局会怎样、自己的命运，她没有去想，也无暇去想了。她只能就那么卧着，等待、等待……也许自己会很快死去，也许有奇迹会在屈八身上发生……她企盼着的是奇迹、奇迹……

我叔爷看了看她惘然而又企盼的眼色，心里明白了，叹口气，这个痴情的女子，到了这个时候，还在想着屈八，唉！他决定单独行动了。

我叔爷正要往岩墩下跳，却突然停了。他看见了白曼。

受和合先生特嘱要保护屈八司令的白曼，用步枪瞄准打倒村口一个喊叫的鬼子后，落在她哥哥的后面，不见了哥哥。

白曼赶紧往上追。

未待她追上，日军机枪已将冲在前面的扫倒，屈八，也在被扫倒的人当中。

被日军火力压制在地上的白曼，失声而叫：

"哥哥——"

这是她下山正式成为屈八"扶夷人民抗日救国军"中一员后，第一次大喊哥哥。

可是，哥哥已经不能答应她了。

白曼的眼泪，渗透了坡道黄土；白曼的左手，五指在黄土上抓掐……指甲缝里，渗出了鲜血……

她猛然将眼泪一擦，对着箭字队的弟兄喊道：

"跟我冲，拼了！"

她一跃而起，往前冲去。就算是哥哥的尸体，她也得抢回来。她不能让哥哥的尸体落在日本人手里。杨六、杨六的惨况在她眼前晃了晃。

在她一跃而起的同时，月菊也跃了起来，而且冲到了她前头。

两个女人一冲，箭字队的齐跟着往上冲。

箭字队的人，一个个倒下……

我叔爷一看见白曼，他不往岩墈下跳了，他还能跳吗？女人、女人在冲，他若只顾自己（尽管跳下去也不知是死是活），他还是群满爷吗？

他从江碧波手里拿过步枪，架在一块硬土上，他竭力用那只尚有余光的右眼，瞄准目标，瞄准、瞄准……他屏住呼吸，射出了第一枪。

没有打中。

他又射出第二枪、第三枪……

弹夹里的子弹就要打光了。突然，日军的机枪哑了。

江碧波兴奋地抬头大叫，打中了，打中了！

"伏下！"他将江碧波的头往下一按。

一颗子弹，从江碧波头上飞过，擦伤了他的手。

在机枪哑了的间隙，白曼找到了哥哥。

白曼一边开枪，一边喊月菊。她要月菊将她哥哥拖下去，她掩护。可这个跟随她身边寸步不离的月菊，已经倒在血泊中。

……

屈八被抢了回来。残余的队伍会合到了一起。

队伍之所以没有全军覆没，搭帮老天。山区的春末夏初，仍然黑得快，这天又是阴天，遍山树林的阴影，重重叠叠。树木阴影随着夜色一笼罩下来，日军不敢往下冲……

正当队伍也如山区的夜色一样凄凉、颓丧时，谁也没有想到的一幕，发生了——坐落在山坡上的村子里，日军大获全胜的村子里，接连不断地响起了手榴弹爆炸声。

村子里怎么会突然响起接连不断的手榴弹爆炸声呢？

——手榴弹是老春扔的。老春如农村砌新屋上梁时散糍粑一样，正将一个一个的手榴弹往下"散"。

老春从岩墈上掉下去时，以为自己不死也残了。开始，他在岩墈下一动不动，过了一会，他怎么地觉得自己能动，便动了起来。这一动，除了浑身痛得要命外，并无大碍。他爬起来，一边揉着身子，一边等我叔爷跳下来，一边寻找他的手榴弹。

手榴弹找着了，可不见我叔爷跳下来。老春骂了一句，他娘的群满爷耍我！

老春觉得自己被群满爷耍了后，不等了，提起手榴弹，找路下山。可他刚走了几步，猛然寻思，这有下山的路，就必定有上山的路。那村子在山上，老子与其下山，不如上山。老春对山区房子的朝向摆布太清楚了。

这个帮人踩碓舂臼、腿杆子劲儿大得惊人的老春，这个没事时除了上城玩耍，还爱帮人爬山攀岩采草药（他觉得采草药好玩）的老春，沿着岩塄，一步一步地攀爬了上去……

老春爬到了山上。背靠大山的村子，到了他的脚下。他坐到村子"上头"，将手榴弹一个一个地在脚旁摆开……

此时，大获全胜的日军，除了派出几个人守在坡道村口外，又开始吃那没吃完的牛和羊。

借着日军烧起的壁板柴火，老春看着那些大口吃肉，大碗喝酒的日军，拧开了手榴弹。

"老子让你吃，老子让你吃！"老春骂一句，往下甩一颗手榴弹，再骂一句，又甩一颗手榴弹……

村子里，手榴弹接连爆响，木屋子燃起了大火，整个村子成了一片火海……

山下的人惊了，呆了。我叔爷猛地跳起来，一边挥动着那只被子弹擦伤的手（那只手还在渗血，但极度兴奋的他已经忘了），一边大喊：

"是老春，是老春！老春你他妈的是条好汉！"

喊完，他第一个就往山坡上冲。

"快跟我冲啊！这回只管跟我来啊！"

……

往上冲的队伍根本没用开什么枪，只放了几鸟铳。村子里的鬼子全被手榴弹报销，他们临死也弄不清怎么会有手榴弹从天而降；只有守在村口的几个日军一见"后院"爆炸起火，还以为是自己人的弹药失火，急忙赶去抢救，一跑进去，被老春甩下的手榴弹炸倒。只有一个受伤没死的，慌慌张张掉头跑，可没地方跑，只能沿着山坡往下跑，跑到半路遇到冲上来的鸟铳队员（鸟铳队员上山坡比我叔爷快，已把我叔爷甩在后面），几个鸟铳队员迎头就是几铳，算是为屈八司令报了仇。

其时，屈八还没死。

江碧波伏在屈八身边，哭得像个泪人儿。

我叔爷看着她哭的那个样子，心里想，这两个，原本倒真是天作地合的一对，可惜、可惜！他又想到了自己，自己若是要死时，如果也有这么一个女子在自己身边哭，也算不枉白活这一世了。他还想，这女子，是动了真心，她早就暗恋着屈八，可屈八，似乎从未对她动过真心。他又有点为江碧波嗟叹起来。他想起自己在黑石界打伏击也好，在黑石村遭鬼子的火力扫射也好，一心怕的是这个女子遭遇不测，总是要她跟在自己身边，护着她，可她毫无别的半点表示，好像他是个父亲，父亲对女儿应该是尽保护之责的一样。"我群满爷比屈八还小几岁啦！"在这一点上，他甚至认为屈八还是有福气。

躺在用树枝绑架而成的担架上的屈八艰难地挪动了一下手，要江碧波走开，要和合先生来。

江碧波抽搐着走开，倚靠着一棵大树，泪眼汪汪地望着屈八，右手食指，被她咬在嘴里，狠命地咬着。她伏在屈八身边时，发现屈八被鲜血浸透的几层衣服里，有一件夹衣。那件夹衣，是在夜袭县城时，她特意为屈八准备的。因为时令虽到阳历五月初，农历却才交四月，夜晚仍然冷。山区的夜风又刮得凶。她怕屈八着凉。她也更想借机和屈八多说几句话。她觑着屈八一个人在"司令部"时，悄悄地走了进去……

她把夹衣轻轻地披到屈八身上，屈八却扯了下来，递给她。屈八说这个季节了，用不着夹衣。她说白天虽然不冷，但晚上冷啊！……屈八仍然不要，她就将夹衣往屈八身上一丢，转身就走。她不愿让屈八看见她那就要流出来的眼泪……

这以后，她强迫自己不去"打扰"屈八，可又止不住总爱偷偷地看屈八，看屈八穿上她送的那件夹衣没有？夹衣自然不能穿在外面，屈八外面的衣服又总是扣得齐齐整整……

她终于看到了自己送的夹衣，自己送的夹衣穿在屈八身上……可那夹衣，已是血糊糊的了……

江碧波狠命地咬着手指头，她怕自己又失声大哭，她知道屈八在交代后事，她不能影响屈八，她又极想知道，这个她崇敬、爱恋的屈八，会不会在最后的话里，提到她……

赶紧蹲到屈八面前的和合先生，听见气息奄奄的屈八挣扎着说，要他喊白曼，要白曼妹妹快来。和合先生附耳对他说，白曼负了重伤。屈八说：

"那，那你以后，把，把我父亲来过的事，送、送粮的事，告诉她。"

和合先生连忙点头，说：

"你放心，放心，我一定会在她伤好后告诉她。"

"那就，快，快要郑南山来。"

郑南山急忙走到屈八身边，屈八张开嘴，想说，但没出声。郑南山明白他有秘密事要说，便要和合先生暂时回避一下。

和合先生离开后，郑南山将耳朵贴到屈八嘴边，听到的是：

"地……地下党，在哪里，在哪里？怎么全不见……我屈八，是……是共产党……共产党……吗？"

这是屈八最后的话。

十六

屈八阵亡的那天，是民国三十四年五月七日。

之前两天，即五月五日，中国陆军总司令、雪峰山会战总指挥何应钦已发出紧急电示："进犯湘西之敌，已经受挫，全军应即转入反攻。"

五月六日，第三方面军四十四师解武冈之围后，一部即向新宁挺进。

五月七日，新宁收复。

五月八日，中国军队全线向日军发起总反攻。

五月九日，日军第二十军司令官坂西一郎下令"停止攻击，整理态势，向后撤退"。整天喝酒喝得醉醺醺的坂西一郎之所以下达这样的命令，一则因为他是酒醉心里明，面对中国军队的强大攻势，明白日军大势已去，立即撤退，也许还能保存一点实力；二则总司令冈村宁次于五月初便开始命令进占广西的日军撤退，接着又下令退出广州、福州……日军在整个中国的战场都陷入混乱溃逃的境地。坂西一郎本就不愿担任进攻芷江的总指挥，认为冈村合围芷江的计划是不自量力。到了这个时候，正是"你能退我为何不能退？"

坂西一郎最担心的是进攻芷江的主力——第一一六师团。

此时，深入到江口的第一一六师团已成孤军，陷入中国军队五个师的合围夹击之中。

……

新宁收复的消息，我叔爷他们直到几天后才知道。在这几天的时间内，屈八成立的"扶夷人民抗日救国军"可谓军心动荡，莫衷一是。司令没了，鸟铳队队长杨六没了，箭字队损伤殆尽，队长白曼重伤在身……剩余的人怎么办?

有人推举和合先生接任司令,和合先生说他确实不是那块料。有人说就由群满爷来当算了,我叔爷连连摇手,说他一个半边瞎子还能当司令,那不显得我们新宁太无人了。郑南山倒是有心接任,他想接任也不是自己硬想当这个头,而是想着要完成屈八未竟的事业。他已把自己和屈八——地下党连成了一体,他认为自己也已经是在党了。可没有一个人推举他,就连江碧波都没吭声。因为都知道他是一个教书先生,自进入队伍后又没有一点什么突出的功劳,纯粹的外行。

后来有人提到了老春。说老春可以。一提到老春,大家都说是啊,怎么把老春给忘了呢!黑石村那一仗,若不是老春,我们老本蚀尽;多亏了老春,我们才捞回了一些本钱。于是有人算我们自己死了多少个,村子里的日军死了多少个,一命对一命,多了的就是赚的。

和合先生和我叔爷也同时叫好。和合先生说老春有勇有谋。我叔爷说老春的确了不得,我群满爷打了这么多仗,这一仗算是服了你。

老春依然讲"客气",说他爬上山头甩手榴弹,是懵里懵懂,好比瞎子撞婆娘,撞上的。而且那么多手榴弹,都是群满爷要他提着的。

"统帅三军,谋兵布阵,谈何容易。"老春用上了看大戏学来的词,"我不行不行。还有这么多人问我要吃的,我老春只会踩碓舂白。"

这时和合先生就说,老春,我们都会帮着你的,你总不能看着队伍就这么散了吧,总还得等到新宁光复,我们打回老家去吧。我叔爷也说,老春,打仗我替你指点。鬼子已是溃军,兵败如山倒,撑不住几天了。

于是老春当了司令。

老春一当上司令,有人又记起了他在当侦探时带回来的消息,说有一支什么抗日挺进纵队要收编他们,一收编就给多少多少开办费,还有军饷发,还供给武器……便对老春说,老春司令你干脆带我们去接受那个什么收编啦！一被收编，你就省了好多心，也省了好多劲。老春说，现在还找得鬼到吗？就算找得到，只怕也早被人家得了那"收编"去了。我早就说过，那就跟做生意一样，得趁早。再说，群满爷也已经讲了，鬼子已是溃军，撑不住几天了，人家还收编你干甚？那人就说，老春司令你说得也在理。

老春当司令只当了几天。当新宁被收复的消息一传来，队伍轰地一下就散了，都各自回各自的家里去了。

然而，他当的这几天司令，却见识了不少大场面。

老春当司令的头一天，依照和合先生之计，又到黑石界"以逸待劳"，等鬼子来。可等了一天，绝无鬼子的踪影。当地一个老乡对他们说，鬼子肯定是往洞口县那个方向跑了，不往这边来了。

第二天，老春带着队伍离开黑石界，走了半天，什么敌情也没有。正在纳闷间，远远地传来了响成一片的枪炮声。有乡民见到他们，说：

"你们是去前面参战的么？哎呀，中央军和日本人正在争夺山头，那片山上，全是日本人……"

"怎么办，去不去？"老春问我叔爷。

我叔爷说：

"去，靠近一点，找个隐蔽处，先看；有败退下来的日本人，就收拾他们。"

这一靠近去看，他们见识了什么叫激战，什么叫空中支援和空中优势。但见进攻的中国军先以火力搜索敌军阵地位置，再以迫击炮、重机枪掩护进攻……正打得难解难分时，中国军突然停止攻击，而天空出现了十几架战机。

战机飞得很低，我叔爷大叫起来：

"快看，快看，那是我们的飞机！"

一听说是我们的飞机，老春他们齐齐欢呼起来，喊：

"我们的飞机，我们的飞机！"

在这之前，新宁曾遭日军飞机数次轰炸，他们见到的，全是日军飞机。

老春说：

"我们的飞机怎么不去炸新宁城里的鬼子呢？一炸，就把新宁夺回来了。"

和合先生回答说：

"城里那么多百姓，怕炸了百姓啦！"

正说着，天空的飞机已呼啸着往日军阵地俯冲而去，一顿扫射、轰炸后，飞走了。老春他们喊，怎么就飞走了，就飞走了？

飞机一飞走，中国军重新开始进攻，再冲上去的部队几乎没遇到什么抵抗，占领了这个阵地。我叔爷兴奋地喊，那飞机，炸得准确，那个阵地的鬼子全被炸完蛋了！

稍倾，炮声突然猛烈地交织着响起，全是落向日军阵地的最高点。我叔爷用他那炮兵的耳朵仔细听着，不停地对老春说，那是榴弹炮、榴弹炮的响声；那是战防炮，战防炮，还有战防炮啊！我的乖乖。他情不自禁地说出了外地话。他告诉老春，这是要开始进攻日军的制高点了。那飞机，又该来了吧？

果然，战机又飞来了，对日军阵地穿梭般轮番攻击、轰炸，炮弹、炸弹、燃烧弹从天而降，铺天盖地，把日军占据的山几乎炸成火山，强烈的气浪，灼热的高温，连隐蔽在较远处的老春他们都感觉到震动，觉得有热浪迎面扑来。

老春问我叔爷，那飞机，怎么就知道什么时候该来？来了后该炸什么地方？就不怕误了时刻，错炸了自己人？我叔爷说，那是我方有无线电联络呢！无线电要飞机来，飞机就来，要飞机炸哪个地方，就炸哪个地方，有秘密指挥的啦！那联络、指挥的话语，都有代号，外人听不懂的。

我叔爷刚讲完，只见一架战机对准一片密密丛丛的树林俯冲下去，一阵机枪狂扫后，拉起机头，好像要离开时，突然又侧身掉头，再次俯冲下去，扔下两颗巨大的燃烧弹，燃烧弹落地爆开的烈焰向四周喷开，立时腾起两个巨大的火球，把那片密密丛丛的树林全给烧燃。霎时间，从树林里奔出无数着火的日军，一个个狂奔乱喊。

老春大瞪着眼睛，看得呆了，打仗还有这种打法啊？！呆了一会儿后问我叔爷，那架飞机看着要飞走了，怎么突然又掉头扔下了能把林子烧燃的炸弹？我叔爷说，开始的机枪扫射是试射，看目标准不准确，肯定是无线电告诉它，准确准确，就是那个地方！它就立即掉头扔燃烧弹，把鬼子从树林里烧出来。

……

老春发现了一个有趣的情况，这个山头有中央军，另一个山头有日军，两边对峙时，中央军这边就有人时而出动，对着日军的山头摆摊白布、燃放烟火，很快，就接二连三地有我方的飞机飞来，有三架一队的，有五架一队的，对着日军山头俯冲、扫射、轰炸……

老春对我叔爷说，这是不是我们的军队在发信号啊？！飞机一看见信号，就飞来了……我叔爷说，对啊，是发信号啊！不过那信号肯定有什么事先约好的暗号，譬如白布的摆放，该如何摆？有个什么暗号指向敌人；那烟火，有个什么风向……不然的话，飞机怕误伤自己人。老春就说：

"那我们也去放烟火啊，给飞机指明要炸的鬼子啊！"

我叔爷说：

"这办法好是好，就是怕飞机反而炸了我们。"

老春说：

"我们事先准备好柴火，看见哪里有鬼子，就悄悄地走到那附近去烧火，烧燃火我们就跑啦。我们尽管不知道暗号，但飞机上的人不蠢啦，他见着在山脚下燃起的火，那就肯定是山上有鬼子啦，他还会真的对着火炸啊？我们可以跑，守着阵地的鬼子敢擅自撤离阵地跑吗？他们只有等着挨炸。"

我叔爷一听，在理，在理。便说：

"老春你这个司令现在不光有勇，也有谋了。"

在老春当司令的最后两天里，这支队伍便是发现有日军之处，就去近边烧燃柴草。等到他们跑离后不久，真的就有中美空军飞临，真的就像老春说的那样，炸得八九不离十。飞机一扫射、轰炸时，硝烟滚滚、地动山摇。老春和他的人都捂着耳朵，兴奋得像是自己小时候放燃了鞭炮。

正当老春带领这支队伍烧火烧得起劲时，听到新宁被收复了消息，而且已经收复了好几天。

这消息一传开，队伍上的人就嚷着要回去、回去，说我们该打的仗已经打完了、打完了，我们胜利了，也该解甲归田了。和合先生说回去当然要回去，但得仍然是支队伍，不能就解甲归田……郑南山和江碧波也这么说，可怎么劝说也没用，三三两两地走了、散了。老春尽管也说了些队伍得有队伍的规矩之类的话，其实他也想着该回去帮人踩碓舂臼了。

看着队伍散了，我叔爷对和合先生说，别看屈八打仗不如我，论谋略不如你，可队伍上没有他就还硬是不行，他就是个当司令的料，那嘴巴、宣传、论理……和合先生叹口气，唉，可惜了，可惜了！

屈八精心组织起来的队伍散了后不久，雪峰山会战就结束了，期间日军第六方面军为挽救第二十军，即会战总指挥坂西一郎全军被覆灭的命运，急令第十一军一部于五月十四日由全州向新宁方面策应，但当即被中国军九十四军四十三师迎击，想来策应的日军无法前进，只得后退。

就在五月十四日这一天，包围日军第一一六师团的中国军发起猛攻，一举歼灭日军一〇九联队，击毙联队长泷寺保三郎。

　　深入雪峰山地区的数万日军在中国军的分割包围下，已成瓮中之鳖。

　　截至五月十八日，被围困在雪峰山东麓的日军阵地大部被中美空军炸毁。

　　五月十九日，被七十四军包围在洞口、江口一带的日军，粮弹断绝，官兵三天未进食物，只能以杂草、泉水充饥，部分日军缴械投降。被第一百军、七十三军包围的日军，缴械投降者亦日益增多。当天，七十四军五十四师又在洞口、江口青岩阵地全歼日军一个联队。

　　……

　　五月二十三日正午，雪峰山全线战斗接近尾声。

　　二十四日以后，中国军各军师有的忙于收缴武器装备，遣送俘虏，清理战场，有的继续追击。

　　六月七日，历时两月的雪峰山会战以日军彻底溃败而告终结，中国军共击毙日军一万二千四百九十八人，击伤二万三千三百零七人，俘虏官佐十七名、士兵四百三十人，缴获战马三千四百四十七匹，火炮二十四门，步枪一千七百三十七支，其他战利品二十四吨。中国军阵亡七千七百三十七人，伤一万二千四百八十三人。

　　冈村宁次企图夺取芷江，不但要摧毁芷江前进机场，而且要直逼重庆的计划彻底破产，他的近十万人马连雪峰山都未能越过，便被击溃。

　　他更没有想到的是，两个月后，芷江就成为侵华日军受降之地。

　　雪峰山会战结束仅过了两个月零七天，即是年八月十五日，日本政府宣告无条件投降。次日，蒋介石致柳州何应钦电，命令全权处理中国战区受降事宜。又一日，即八月十七日，蒋介石通知冈村宁次，改湖南芷江为受降地点。何应钦在重庆组织拟定日本降书初稿。

　　八月二十日，何应钦率中国战区受降使节八十余人由重庆飞抵芷江。第一、二、三、四方面军司令官卢汉、张发奎、汤恩伯、王耀武分别从昆明、南宁等地飞抵芷江。

八月二十一日十一时二十分，日本降使今井武夫少将、参谋桥岛芳雄中佐、前川国雄少佐等一行八人飞抵芷江机场。

下午三时，受降典礼在芷江七里桥空军第五大队十四中队营房举行，由陆军总参谋长萧毅肃中将主持。日本降使今井武夫交出了日军在华兵力分布图，接受了中国陆军总司令何应钦致冈村宁次的投降命令。

是日，何应钦电呈蒋介石，请示受降签字地点仍应按重庆原决定于芷江受降并签字；翌日，蒋介石电复何应钦，"可与日代表在芷江会商各条款，签字地点改在南京"。

九月二日九时四分，日本降使在东京湾"密苏里"号军舰向盟军投降，并在降书上签字。

九月三日，国民政府定是日为中国抗日战争胜利纪念日，蒋介石在重庆发表演说辞。

九月九日九时，中国战区日本降书签字仪式在南京陆军总司令部（陆军军官学校旧址）大礼堂举行，冈村宁次在投降书上签字后，低头将投降书双手呈递给何应钦。历时二十分钟。

八年全面抗战，始于宛平卢沟桥，终于芷江七里桥。

参加了雪峰山会战的老春他们不可能知道这些，他们只知道"老子们跟着屈八在盘湾岔打过日本的伏击，在金芝岭夜袭过县城外的日本，在黑石界伏击过日本……屈八死后，又烧火指引飞机来炸日本。这仗打完后不久，日本就投降了"。他们还知道日本这次算是吃尽了苦头，被中央军那个打，那个炸，哎呀呀，死伤不知道有多少……

他们若是知道雪峰山会战日军投入了那么多兵力，却全线溃败，被打死打伤几万人，他们会惊叹得抚掌连声啧啧，可若是他们知道雪峰山会战原本还远远不止于那些战果，原本是能将日军全部歼灭的，他们又会愤而骂娘。

正当日军被分割包围，中国军准备将其一一歼灭之际，五月二十日深夜，第四方面军参谋长邱维达接到了司令官王耀武的一个电话。

王耀武在电话里说，前方战事仍未结束，何（应钦）总司令很着急，因为（国民党）中央已召开六中全会，委座电催何总回重庆，亲自向大会报告湘西大捷经过。何总说，战斗仍在继续，他去报告大捷，前方后方岂不矛盾？何总要我同你研究一下，如何早日结束这次会战，要你考虑一下。

邱维达说，你让我考虑几分钟再回答你吧。

放下电话，邱维达寻思，这"如何早日结束"，不就是要草草收兵吗？难怪在白天，芷江来了十二个重庆各界的代表，携带慰劳品，等待战局结束，好往一线犒军。战事仍在紧张进行之中，这代表就来了，原来是何总司令要去六中全会上做会战大捷的报告，慰劳大捷的代表都已经来了，那大捷还不结束怎么能行呢？

邱维达旋想，全面抗战已经打了八年，在这八年中，打的败仗多，胜仗少，这次全凭将士用命，地方支持，雪峰天险，使得日军已成瓮中之鳖，眼看再坚持一周最多也不过十天，就是一次全歼进犯日军的会战。岂能就此轻易结束？

邱维达想到这里，立即抓起电话，对王耀武说：

"你要我考虑早日结束战争的事，我已经考虑过了，为了善始善终结束这次会战，最快也得五天时间。"

"不行！何老总后天清早就要飞回重庆，在他动身之前要设法解决战局。"

"司令，吃饭要一口一口地吃，作战也得一战一战地打啊！"邱维达又反问道，"你和何老总商量过没有？你们的腹案打算如何指导？"

"在胡琏（第十八军军长）正面包围圈放开一个缺口，这样可以早点结束战局。"

邱维达又反问道：

"下面部队长是否同意这样干呢？这样干，对整个战局有什么好处？"

"就在洞口附近放开个口子就行了。"王耀武说。

邱维达见他们的决心早已下定，他再讲也无用了，便说：

"如果你们真要这么干，我作为幕僚长，利害得失我不能隐瞒，我不能执行，请你直接打电话告诉部队行动。"

邱维达放下电话不久，"叮铃铃……"电话又急促地响了。

这回，是何应钦亲自打来电话。

何应钦对邱维达说，我后天清早要回重庆，王耀武同你谈的问题，希望你全面考虑。

"重庆各界的代表都已经来了，六中全会正在召开，军事要配合政治吧！"何应钦说完这句，"咔嚓"，挂了电话。

"咔嚓"声震得邱维达的耳膜嗡嗡直响。他愣了片刻，旋在房间里不停地踱步。

将被围的敌军放出去，这是什么政治？！邱维达这个参谋长想来想去想不通。给下面部队长打电话，下命令，命令让敌军逃窜……这个电话我不打，这个命令我不下！……

他果真不打电话，不下命令。

然而，洞口公路方面的口子还是放开了，那给被围的日军放开一个口子的指令，是王耀武秉承何应钦的意思，直接向军师长打的电话。

口子一开，被围的日军争相逃命，跑在最前面的，全是军官……

何应钦这个"军事要配合政治"，从而放走鬼子的事，因为老春他们不知道也不可能知道，所以何应钦没有遭到山民的骂娘。老春他们重新成为地道的山民后，他们土生土长的这块地方，也就是我的老家——新宁，自此无战事。一九四九年也是和平解放。

"不打仗好，不过粮子好，太平日子好！"是老春他们这些打过仗的人在日后爱说的一句口头禅。他们回忆往事，并不怎么提到是如何打日本鬼子的，更少提到他们是如何烧火指引中美空军轰炸的（在曾经的几十年时间里是不敢讲）。而老街人、乡里人则仍然爱说些诸如许老巴放火烧他爷老子寨子之类的地方新闻。这地方新闻里增加了白曼之死。

他们说，白曼是死于他父亲之手。

白曼在攻打黑石村为救她哥哥屈八身负重伤，养好伤后，她没有地方可去，重新回到山上去嘛，她不愿意，再说她那箭字队也没剩下几个人了。哥哥死了，贴身"女侍"月菊死了，自己原来的队伍也没了，她到哪里去安生呢？

白曼想来想去想到了自己的父亲。和合先生已经告诉她，她父亲来为他哥哥的队伍送过粮，她哥哥临死前要和合先生把这事告诉她。既然是哥哥要让自己知道父亲来送过粮的事，那就说明哥哥是想要她去和父亲团聚。尽管她对那为了五十块大洋害得她成了土匪的父亲仍然不能释怀，可到了这个地步，也只有回到父亲身边去了。

白曼托和合先生去试探她父亲的口气，看她父亲还愿不愿意认她。

和合先生一去，她父亲先是听说儿子许老巴死了，顿足大哭，边哭边念，说这么多年了，好不容易见了一面，只等着儿子打鬼子为他报了仇，回来让他有个依靠，没想到最终还是死在鬼子手里，该千刀万剐的日本鬼子啊！……当一听说自己的女儿没死，还活在世上，还要回来时，惊得连连喊搭帮菩萨保佑，搭帮他天天敬菩萨，总算还替他留了一个。"女儿好啊，有个女儿好啊！……"他一边抹眼泪一边念叨。

父亲欢天喜地地将白曼接回了寨子。本来，这父女就算恩怨俱消，谁都不提前事，可以和和睦睦地过日子了。可父亲还老是有女儿当过土匪的心结，他想为女儿讨个清白的名声。这清白的名声怎么去讨呢？他在不知所措中捱着日子。终于有一天，他看到了县政府的一张布告，布告大意是说新宁已经解放，如今是人民当家作主，为保护人民生命财产，要大力肃清旧恶势力，政策是坦白从宽，抗拒从严，凡有在过去干过坏事，诸如强盗土匪之类的人，只要投案自首，悔过自新，不但既往不咎，而且保护其合法权益。云云。

这位父亲听人把这布告的内容一释，喜滋滋地就跑去替女儿投案自首。当天下午，几杆枪就把白曼五花大绑给捆走了。

"土匪头子，女土匪头子！能既往不咎么？还能保护么？"

白曼父亲慌了神，忙忙地请和合先生去说情。其时和合先生还正是参与和平解放的"有功之臣"，还没有被点名"林之吾该不该杀"，便喊上老春和我叔爷等人，齐去作证，说白曼早就不是土匪了，是打过日本鬼子的队长，为打日本鬼子，还受了重伤，差点把命送掉。可人家说，土匪头子就是土匪头子，土匪头子不予正法，还谈什么保护人民？！

……

很快，白曼就被处决了。

白曼被处决后，她父亲逢人就说，"布告"讲话不算数，"布告"讲话不算数……

开始还有人认真地听他说"'布告'讲话不算数"，还帮着他讲"布告"讲的话是应该算数。后来见他来了，就说那个癫子，没癫的时候怎么那样蠢呢？你的女杀过人也好，放过火也好，住在那深山老林里，谁晓得？你要去帮她自首，那不就等于是告发！你不告发，人家吃多了啊，会跑到深山老林来抓人？旋有人驳斥，说那女子的父亲不去帮女儿自首也好，不告发也好，群众检举揭发运动已经来了，总之是一条卵，跑不脱！也有人感叹，说这一对父女，硬是前世的冤孽。没法！

说这对父女是前世冤孽后不久，白曼父亲就因有田有谷在土改中被斗得受不住了，一根绳子往房梁上一挂，将脖子往绳索圈里一套，上了吊。

此事隔得久了后，有那不太明了原委的则说，男莫当匪，女莫做妓，一当过匪，一做过妓，日后不管你如何出众，统脱不了那匪妓干系。哪朝哪代都一样。只是，她没当妓而是当了阵土匪，女人怎么会去当土匪呢？就算当了阵土匪，她是个女的，怎么就会被杀头呢？想不出个缘由来，愣了愣，骂一声，"可恶！"也不知是骂杀她头的人，还是骂被杀头的她。

附注：

屈八临死前说"地……地下党，在哪里，在哪里？怎么全不见……我屈八，是……是共产党……共产党……吗？"这句话，我叔爷之所以知道，是十年后郑南山告诉他的。不知道自己加入过三青团而被确定为三青团的郑南山在被整得该死后，已经怀疑屈八不是真正的共产党。郑南山这话先是告诉和合先生，和合先生一听，勾着头便走开，装作没听见。郑南山再将这话讲给我叔爷听，说他要去揭发时，我叔爷当即说，什么"吗，吗"，那是人死时说不清楚了，嘴巴打颤……你个教书先生是读书读多了吧，对个死人也怀疑啊？

2009年至2010年完稿于新宁崀山与广西交界之黄沙江，

2014年9月修订于长沙